HEXENLIEBE

DIE HEXEN VON KEATING HOLLOW, BUCH 6

DEANNA CHASE

Übersetzt von
HELENA TAMIS

Die Hexen von Keating Hollow 6: Hexenliebe

Originaltitel: Love of the Witch © 2019 Deanna Chase

Copyright für die deutsche Übersetzung: Die Hexen von Keating Hollow 6: Hexenliebe

© 2021 Helena Tamis

Lektorat: Nadine Manz

Lektorat Original: Angie Ramey

Cover Art: © Ravven

ISBN: 978-1-953422-16-3

Deutsche Erstausgabe

Bayou Moon Press, LLC

www.deannachase.com

ÜBER DIESES BUCH

Über dieses Buch

Willkommen in Keating Hollow, dem zauberhaften Städtchen voller Liebe, Magie und zweiten Chancen.

Hope „Luna" Scott will einfach nur ein neues Leben anfangen. Da sie bei Pflegefamilien aufgewachsen ist, hat sie keine Familie und ist an niemanden gebunden ... bis sie nach Keating Hollow zieht und sich mit den Townsend-Schwestern anfreundet. Doch Luna hat Geheimnisse, die alles zerstören könnten, und als der Mann auftaucht, der ihr vor drei Jahren das Herz gebrochen hat, steht sehr viel mehr auf dem Spiel als nur ihr Herz.

Chad Garber hat alles verloren, was ihm je etwas bedeutet hat. Nun ist er zurück in Keating Hollow und will neu anfangen. Doch als er auf das Mädchen stößt, das er vor drei Jahren nicht retten konnte, muss er sich seiner Vergangenheit stellen und ein paar Dinge klären ... falls sie ihn lässt.

KAPITEL 1

*L*una Scott saß an einem Tisch hinten im *Incantation Café*, ihre Augen tränten vor Erschöpfung, während sie an ihrem Latte nippte. Das letzte Mal hatte sie vor drei Tagen richtig geschlafen, und sie vegetierte nur noch mit Zucker und Koffein vor sich hin.

„Soll ich dir nachschenken?", fragte Hanna Pelsh.

Luna schaute zu der atemberaubenden Frau auf und nickte ihr knapp zu. „Mach gleich mal einen doppelten draus, und kannst du mir noch eins von diesen Zimt-Frischkäse-Scones bringen?"

„Natürlich." Die Mitbesitzerin des Cafés warf ihr einen besorgten Blick zu. „Alles in Ordnung bei dir? Du wirkst irgendwie blass."

„Mir geht's gut." Luna wedelte mit der Hand. „Bin nur ein bisschen unausgeschlafen. Vor meinem ersten Termin muss ich mich aufputschen." Luna war Massagetherapeutin bei *A Touch of Magic*, Keating Hollows Luxus-Wellness-Center.

„Du siehst aus, als könntest du selbst eine Massage

vertragen." Hanna setzte sich ihr gegenüber hin. „Was ist los? Arbeitest du zu viel? Ich bin mir sicher, Faith würde es verstehen, wenn du einen Tag frei brauchst, um die Batterien wieder aufzuladen." Hanna war die beste Freundin von Lunas Chefin Faith Townsend, der Besitzerin von *A Touch of Magic*. Sie lächelte Luna verschwörerisch zu. „Ich könnte ihr sagen, dass ich dich für einen Mädels-Tag brauche. Ich wollte dich sowieso schon zum Mittagessen einladen, als Dankeschön."

Lunas Gesicht wurde rot, und sie tadelte sich stillschweigend für ihre Verlegenheit. Sie wusste, dass es nichts gab, was ihr unbehaglich sein sollte, doch es fühlte sich immer noch merkwürdig an, wenn jemand sie anschaute und etwas anderes sah als einen völligen Reinfall. „Du musst mir nicht danken, Hanna. Das weißt du. Ich habe nur getan, was jeder anständige Mensch mit meinen Fähigkeiten getan hätte."

„Na, du hast doch auch mein Haus gemietet. Das ist an sich schon riesig." Sie zwinkerte ihr zu. „Meine Versicherung wurde schon nervös, weil es leer stand, und mein einziger anderer Anwärter war dieser Typ aus Eureka, der nach Fisch stinkt."

Luna kicherte. „War er nicht auch Fischer?"

„Ja, aber der Geruch hat mir schlicht die Tränen in die Augen getrieben. Ich konnte nur daran denken, wie dieser Gestank in die Wände einsickert." Sie verzog das Gesicht und erschauerte, doch dann lächelte sie. „Du andererseits wirst vermutlich dafür sorgen, dass das Haus nach Vanille und Lavendel riecht."

„Da liegst du richtig", sagte Luna, während erneut ein Gähnen in ihr aufkam. Sie war eine Massagetherapeutin, die nicht davor zurückscheute, ätherische Öle zu benutzen.

„Lass mich schnell den doppelten Latte holen, den du

wolltest." Hanna schoss hoch und ging zurück an den Tresen des Cafés.

„Vergiss nicht den Scone", rief Luna ihr nach.

„Schwerer Tag?", fragte eine Frau mit volltönender Stimme.

Luna sah auf und bemerkte die rothaarige Schönheit, die den Schokoladen-Laden der Stadt führte. Sie trug ein eng anliegendes rotes Oberteil, einen schwarzen Bleistiftrock und rote Wildlederstiefel. Alles an ihr kündete von Stil. Luna dagegen trug eine zerrissene Jeans und ein schmutziges T-Shirt, auf dem quer über der Brust die Worte *Freches Einhorn* geschrieben standen. Luna warf ihr ein angedeutetes Lächeln zu. „Hey, Shannon."

Die bildschöne Frau setzte sich ihr gegenüber hin, einen Papp-Kaffeebecher in der Hand. „Du siehst schrecklich aus."

„Danke." Luna warf ihrer neuen Freundin eine halbherzige Grimasse zu. Shannon war diejenige in der Stadt, zu der Luna eine echte Verbindung aufgebaut hatte. Sie mochte Faith und Hanna. Sie waren beide freundliche Frauen, aber Shannon hatte eine zynische Seite, die zu der von Luna passte.

„Du brauchst einen Tag frei", sagte Shannon.

„Ich brauche Zeit, um in Hannas Haus zu ziehen."

Hanna wählte diesen Augenblick, um mit dem doppelten Latte und dem Scone dazuzukommen. Nachdem sie beides vor Luna abgestellt hatte, ließ sie die Hände an den Hüften fallen und runzelte die Stirn. „Brauchst du noch zusätzliche helfende Hände? Ich könnte dir beim Packen helfen, wenn ich aus der Arbeit komme."

„Nein. Der Großteil von meinem Zeug ist bereits eingepackt. Ich brauche nur einen Tag, an dem ich einziehen kann. Aber danke." Tatsächlich war es so, dass Luna eigentlich gar nicht so viel Zeug hatte. Lediglich ein paar Seesäcke mit

Klamotten und wenige Möbelstücke. „Was ich wirklich brauche, ist ein Truck. Und ein paar starke Arme."

„Na, ich kenne jemanden, auf den diese Beschreibung passt", sagte Hanna. Und dann, als wäre das ihr Einsatz, drehten sich sowohl Hanna als auch Shannon um und schauten durch das Café.

Luna folgte ihrem Blick, und ihr wurde am ganzen Körper kalt, als sie den Gegenstand ihrer Aufmerksamkeit erblickte. „Nein. Auf gar keinen Fall. Ich kann doch nicht …"

„Doch", schnitt ihr Shannon das Wort ab. „Er ist doch hilfsbereit, ganz klar der Typ, der immer Gutes tut."

„Und er hat einen Truck", ergänzte Hanna.

Doch Luna schüttelte den Kopf. „Chad Garber hat kein Interesse daran, meine Möbel durch die Gegend zu schleppen."

Der fragliche Mann wählte genau diesen Augenblick, um den Kopf zu heben und Luna anzuschauen. Langsam breitete sich ein Lächeln auf seinen Lippen aus, und seine Augen schienen zu funkeln.

Verdammt. Luna biss die Zähne aufeinander. Es war der gleiche warme Ausdruck, der dafür gesorgt hatte, dass sie sich vor drei Jahren in ihn verliebt hatte. Der Ausdruck, der ihr das Herz gebrochen hatte, denn sie wusste, dass er niemals so für sie empfinden würde. Nicht, wo er doch ein kultivierter Berufspianist in den Zwanzigern war, der einfach nur nett zu dem verlotterten siebzehnjährigen Pflegekind gewesen war, das ein paar Häuser weiter gewohnt hatte. Trotzdem hatte sie sich von ihrem gebrochenen Herzen erholt, doch womit sie nicht fertig wurde, war die Tatsache, dass er über ihre Vergangenheit Bescheid wusste – eine Vergangenheit, die sie vor drei Jahren hinter sich gelassen hatte, und nach der sie sich niemals wieder umschauen wollte.

„Sieht so aus, als wäre er an *etwas* interessiert", sagte

Shannon, die Chad immer noch beäugte. „Der Blick, den er dir da zuwirft, spricht doch Bände, meine liebe Luna."

Hanna kicherte. „Auf jeden Fall ... und oh, da kommt er schon."

Luna schnappte sich ihren Latte und den Scone, während sie aufstand. „Ich sollte wohl zur Arbeit. Ich will nicht zu spät kommen."

„Du hast noch ausreichend Zeit", sagte Hanna, die einen Blick auf die Uhr an der Wand warf.

Sie hatte recht, und da Luna fast jeden Vormittag im Café war, ehe sie zur Arbeit ging, war sich Hanna sicher über Lunas zeitlichen Ablauf bewusst. Sie öffnete den Mund, um nach einer Ausrede zu suchen, dass sie wegen eines frühen Termins gehen musste, doch noch ehe sie die Gelegenheit bekamen, stand Chad am Tisch.

„Guten Morgen, die Damen", sagte Chad, sein Blick blieb an Luna hängen. „Habe ich da gehört, dass jemand einen Truck braucht?"

„Nein. Wir haben nur ...", setzte Luna an.

„Ja", sagte Shannon, die ihm ein träges, verführerisches Lächeln zuwarf. Es war darauf ausgerichtet, Männer dazu zu bringen, zu tun, was immer sie von ihnen wollte. Luna war zwischen Eifersucht und Erheiterung hin- und hergerissen. Tatsächlich war es so, dass Luna sich Chad als den Ihren vorstellte, auch wenn er nichts weiter gewesen war als ein besorgter Nachbar. Shannon legte eine Hand auf Chads Arm und fuhr fort: „Luna braucht jemanden, der ihr hilft, ihr Zeug in Hannas Haus zu schaffen. Sie zieht endlich aus ihrem vorübergehenden Domizil in Eureka nach Keating Hollow. Der Fahrweg bringt sie um. Und da du einen Truck hast, jede Menge Muskeln und an den meisten Tagen Zeit, siehst du aus wie ein offensichtlicher Premiumkandidat."

„Ist das so?", fragte er kichernd. „Wie kommt ihr auf den Gedanken, dass ich Zeit habe?"

Shannon starrte ihn ausdruckslos an. „Komm schon, Chad. Wir wissen alle, dass du immer noch daran arbeitest, Miss Maple davon zu überzeugen, dir den Laden neben *Ein Löffelchen Magie* zu vermieten. Du kannst wegen deines neuen Geschäfts nicht viel unternehmen, bis du dir den Laden gesichert hast. Außerdem bist du fast jeden Tag hier oder im Brauereipub der Townsends. Vielleicht ist es an der Zeit, dass du mal diese drei Kilo abbaust, die du dir angefuttert hast, seit du vor ein paar Monaten in die Stadt gekommen bist."

Chad warf nur einen Augenblick lang einen Blick hinab auf seine flachen Bauchmuskeln, dann hob er eine Augenbraue. „Hast du mich so genau beobachtet, Shannon?"

Sie lachte. „Wer hat das denn nicht?"

Das reichte jetzt. Luna hob eine Hand. „Shannon, hör auf, Chad zu beharken. Ich kriege diesen Umzug schon hin. Vielen Dank für das Frühstück, Hanna." Sie nickte ihrer Freundin zu, dann winkte sie Shannon. „Wir sehen uns später." Ihr Blick traf den besorgten Ausdruck von Chad, und sie verzog beinahe das Gesicht. Sie wusste, dass sie sich in seiner Gegenwart wie ein Freak benahm, aber es gelang ihr einfach nicht, sich zusammenzureißen. Er brachte viel zu viele Erinnerungen zurück, die sie vor langer Zeit vergraben hatte. Sie zwang sich dazu, ihm in die blauen Augen zu schauen, lächelte ihn gestelzt an und sagte: „Es war schön, dich wiederzusehen, Chad."

„Dich auch, Luna", erwiderte er leise.

Sie hielt nur einen Augenblick lang inne und sah ihn an. Dann, bevor sonst jemand etwas sagen konnte, formte sie mit den Lippen tonlos *vielen Dank*. Er nickte ihr leicht zu, und sie ging – eilte – aus dem Café. In ihrem Kopf lief alles durcheinander, und ihr Puls ging so schnell, dass sie sich fragte, ob sie gleich umkippen würde.

„Krieg dich wieder ein, Luna", flüsterte sie vor sich hin, sobald sie auf dem Bürgersteig der Bilderbuchstadt stand. Das Schaufenster hinter ihr war mit einer Szene verzaubert, in der schwebende, herzförmige Kekse die Worte *Willkommen in Keating Hollow* bildeten. Ein Kaffee stand unter den Herzen, und die Latte Art in der Tasse verschwamm zu unterschiedlichen Formen.

Es war später Mai in Keating Hollow, und alles blühte. Blumen füllten die Pflanzenkübel in beide Richtungen auf beiden Seiten der Straße, während die Sonne Lunas kühle Haut wärmte. Sie hätte begeistert sein sollen. Sie hatte einen tollen Job, neue Freundinnen, ein hübsches Haus, in das sie ziehen konnte, und ein Leben, das besser war als je zuvor. Oder zumindest war es das gewesen, bevor Chad wieder hereinspaziert war.

Sie stieß ein tiefes Seufzen aus.

„Was ist denn los, Hope – äh, ich meine, Luna?", fragte die vertraute, raue Stimme leise hinter ihr.

„Du weißt, was los ist, Chad", sagte sie und machte sich nicht einmal die Mühe, sich umzudrehen. Seine Anwesenheit war keine Überraschung. Tatsächlich hatte sie schon auf der Verlobungsparty von Hanna und Rhys in der vorigen Woche erwartet, dass er ihr nach draußen folgte, und als er das nicht getan hatte, hatte sie, obwohl sie völlig durchgerüttelt gewesen war, zugeben müssen, dass sie enttäuscht gewesen war.

Er legte sanft seine linke Hand um ihre und zog sie herum, sodass sie ihn anschaute. Seine Augenbrauen waren verwirrt zusammengezogen, während sein Blick den ihren musterte. „Nein. Weiß ich nicht. Es macht dir offensichtlich Stress, mich zu sehen, aber ich weiß nicht, weshalb. Was habe ich getan?"

„Nichts", sagte sie rasch und starrte hinab auf ihre verbundenen Hände. Luna wusste, dass sie ihre Hand aus seiner hätte herausziehen sollen. Es fühlte sich einfach nur zu gut an, und ihr Herz schlug schneller, während Schmetterlinge in ihren Bauch einzogen. Was war nur mit ihr los? Sie hatte ihn drei Jahre lang nicht gesehen, und selbst damals waren sie nicht zusammen gewesen. Chad war mindestens zehn Jahre älter als sie und viel zu ehrenhaft, um auch nur in Erwägung zu ziehen, mit dem abgehalfterten Pflegekind ein paar Häuser weiter etwas anzufangen.

„Na, das ist gut zu wissen." Chad drückte ihr die Hand und ließ los. Seine Lippen verzogen sich zu einem Lächeln, während er hinzufügte: „Dann gibt es keinen Grund, dass ich dir nicht helfen sollte, dein Zeug in dein neues Haus zu bringen. Sag mir einfach wo und wann."

Sie konnte nicht verhindern, dass sie kicherte. „Du hast schon immer gern den Helden gespielt."

Er stieß ein Schnauben aus. „Vielleicht. Aber eines ist sicher, Luna Scott. Das Mädchen, das ich damals kannte, war niemals hilflos."

Die Worte überraschten sie, und sie konnte nicht anders, als zu grinsen. „Das ist die gottverdammte Wahrheit."

„Aber das heißt nicht, dass sie nicht den Truck und die Muskeln eines arbeitslosen Musikers gebrauchen könnte, um mit ein paar Dingen umzuziehen. Wie wäre es mit morgen?"

Sie starrte ihn einfach nur an und war sich nicht sicher, was sie sagen sollte. Sie konnte ihm nicht ewig aus dem Weg gehen, doch das hieß nicht, dass es klug war, sich wieder mit ihm anzufreunden. Ihr Inneres führte bereits ein kleines Tänzchen auf. Schlechte Idee. „Ich denke nicht ..."

Chad schüttelte den Kopf. „Hör auf zu denken, Luna. Wie wäre es, wenn du dir einfach von einem alten Bekannten helfen lässt? Stell es dir wie den Ansatz einer Entschuldigung für das vor, was damals in Berkeley vorgefallen ist, in jener letzten Nacht, in der wir einander gesehen haben."

Sie schnaubte. „Wofür musst du dich denn entschuldigen? Ich bin doch diejenige, die im Jugendknast gelandet ist."

Er zuckte zusammen. „Ich weiß, und es war allein meine Schuld."

KAPITEL 2

*H*ope … äh, Luna blinzelte ihn an. Verdammt. Würde er sich jemals daran gewöhnen, sie bei ihrem neuen Namen zu nennen? Er hatte sie all die Jahre als Hope gekannt, *seine Hope*, und diese Veränderung in seinen Gedanken vorzunehmen, erwies sich als so gut wie unmöglich.

Ihre Miene wandelte sich zu reiner Skepsis, während sie schnaubte und genauso klang wie die trotzige, stolze Siebzehnjährige, die er vor drei Jahren gekannt hatte. „Bitte, Chad. Lass doch das schlechte Gewissen. Das brauche ich nicht noch zusätzlich. Du hattest rein gar nichts damit zu tun, dass ich festgenommen wurde."

Ehe er etwas erwidern konnte, machte sie auf dem Absatz kehrt und stapfte den Bürgersteig entlang, den Kopf gebeugt, die Schultern herabgesunken.

„Luna, warte!", rief er und rannte hinter ihr her.

Sie stieß ein leises Seufzen aus, doch sie sagte nichts, als er sich neben ihr einreihte.

„Ich glaube nicht, dass du das verstehst", setzte er an.

„Was gibt es da nicht zu verstehen? Du fühlst dich schuldig, weil du mich nicht retten konntest. Ich kann das nachvollziehen." Sie blieb stehen und schaute ihm direkt in die Augen. In ihren schwelte eine Intensität, die er schon öfter gesehen hatte, als er zählen konnte. „Aber ich brauche dein Mitleid nicht und habe es noch nie gebraucht."

„Ich bemitleide dich nicht", sagte er mechanisch, und wahrere Worte waren nie gesprochen worden. Er hatte verabscheut, was das Schicksal ihr zugelost hatte, die Karten, die ihr zugespielt worden waren. Und alles, was er jemals gewollt hatte, war, ihr eine helfende Hand zu reichen. Stattdessen hatte er einen enormen Fehler gemacht, und als direkte Folge daraus hatte sie Zeit hinter Gittern verbringen müssen. „Ich bewundere dich enorm, Luna. So stark, wie du bist ... bei den hohen Göttern. Du hattest schon immer Kraft, die ganze Zeit. Es ist keine Überraschung, dass du es durch die Hölle geschafft und auf der anderen Seite ohne sichtliche Narben herausgekommen bist."

„Ich habe Narben, Chad", sagte sie und schaute an ihm vorbei, ihre Augen auf nichts gerichtet, als wäre sie in Erinnerungen versunken.

„Ich bin mir sicher, dass das so ist. Es ändert nichts an der Tatsache, dass ich glaube, dass du der vermutlich stärkste Mensch bist, den ich jemals kennengelernt habe."

Sie stieß ein bellendes, wenig erheitertes Lachen aus und verschränkte die Arme vor der Brust, drückte sie fest an sich, als würde sie Kälte abwehren. „Ich? Stark? Ich habe nur getan, was ich tun musste."

„Ich weiß", erwiderte er leise, verabscheute den gequälten Ausdruck auf ihrem Gesicht. Er griff erneut nach ihrer Hand, schloss seine Finger um ihre. „Hast du mal noch kurz? Es gibt ein paar Dinge, die ich gerne klären würde."

Luna schloss die Augen und schüttelte den Kopf. „Ich muss

zur Arbeit, und außerdem habe ich meine Vergangenheit vor langer Zeit hinter mir gelassen, Chad. Ich will nicht darüber sprechen. Ich würde es zu schätzen wissen, wenn auch du es einfach fallen lassen könntest. Bitte."

Was konnte er denn dazu sagen? Nichts. Sie flehte ihn mehr oder weniger an, sie weiterziehen zu lassen. Wenn es das war, was sie im Augenblick brauchte, würde er den Mund halten. Was hatte er denn sonst für eine Wahl, insbesondere, da sie auf dem Weg zur Arbeit war? „Natürlich, Luna. Was immer du willst."

Sie stieß Luft aus, die sie wohl angehalten hatte, und ihre großen grünen Augen schauten fest in seine, während sie sagte: „Danke. Das weiß ich zu schätzen."

„Du musst mir nicht danken", sagte er und ließ ihre Hand noch immer nicht los. Aus irgendeinem Grund wollte er sie in die Arme nehmen und solange festhalten, wie sie ihn lassen würde. Hui. Er trat einen halben Schritt zurück. *Wo war das denn hergekommen?*

Sie überbrückte den Abstand und beugte sich vor, ihre Stimme gedämpft, als sie fragte: „Chad, kannst etwas für mich tun?"

Nun war es ihm, die Arme vor der Brust zu verschränken, um sicherzustellen, dass er seine Hände bei sich behielt. Sie zu berühren ging gar nicht. Oder? Eine Stimme weit hinten in seinem Verstand flüsterte, dass sie jetzt eine Erwachsene war. Weshalb konnte er sie nicht umarmen? Er schüttelte sich innerlich, versuchte, den Gedanken loszulassen. Er bohrte die Finger in seinen Arm und sagte: „Klar. Was immer es ist."

„Niemand hier weiß von meiner Vergangenheit. Und ich hätte gern, dass das so bleibt." Sie schluckte sichtlich und fuhr dann fort: „Ich habe hart dafür gearbeitet, das alles hinter mir zu lassen. Ich will nicht, dass meine Chefin und die übrige

Stadt hinter meinem Rücken über mich sprechen. Würde es dir etwas ausmachen, die Ereignisse aus dieser Zeit für dich zu behalten?"

Beinahe stieß er nun selbst ein bellendes, wenig erheitertes Lachen aus. Das letzte, was er wollte, war, mit irgendjemandem über ihre gemeinsame Vergangenheit zu sprechen. Er lächelte sie sanft an, ehe er ernst wurde. „Du musst dir keine Sorgen machen. Ich hatte nicht die Absicht, unsere Zeit in Berkeley mit den Bewohnern dieses Städtchens aufzuwärmen. Diese Geschichte musst du erzählen, wenn und falls du das willst. Nicht ich."

Sie löste ihren intensiven Blick und schaute über seine Schulter hinweg. „Vielen Dank."

„Du musst mir nicht danken. Du weißt doch, dass ich dein Vertrauen niemals auf diese Weise verraten würde."

Ihre Lippen krümmten sich zu einem schwachen, geisterhaften Lächeln nach oben. „Du hast dich nicht verändert."

Diesmal lachte er, froh darüber, dass er keine Bitterkeit in seinem Kichern hören konnte. Vor wenigen Wochen wäre das vielleicht noch anders gewesen. „Ich glaube, das muss sich erst noch erweisen, aber hoffentlich bin ich immer noch derselbe Typ, der dir vor Jahren auf dieser Eingangstreppe begegnet ist." Er zwinkerte ihr zu. „Und da es für dich in Ordnung war, diesem Typen zu vertrauen, weshalb lässt du mich nicht beim Umzug helfen? Das mache ich gerne, weißt du. Und Shannon hat recht. Bis ich einen Musikladen mieten kann, gibt es nicht viel, was meine Zeit beansprucht."

Sie zögerte.

Chad sah auf sie hinab, wünschte sich mit allem, was er hatte, dass sie Ja sagen würde. Es war nicht so, dass er darauf erpicht war, Möbel zu schleppen, insbesondere nicht mit seiner verkorksten Hand. Er wollte einfach nur tun, was immer er konnte, um seinen früheren Fehler wiedergutzumachen. Eines Tages würde er ihr erzählen, inwiefern er an dieser schrecklichen Nacht beteiligt gewesen war, in der sie ins Gefängnis gegangen war, aber nicht, bis sie bereit war, es zu hören. In der Zwischenzeit war er entschlossen, sich mit ihr anzufreunden. „Komm schon, Luna. Meine Luftmagie wird das für dich sehr viel leichter machen. Ganz zu schweigen davon, dass ich bereits einen Truck habe. Du musst nicht alles ganz allein erledigen, weißt du."

Ihr Lächeln verschwand, und er wollte sich treten. Das war genau das Falsche gewesen, was er hätte sagen können, und Chad hätte es besser wissen müssen. Wenn es jemals einen Menschen gegeben hatte, der entschlossen war, sich auf niemanden zu verlassen, war es Hope ‚Luna' Scott. Er räusperte sich. „Ich habe einfach nur gemeint, du hast eine freie Arbeitskraft zur Verfügung. Es wäre doch irre, das abzulehnen, oder?"

Sie starrte einen Augenblick lang ihre Füße an, und als sie den Kopf hob, war ihre Miene schließlich weicher geworden. „Deine Luftmagie und der Truck wären schon praktisch."

Er spürte, wie seine Schultern sich entspannten, während er sie leicht anlächelte. „Durchaus. Das klingt verdächtig nach einem Ja."

Sie kicherte. „Du bist ja geradezu begeistert davon, Möbel zu schleppen, Chad. Ich glaube, du musst vielleicht öfter mal raus." Ihre Augen funkelten schelmisch, während sie hinzufügte: „Melde dich doch bei einer oder zwei Dating-Apps an, ehe du dich in einen alten Junggesellen verwandelst."

Weshalb sollte ich denn eine Dating-App wollen, wenn die schönste Frau, die ich je gesehen habe, gleich vor mir steht? Ach, zum Teufel. Diesen Weg würde er nicht einschlagen. Sie war noch ein Kind. Oder war es gewesen, als er sie damals gekannt hatte. Sie war inzwischen wohl zwanzig oder einundzwanzig. Ganz erwachsen, mit einem richtigen Beruf, und sie zog in ihr eigenes Haus. *Krieg dich wieder ein, Garber,* befahl er sich. Luna Scott stand nicht zur Debatte. „Wie kommst du denn auf den Gedanken, dass ich mit niemandem zusammen bin?", fragte er und versuchte, ganz locker zu klingen.

Ihre Augenbrauen gingen sofort hoch. „Oh? Du hast eine Freundin?"

„Nein", gab er mit einem Schulterzucken zu. „Ich habe mich nur gefragt, weshalb du so davon überzeugt warst, dass ich so gar keine Aussichten habe."

Sie lachte wieder. „Bitte. In dieser Stadt? Wenn du mit jemandem ausgegangen wärst, hätten wir alle davon gehört. Die Gerüchte gehen durch diese Stadt wie ein Lauffeuer." Nun war es an ihr, ihm zuzuzwinkern. „Okay, Mr. Helfende Hand. Morgen um neun? Hol mich am Café ab, und wir schleppen ein paar Möbel."

„Neun", wiederholte er mit einem Nicken und grinste sie an, ehe er ging, entschlossen, sich diesen Musikladen zur Miete zu sichern.

„NA, HALLO AUCH, CHAD", sagte Miss Maple, die ihn in ihr Büro führte. Sie schob sich eine Locke ihrer grauen Haare aus den Augen und nahm ihre Schürze ab, sodass eine fließende Rüschenbluse und ein Rock zum Vorschein kamen, die aussahen, als würden sie direkt aus den frühen Siebzigerjahren kommen.

„Was ist das?", fragte er, als sie ihm einen Pappbecher reichte. Er nahm einen Schluck und stieß einen leisen, genüsslichen Seufzer aus, als die vollmundige Schokolade auf seine Geschmacksknospen traf.

„Heiße Schokolade mit Salzkaramell. Klingt, als hätte sie das Siegertreppchen erreicht." Sie setzte sich auf ihren Bürostuhl mit Rollen und lehnte sich zurück.

„Absolut. Die ist besser als ..." Sein Gesicht wurde heiß, während er den Rest seines Satzes verschluckte. Mit Miss Maple auf irgendeine Weise über Sex zu reden, schien unangemessen.

„Besser als eine Faust aufs Auge?", fragte sie, ihre Augen glitzerten im Sonnenlicht, das durch das Fenster hereinströmte.

„Genau." Chad kicherte und stellte den Becher am Rand ihres Schreibtisches ab, um sich vorzubeugen. „Ich bin bereit, eine Abmachung wegen der Ladenfläche nebenan zu treffen."

Sie hob eine perfekt gepflegte Augenbraue. „Wirklich? Heißt das, Sie sind offen für einen Zweijahresvertrag?"

„Ja. Ich bin dabei. Sobald der Vertrag fertig ist, komme ich vorbei, um ihn zu unterzeichnen", sagte Chad. Als er zum letzten Mal mit Miss Maple gesprochen hatte, hatte er um einen Vertrag für ein Jahr gebeten. Aber sie hatte gesagt, dass sie den Laden nur an jemanden vermieten wollte, der vorhatte, hier in der Gemeinschaft Wurzeln zu schlagen.

Sie hatte in den letzten drei Jahren bereits zwei Mieter gehabt, die nicht aus der Stadt kamen und sich in das malerische Keating Hollow verliebt hatten, jedoch nicht bereit gewesen waren, wirklich etwas in die Gemeinschaft einzubringen. Offen gesagt hatte sie den ständigen fliegenden Wechsel satt, genauso den Ärger der Stadtbewohner, die zusahen, wie ein weiteres Geschäft wegen eines halbherzigen Versuchs schloss, in Keating Hollow ein Bedürfnis zu stillen.

Miss Maple klatschte in die Hände. „Hervorragend."

Während ein Lächeln auf ihre Lippen trat, öffnete sie eine Schublade und zog Papiere heraus, die sie ihm reichte. „Ich wusste, dass Sie früher oder später die Dinge so sehen würden wie ich."

Chad kicherte und schüttelte den Kopf. „So sicher waren Sie da, was?"

„Manchmal habe ich einfach ein Gefühl bei Leuten." Sie lehnte sich zurück und wartete, dass er sich den Vertrag durchlas.

Als er fertig war, schaute er auf. „Es steht keine Miete für den ersten und letzten Monat drin. Oder eine Kaution." Er schob die Papiere wieder zu ihr zurück. „Fügen Sie die ein, und ich unterzeichne heute noch."

Sie schob ihm das Blatt wieder hin. „Sie mieten für zwei Jahre. Da komme ich Ihnen auf halbem Weg entgegen. Außerdem weiß ich, wie man Sie aufspürt", sagte sie mit einem schelmischen Lächeln.

Er schnaubte. Wenn man bedachte, dass seine Stiefmutter in der Stadt wohnte und seine letzte verbliebene Verwandte war, war da was dran. Er zog seinen Stift heraus, unterzeichnete, schrieb das Datum darauf und schob ihr den Vertrag wieder hin. „Vielen Dank."

Sie griff über den Schreibtisch und legte eine Hand auf seine. „Gern geschehen." Nachdem Sie eine Kopie des Mietvertrags angefertigt hatte, reichte sie Chad die Papiere und die Schlüssel.

Chad steckte die Schlüssel ein und spürte, wie ihm ein Stein vom Herzen fiel. Seit dem Tag, an dem er sich die Hand gebrochen hatte, fühlte er sich haltlos und völlig niedergeschlagen wegen der Konsequenzen, die seine Dummheit auf ihn niederprasseln ließ. Doch jetzt hatte er einen Lebenszweck und etwas, das er der Gemeinschaft geben konnte, die ihn schon einmal gerettet hatte, als er es am meisten gebraucht hatte. Er lächelte die ältere Frau dankbar an und griff nach dem Türknauf. „Wir sehen uns bald."

„Chad?", sagte Miss Maple, die ihn aufhielt.

„Ja?"

„Ich weiß, dass Sie wegen unglücklicher Umstände hier nach Keating Hollow zurückgefunden haben."

Unglückliche Umstände. Er lachte beinahe über diese Beschreibung. Wenn sie es so nennen wollte, den größten Arsch zu vermöbeln, dem er jemals begegnet war, dann sicher. Er konnte ihre Version bestätigen.

„Ich denke nur, dass Sie wissen sollten, dass wir Sie hier wollen, und Keating Hollow Sie braucht", sagte sie, ihre Miene war ernst. „Insbesondere Luna braucht Sie."

Ihre Worte trafen ihn direkt ins Herz, und er spürte, wie er sich zu jenem dunklen Ort zurückzog, der ihn tagelang völlig verschlucken konnte. Er wollte Miss Maple widersprechen, ihr sagen, und zwar völlig unverblümt, dass sie unrecht hatte. Stattdessen sagte er nur: „Danke für den Laden." Ohne ein weiteres Wort verließ er ihr Büro und schloss leise die Tür hinter sich.

KAPITEL 3

*L*una bestellte einen großen Karamell-Latte, einen einfachen Mokka und zwei Schokocroissants, während sie versuchte, die Nervosität zu ignorieren, die ihr den Magen umdrehte. *Beruhige dich,* sagte sie sich. Es war ja nicht, als wäre das hier ein Date mit Chad. Er war nur da, um ihr beim Umzug zu helfen. Nicht mehr, nicht weniger.

Das ist eine Lüge. Sie wollte, dass diese Stimme in ihrem Kopf den Mund hielt, aber sie wusste, dass das sinnlos war. Ihr inneres Ich hatte ein großes Maul.

„Ich wünsche dir einen schönen Umzugstag", sagte Hanna fröhlich. „Ich wette, du freust dich darauf, den täglichen Fahrweg hinter dir zu lassen."

Luna lächelte sie an. „Da liegst du ganz richtig. Vielleicht besorge ich mir sogar ein Fahrrad und fahre an sonnigen Tagen zur Arbeit, jetzt, wo das Wetter schön geworden ist."

Hanna schaute aus dem großen Fenster. „Das ist eine tolle Idee. Sei dir nur bewusst, dass sich das Wetter hier manchmal schnell ändert. Besonders im Frühling. Es ist sonnig und warm, und dann, eine halbe Stunde später, ziehen

Sturmwolken vom Meer herein, und es kann schnell garstig werden."

„Wirklich? Bisher habe ich nur Nebel und leichten Regen mitbekommen", sagte Luna, die hinaus in den klaren, sonnigen Himmel schaute.

„Das macht es ja so hinterhältig." Sie lächelte Luna an und nickte dann zur Eingangstür hin. „Viel Spaß euch."

Luna drehte sich um und sah Chad, der durch die Tür kam. Seine Lippen krümmten sich zu einem verhaltenen Lächeln.

„Morgen", sagte er, seine blauen Augen musterten sie.

Sie schaute hinab auf ihre abgetragene Skinny Jeans und das verblasste Secondhand-T-Shirt und zuckte mit den Schultern. „Klamotten für den Umzugstag."

Er hob den Blick und stieß ein leises Lachen aus. „Du siehst eher aus, als wärst du gerade einem Cover des *Rolling Stone* entstiegen. Tolle Stiefel."

„Äh, Danke." Sie spürte, wie ihre Wangen vor Verlegenheit warm wurden, während in ihrem Bauch Schmetterlinge flatterten. Flirtete er mit ihr? Ja. Da war sie sich sicher. Und obwohl sie wusste, dass es eine schreckliche Idee war, ihn nahe an sich heranzulassen, konnte sie nicht anders, als seine Aufmerksamkeit zu genießen. Sie schaute hinab auf ihre schwarzen Motorrad-Schnürstiefel. Sie waren nicht gerade ihre erste Wahl, wenn es ums Möbelschleppen ging, aber am Vorabend hatte sich bei einem ihrer Turnschuhe die Sohle gelöst. Sie hatte also die Wahl zwischen Stiefeln und Sandalen gehabt. Und die Stiefel boten mehr Sicherheit.

Er kicherte. „Komm schon, Luna. Ziehen wir dich um." Er winkte Hanna zu.

„Moment. Frühstück", sagte Hanna, die die Kaffees und die Tüte mit den Croissants zu ihnen hinüberschob.

„Danke. Das ist nett von dir", sagte er.

„Luna hat es bestellt." Hannas Augen funkelten schelmisch, während sie Luna zuzwinkerte.

Da Chad hinter ihr stand, verzog Luna das Gesicht in Hannas Richtung und sagte tonlos *benimm dich.*

Hannas Grinsen wurde noch breiter. „Habt einen schönen Tag, ihr beiden."

Luna nahm die Tüte und den Becher mit seinem Namen darauf.

Nachdem sie ihn ihm gereicht hatte, trank er einen Schluck und beäugte Luna mit hochgezogener Augenbraue. „Du weißt es noch."

„Du hast es über ein Jahr lang genauso bestellt. Ich dachte mir, das wäre eine sichere Sache", sagte sie, während sie sich tadelte, weil sie sich verlegen fühlte, sich diese Einzelheit über ihn gemerkt zu haben.

„Das war es durchaus." Er legte ihr eine Hand auf den Rücken, während sie aus dem Café gingen.

Luna schloss die Augen und verabscheute es, dass es ihr so gut gefiel, wie sich seine Hand anfühlte. Verdammt. Sie sollte diesen Typen doch nicht anschmachten. Er war etwa zehn Jahre älter als sie. Sicher sah er in ihr nicht mehr als den Typ jüngere Schwester. Oder noch wahrscheinlicher war sie einfach jemand, der ständig Hilfe brauchte. Und das hasste sie.

„Spring rein", sagte Chad, der ihr die Beifahrertür seines Trucks öffnete.

„Danke." Sie stieg ein, und wenige Augenblicke später fuhren sie auf der Straße, die hinaus aus Keating Hollow führte. „Croissant?", fragte sie.

„Klar." Sie waren still, während sie an den Mammutbaumwäldern vorbeifuhren und an Schokocroissants knabberten. Es gab wenig Verkehr, da es später Vormittag und ein Wochentag war, und Luna bekam allmählich das Gefühl, dass sie die einzigen zwei Menschen auf dem Highway waren. Es war beunruhigend, denn ihr neues Leben schien im Hintergrund zu verschwinden, und ihre Handflächen fingen an zu schwitzen, während sie versuchte, nicht den gutaussehenden Mann neben ihr anzustarren. Plötzlich war sie wieder siebzehn und beeindruckt von dem tollen Kerl, der stets nett zu ihr gewesen war.

„Also", sagte Chad, der zu ihr hinüberschaute. „Bring mich doch auf den neuesten Stand in deinem Leben, seit wir uns zum letzten Mal gesehen haben."

In Lunas Magen machte sich Unbehagen breit, und sie schaute weg, kniff die Augen zu, versuchte die Erinnerungsfetzen an eine Zeit zu vertreiben, an die sich niemals hatte erinnern wollen, oder mit jemandem darüber sprechen, schon gar nicht Chad.

„Luna?", fragte er, Sorge schwang in einem Tonfall mit. „Ich wollte dich nicht stressen."

Verdammt. Sie stieß ein Seufzen aus, verabscheute es, dass sie Schwäche zeigte. „Ich rege mich nicht auf", sagte sie, schaute nun auf den Fluss, der sich neben dem Highway entlang schlängelte. „Es ist einfach seltsam, davon zu sprechen. Die meisten Menschen kennen meine Vergangenheit nicht."

„Stimmt." Der Truck rumpelte ein paar weitere Kilometer über die Straße, ehe er fortfuhr: „Du kannst mit mir reden, wie du weißt. Ich werde dich nie verurteilen oder dein Vertrauen verraten."

„Ich bin mir nicht …", setzte sie an.

„Oder du musst überhaupt nicht mehr reden", schnitt er ihr das Wort ab. „Ich verstehe es. Hast du je gehört, dass ich von meiner Vergangenheit rede?"

Damit bekam er ihre Aufmerksamkeit, und sie drehte sich, um sein Gesicht zu mustern. Seine Miene war grimmig, doch seine Lippen waren entschlossen angespannt. „Nein. Nie. Ich wusste immer nur, dass du irgend so ein Klavier-Wunderkind bist und als Kind einige Zeit in Keating Hollow verbracht hast, bevor du an der Musikschule angenommen wurdest."

„Diesen Teil über Keating Hollow hast du dir gemerkt?", fragte er.

Ihr Gesicht wurde warm, und sie fragte sich, ob er argwöhnte, dass ein Teil des Grundes, dass sie in der Kleinstadt gelandet war, er war. Es war nicht, als hätte sie erwartet, ihm zu begegnen. Das Letzte, was sie gehört hatte, war, dass er um die Welt reiste, um Konzerte zu geben, und er hatte sogar Aufnahmen als Studiopianist gemacht. Sie hatte nicht gerade damit gerechnet, dass er jemals in der Kleinstadt auftauchen würde, außer, er würde zufällig seine Stiefmutter besuchen. Der Gedanke, dass sie tatsächlich in ihn hineinlaufen würde, war sehr weit hergeholt gewesen.

Nein. Dass sie hoffte, ihm zu begegnen, war überhaupt nicht der Plan gewesen. Aber er hatte mit so begeisterten Erinnerungen über die Gemeinschaft von Keating Hollow gesprochen, dass sie bereits das Gefühl gehabt hatte, den Ort zu kennen. Ganz zu schweigen davon, dass sie andere Gründe hatte, nach Norden zu gehen. Ein bedeutender war gewesen, dass hier ein neues Spa eröffnet hatte, und als sie die Anzeige gesehen hatte, hatte sie sich auf die Gelegenheit gestürzt.

„Ja", sagte sie leise. „Du hast es immer wie einen magischen Ort klingen lassen."

Er lachte, seine Augen von Erheiterung erfüllt.

Sie ging die Worte noch einmal im Kopf durch. Mit einem verlegenen Kichern sagte sie: „Ich schätze, das ist offensichtlich und eine riesige Untertreibung. Ich habe nur gemeint, dass das Städtchen verglichen mit der Großstadt wie das Paradies klang. Und als ich die Anzeige für das Spa auf einer Jobseite gesehen habe, der ich folgte, war es einfach naheliegend, mich zu bewerben. Ich hatte den Asphaltdschungel und das schnelle Tempo der Stadt satt. Außerdem war ich schon immer aus der nördlichen Bay-Area nach Eureka gefahren, bevor ich meine Wohnung dort bekommen habe, ein paar Mal im Monat, um mit Heilerin Snow zu arbeiten. Das ging schon ungefähr ein Jahr so. Ich hatte die Fahrt satt."

„Klingt, als wäre das für dich die perfekte Ausgangslage", sagte er.

„Ich schätze schon." *Bis du aufgetaucht bist,* fügte sie lautlos hinzu. Aber noch während ihr die Worte durch den Kopf gingen, fühlten sie sich nicht mehr ganz so wahr an wie beim ersten Mal, als sie ihm auf Rhys' und Hannas Verlobungsparty begegnet war. Sie hatte Panik davor bekommen, dass die Stadt herausfand, dass sie vorbestraft war, und, wenn sie ehrlich war, hatte sie Angst davor gehabt, dazu gezwungen zu sein, sich ihrer Vergangenheit zu stellen. Aber jetzt … Es war noch genauso leicht, mit ihm zu sprechen, wie es vor drei Jahren der Fall gewesen war.

„Erzähl mir doch etwas von deiner Arbeit, die du mit der Heilerin verrichtest." Sein Blick lag auf der Straße, weil er auf einen besonders kurvenreichen Abschnitt aufpasste, und sie war froh, dass er nicht herschaute, als sie die nächsten Worte sagte.

„Äh. Du weißt, dass ich eine Erdhexe bin, ja?", fragte sie.

Er nickte, immer noch auf die Straße konzentriert.

Sie räusperte sich. „Offensichtlich ist es so, dass ich begabt darin bin, dem menschlichen Körper bei der Selbstheilung zu helfen. Darum hat mich Heilerin Snow gebeten, mit ihr ein paar Experimente durchzuführen, und inzwischen helfe ich ihr, bahnbrechende Behandlungen zu entwickeln, die buchstäblich Leben retten. Es ist … unfassbar, wirklich."

Chad warf ihr einen Blick zu, in dem reine Ehrfurcht stand, aber dann richtete er seine Aufmerksamkeit rasch wieder auf die Straße. Er sagte nichts, und Lunas Handflächen schwitzten noch mehr. Wie kam es, dass er keine Fragen stellte? Das taten alle, immer, und obwohl sie kaum je wusste, wie sie sie beantworten sollte, war ihr klar, dass das, was sie tat, selten und besonders war und immense Neugier auf sich zog. Aber Chad fuhr einfach nur weiter, als hätte sie ihm gerade gesagt, dass sie Heilerin Snow den Kaffee holte.

Als Luna gerade ein verärgertes Schnauben ausstoßen wollte, bog der Truck von der Straße in einen Bereich mit Ausblick über den Fluss ein. Chad stellte ihn auf Parken und drehte sich zu ihr um. Sein Blick bohrte sich in ihren, als er fragte: „Du hast eine so mächtige Gabe, dass du Heilerin Snow dabei hilfst, Leben zu retten?"

Ein nervöses Kichern stieg tief aus ihrer Kehle auf. „Äh, genauso würde ich es nicht ausdrücken, aber ja. Was ich mache, hat geholfen, seltene Krankheiten zu heilen und problematische Gene zu isolieren."

„Was würdest du da anders ausdrücken?", fragte er und schien ehrlich verwirrt. „Dass du mächtig bist, oder dass du Leben rettest?"

Wie üblich zweifelte er ihre Bescheidenheit einfach an, wenn es um ihre Gaben ging. Solange sie sich erinnern konnte, war Chad der einzige Mensch während ihrer Jugendjahre gewesen, der sie als jemanden gesehen hatte, der es wert war, dass man ihn lobte. Inzwischen zeigten Heilerin Snow und ihre Kunden bei *A Touch of Magic* eindeutig ihre Wertschätzung, aber das war etwas anderes. Sie kannten sie nicht wirklich. Kannten nicht das Ich, das sie vor allen versteckte, weil sie einfach wusste, dass sie herausfinden würden, dass sie nichts wert war. Luna schüttelte den Kopf und tadelte sich, weil sie diesen zerstörerischen Gedanken nachgab … schon wieder. Rational gesehen wusste sie, dass sie es wert war, geliebt, respektiert und freundlich behandelt zu werden. Es war nur so, dass ihr Herz das anders sah. Es hatte eine Barriere gebildet, und sie war nicht im Geringsten daran interessiert, jemals wieder jemandem ein Stück davon zu überlassen.

„Dass ich mächtig bin", sagte sie mit einem Schulterzucken. „Ich glaube nicht, dass ich begabter bin als andere Hexen."

Er schnaubte. „Okay. Wenn du es sagst."

Sie kannte diesen Tonfall. Er stimmte eindeutig nicht mit ihrer Einschätzung überein, war aber willens, es auf sich beruhen lassen. Das war eines der Dinge, die ihr an ihm am besten gefielen. Er versteckte nicht, was er dachte, aber hatte auch nie das Gefühl, dass es nötig war, zu streiten, nur um Recht zu behalten.

Chad startete den Motor erneut und fuhr wieder auf die Straße. „Wie hast du herausgefunden, dass du die Fähigkeit besitzt, Leute zu heilen?"

Sie hatte gewusst, dass es zu dieser Frage kommen würde, und obwohl sie noch nie darüber gesprochen hatte, wie sie ihre Gabe entdeckt hatte, stellte sie diesmal fest, dass sie es *ihm* erzählen wollte. Sie wollte, dass er erfuhr, dass sie bei allem, was sie erlebt hatte, stark geblieben war, und obwohl ihr Leben beschissen gewesen war, hatte es sie nicht gebrochen. „Meinen ersten Hinweis erhielt ich im Jugendknast."

Ihre Worte hingen in der Luft, während sie darauf wartete, dass er etwas sagte, irgendwas. Doch als er ihr nur leicht ermutigend zunickte, stieß sie die angehaltene Luft aus, spürte, wie der Schmerz in ihrer Brust nachließ. „Meine

Zellengenossin wurde in einer Nacht überfallen. Sie blutete und musste genäht werden, doch der Wärter, der in unserem Bereich Dienst hatte, war kein guter Kerl. Wäre sie zu ihm gegangen, wer weiß, was mit ihr passiert wäre."

Chad schnappte heftig nach Luft und warf ihr einen gequälten Blick zu.

Sie wandte sich ab, verabscheute das Entsetzen und das Mitgefühl, das sie dort sah. Luna hatte ihre Rolle bei dem Verbrechen, das ihren Hintern hinter Gitter gebracht hatte, schon vor langer Zeit akzeptiert. Wenn er jetzt ihr Freund sein wollte, würde er es auch akzeptieren müssen. Aber es war nicht ihre Sache, ihm da durchzuhelfen. „Auf jeden Fall habe ich die Platzwunde über ihrem Auge so gut gesäubert, wie ich konnte, als meine Magie aufflammte, als hätte ich keine Kontrolle darüber. Ihre Verletzung heilte so weit, dass es zu bluten aufhörte. Ich habe es sogar geschafft, die Prellung an ihrem Kiefer zu beruhigen, sodass sie nicht mehr wehtat."

„Das ist unfassbar, Ho… ich meine, Luna", sagte er und warf ihr einen schuldbewusstes Lächeln zu. „Tut mir leid. Ich versuche, es hinzubekommen."

Sie erwiderte sein Lächeln ganz leicht. „Ich weiß. Ist schon in Ordnung."

Erleichterung blitzte in seinen blauen Augen auf. „Das ist ziemlich unglaublich. Es klingt, als wäre deine Gabe einfach angesprungen, als du sie am meisten gebraucht hast. Was ist danach passiert?"

Luna war sich nicht sicher, ob sie die Erinnerungen ganz weiterverfolgen wollte. Auf diesem Weg waren viel zu viele Schlaglöcher. Also übersprang sie das ganze Drama und sagte: „Es gab einen Berater für die Wiedereingliederung in die Gesellschaft, der erfahren hat, was ich tun kann, und mir den Rat gab, eine Ausbildung als Heilerin zu verfolgen." Luna schnaubte. „Kannst du dir vorstellen, im Jugendknast zu sitzen, ohne Familie, ohne Freunde, ohne Geld, ohne irgendwas, auf das man zurückgreifen könnte, und herauszufinden versucht, wie man sich nicht nur um sich selbst kümmert, sobald man rauskommt, sondern auch noch, wie man ans College kommt, ganz zu schweigen davon, dafür zu bezahlen?"

„Nein", sagte er leise und lenkte den Truck auf den Highway 1 South zu ihrer Übergangswohnung. „Ich kann mir nicht vorstellen, wie unmöglich das wohl für dich aussah."

„Genau. Auf jeden Fall kam ich nicht ans College. Ich hatte keine Ahnung, was ich tun sollte, außer mir einen Job zu suchen und mich Teufel nochmal von meiner Pflegemutter und ihrem zwielichtigen Freund fernzuhalten."

„Was hast du gemacht?", fragte er. „Wie bist du zur Massagetherapeutin geworden?"

„Oh. Das. Ich bin so weit weg von Berkeley, wie es mir mit meinen begrenzten Mitteln sinnvollerweise möglich war. Schließlich habe ich eine WG mit ein paar College-Studenten gefunden und mir einen Job in einem Café besorgt. Ich hatte Erfahrung und konnte die Vormittagsschicht übernehmen. Der Geschäftsführer war so verzweifelt, dass er mich sofort einstellte, ohne auch nur um Referenzen zu bitten." Sie zuckte mit den Schultern. „Es war ein anständiger Job. Der Bruder meines Geschäftsführers kam jeden Vormittag auf dem Weg zur Schule für Massagetherapie vorbei, und schließlich beschloss ich, dass das so gut wie alles andere war und ein ordentliches Stück billiger, als es mit dem College zu versuchen. Sobald ich das Geld beisammen hatte, schrieb ich mich ein. Es war auch dort, dass ich Heilerin Snow begegnet bin. Sie war eine Gastdozentin. Einer meiner Lehrer hat ihr von meiner Fähigkeit erzählt, und sie hat mich aufgesucht. Der Rest ist Geschichte."

Chad sagte kein Wort. Er ließ nur eine Hand über ihre gleiten, drückte leicht zu. Die Geste überraschte sie anfangs, aber dann war seine Haut so warm, so fremd, aber auch so … richtig, und sie erwiderte den Druck, dankbar für die menschliche Verbindung, die sie nur selten erlebte. Klar, sie berührte Leute beruflich, aber niemand berührte *sie*, und seine Hand, die auf ihrer lag, ließ ihr beinahe Tränen in die Augen treten. Sie hielt sie zurück, und ohne richtig darüber nachzudenken, strich sie ihm mit dem Daumen über den Handrücken und erstarrte, als sie spürte, wie Schmerz unter der Oberfläche seiner Haut pulsierte.

„Chad?", fragte sie.

„Ja?"

Sie drückte ihm sanft die Hand. „Ist das der Grund, weshalb du in Keating Hollow bist?"

Er nickte und holte tief Luft. „Meine Pianistenlaufbahn ist vorbei."

KAPITEL 4

*C*had war ehrlich überrascht, dass Luna nicht von seinem Fall vom Piano-Superstar zum Ex-Musiker gehört hatte. Sie hatte recht damit, die Gerüchteküche von Keating Hollow zu erwähnen. Es war kein Geheimnis, dass seine Karriere durch war, oder dass das der Grund war, weshalb er in der Kleinstadt gelandet war und vorhatte, dort einen Musikladen zu eröffnen. Wenn er schon nicht mehr auf hochgradigem Niveau spielen konnte, dann konnte er zumindest unterrichten und einen Ort zur Verfügung stellen, an dem andere Menschen ihren musikalischen Neigungen nachgingen. „Es ist nicht das Ende der Welt. Nur eine Anpassung.“

Luna stieß ein humorloses Lachen aus. Ihr Tonfall wurde leise, während sie sagte: „Vielleicht nicht das Ende der Welt, aber es ist gewiss schwerwiegend genug, dass jeder, der an deiner Stelle wäre, erschüttert wäre, Chad.“

Erschüttert war ein gutes Wort, beschloss er. Es beschrieb seinen Zustand auf mehr als eine Weise. Er hatte seine Hand ruiniert, und seine Karriere, als er während dieser Auseinandersetzung seine Gelassenheit verloren hatte. Chad wusste, dass er hitzköpfig gewesen war. Hastig. Verflixt dumm. Doch als er einen Blick hinüber zu Luna warf und eine Ahnung der Siebzehnjährigen sah, während sie sich auf die Unterlippe biss, wusste er, dass er nicht das Geringste geändert hätte. Falls Leo Mahoney jemals wieder Luna in die Quere kam, würde er nur zu gern das Gesicht dieses Mannes für Schlagübungen benutzen ... ohne es auch nur im Geringsten zu bedauern.

„Es tut mir leid", sagte Luna, die wegschaute. „Ich bin mir sicher, das ist nichts, worüber du reden willst."

Chad spannte die Finger an, versuchte, sie trotz der Schmerzen in seiner Hand zu strecken. „Es gibt nichts, wofür du dich entschuldigen musst. Es war anfangs schwer, als mir klar geworden ist, dass ich meine Karriere weggeworfen habe. Aber ich habe es akzeptiert. Um die Wahrheit zu sagen, bin ich irgendwie froh darüber, mich nach all den Jahren an einem Ort niederzulassen. Die ganze Zeit unterwegs zu sein, macht es nicht gerade einfach, Verbindungen aufzubauen."

Luna hob die Augenbrauen. „Sagst du damit, dass du keine Freundin oder jemand Besonderen in deinem Leben hast?"

Er schnaubte. „Auf Tournee ist es einsam. Ich habe nicht nur keine Freundin, in Wahrheit habe ich eigentlich gar keine Freunde, außer, du zählst meinen Manager und meinen Agenten dazu. Was ich tue. Aber ich würde wirklich gern wissen, wie es wäre, Leute in meinem Leben zu haben, die nicht da sind, um mit mir Geld zu verdienen. Weißt du?"

Sie schüttelte ganz leicht den Kopf, und er merkte, was für eine dumme Vorstellung es war, zu erwarten, dass sie mit dem Druck eines Tournee-Lebens etwas anfangen konnte. Dieses

Leben war glamourös, genau so lange, bis die Wirklichkeit einsickerte. Er liebte es, Klavier zu spielen, doch sein Leben war zu einer Reihe von zerbrochenen Verbindungen geworden. Er hoffte, dass sich das ändern würde, wenn er sich in Keating Hollow niederließ.

„Meine Geldprobleme hatten immer damit zu tun, dass ich nicht genug hatte", sagte sie mit einem nervösen Kichern. „Nenn mich verrückt, aber ich glaube, es wäre nett, mal eine Weile das gegenteilige Problem auszuprobieren."

Er warf ihr ein wissendes Lächeln zu. „Ja. Guter Punkt."

Eine angenehme Stille breitete sich auf der restlichen Fahrt zwischen ihnen aus, bis sie an ihre schäbige Wohnung in Eureka kamen. Als er gerade den Truck auf Parken stellte, wandte sich Luna ihm zu und sagte: „Hey. Du hast mir nicht erzählt, was mit deiner Hand passiert ist. Hattest du eine Art Unfall?"

Er wandte sich zu ihr, schaute in ihre leuchtend grünen Augen und wusste, dass er einfach loslegen und es ihr erzählen konnte. Das war seine Gelegenheit, alles einzugestehen. Sie hatte es verdient, es zu erfahren. „Ich wurde provoziert und ..."

Klopf, klopf, klopf.

Das laute Klopfen kam vom Fenster der Fahrerseite, und Chad zuckte zusammen, überrascht durch das Geräusch. „Heiliger Bimbam", flüsterte er, ließ das Fenster herab, um einen jungen, dürren Teenager zu sehen, der vom Truck zurückgetreten war und sich umschaute, als hätte er Panik, ihn könne jemand sehen.

Luna kicherte. „Heiliger Bimbam? Du klingst wie ein alter Mann."

„So fühle ich mich auch nach diesem Herzanfall." Er schnappte nach Luft und drehte sich zu dem Teenager, bemerkte seine ausgefranste Jeans und seine hohlen Wangen, wodurch er aussah wie jemand, der oft nicht genug zu essen bekam. „Wie kann ich helfen, Mann?", fragte er und hielt seine Stimme freundlich. Das letzte, was er wollte, war, dem Jungen Angst zu machen.

„Äh." Der Teenager starrte Chad geradewegs in die Augen, seine Miene entschlossen. „Ich habe mich gefragt, ob Sie irgendwie Hilfe bei was brauchen. Ich könnte ein paar Botengänge gegen etwas Bargeld erledigen. Ich könnte Ihren Truck waschen oder Ihre Wohnung putzen." Sein Blick huschte weg, und er zwang hervor: „Oder irgendwas anderes, wofür Sie ein paar Kröten bezahlen wollen."

Ungefilterter Zorn drängte sich in Chads Brust, als ihm klar wurde, was der Kleine da nahelegte. Er wollte ihn anbrüllen, aus dem Truck steigen und ihn durchschütteln, dafür, so etwas auch nur vorzuschlagen, aber er wusste, dass sein Zorn an der falschen Stelle war. Der Junge schlief offensichtlich auf der Straße und versuchte nur, zu überleben. „Klar, Kleiner. Du hast sogar Glück. Luna hier zieht heute um, und wir könnten jemanden brauchen, der ihr Zeug zum Truck bringt. Ist das was für dich?"

Die dunkelbraunen Augen des Jungen leuchteten auf, und er nickte begeistert.

„Wie viel denn für ein paar Stunden deiner Zeit?", fragte Chad.

„Einfach nur, äh, was immer Sie erübrigen können."

Chad nickte. „Alles klar. Wie wäre es mit zwanzig pro Stunde?"

Nur einen Sekundenbruchteil lang klappte der Mund des Jungen auf. „Ja. Ich meine, ja. Das klingt gut."

„Also dann, an die Arbeit." Chad stieg aus dem Truck und

hielt ihm die Hand hin. „Ich bin Chad Garber, und das ist Luna Scott." Er winkte ihr zu. „Und du bist?"

Der Junge zögerte, während sein Blick zwischen Luna und Chad hin und her huschte. Nachdem er tief Luft geholt und Chad die Hand geschüttelt hatte, sagte er: „Levi."

„Es ist schön, dich kennenzulernen, Levi", sagte Chad.

Luna ging vor, ihre Miene seltsam neutral, als sie dem jungen Mann die Hand schüttelte. „Ich hole ein paar Sandwiches zum Frühstück, ehe wir loslegen. Magst du lieber Bacon oder Wurst?"

Seine Augen wurden groß, ehe sie sich mit Sehnsucht füllten. Aber anstatt die Frage zu beantworten, sagte er: „Das müssen Sie nicht tun. Ist schon in Ordnung."

Der hungrige Ausdruck auf seinem Gesicht verriet ihn jedoch, und Luna sagte: „Na ja, ich hole dir trotzdem was, falls du es dir anders überlegt. Möbelschleppen macht hungrig."

Sie hielt ihren Tonfall leichtfertig, doch Chad erkannte, dass ihr wegen des Jungen das Herz brach. Soweit er wusste, war Luna niemals obdachlos gewesen, aber ihre Lage war heikel genug gewesen, dass es immer im Raum gestanden hatte. Ihre Pflegemutter war ein fieses Weibsstück.

„Hier." Luna reichte Chad einen einzelnen Türschlüssel. „Es ist Wohnung Nummer zwölf. Oben. Ich bin gleich wieder da."

Während sie über den Parkplatz zu einem Fast-Food-Restaurant ging, rief Levi ihr nach: „Bacon."

„Verstanden", erwiderte sie, ohne sich auch nur umzudrehen.

„Na, sieht aus, als wäre es Zeit zum Loslegen, Levi", sagte Chad, der mit dem Kopf zu den Stufen wies, die zu Lunas Wohnung führten. „Bist du bereit, mir zu zeigen, was du kannst?"

Der Junge schenkte ihm ein wackliges Lächeln und nickte. „Alles klar. Sehen wir mal, was wir in den Truck schleppen müssen." Chad ging voraus und vergaß völlig, dass er, bevor Levi ihn unterbrochen hatte, gerade sein Herz vor Luna hatte ausschütten wollen.

KAPITEL 5

Die allumfassende Angst, mit der Luna den Großteil ihres Erwachsenenlebens gelebt hatte, kehrte in dem Augenblick krachend zurück, in dem sie erkannte, dass Levi nichts weiter war als ein hungriges, verängstigtes Kind, das versuchte, ein bisschen Geld zu verdienen, ohne sich selbst verkaufen zu müssen. Sie konnte sich nicht vorstellen, wie sein Leben wohl aussah, aber es war offensichtlich, dass er etwas zu essen brauchte. Er hatte dieses unterernährte Aussehen, das ihn so wirken ließ, als würde er richtiggehend vor ihren Augen verschwinden.

Sie wollte nur die Arme um ihn schließen und ihm sagen, dass er nun in Sicherheit war. Aber das war er nicht, und ganz gleich, wie sehr sie sich wünschte, er wäre es, es würde an der Realität nichts ändern. Jedenfalls nicht heute. Aber sie konnte ihm etwas zu essen geben. Schon klar, Fast Food war nicht das Beste für ihn, aber es war immerhin etwas und passte zu ihrem eigenen bescheidenen Budget.

Nachdem sie genug Essen für fünf Leute gekauft hatte, lief Luna zurück zu ihrer Wohnung und stellte fest, dass Chad und

Levi ihr Geschirr einpackten. Sie stellte die Tüten auf den Tresen und sagte: „Das müsst ihr nicht machen. Ich kümmere mich darum, während ihr beiden anfangt, den Truck zu beladen."

Chad und Levi schüttelten beide den Kopf. Chad schaute ihn an und lachte leise. „Sieht so aus, als wäre das nicht das erste Mal, dass Levi einen Umzug schmeißt."

Levis Gesicht wurde düster und brütend, ehe er ihnen den Rücken zukehrte und sich darauf konzentrierte, ihre Teller einzupacken. Luna kannte diesen Ausdruck. Es war derselbe, den sie aufgesetzt hatte, wenn etwas alle Schleusen in ihr öffnete. Sie zweifelte nicht daran, dass Levi öfter umgezogen war, als sie zählen konnte. Und sie fragte sich, ob seine Eltern schließlich den Kampf um eine Unterkunft verloren hatten, und das der Grund war, weshalb er auf der Straße lebte, oder ob er aus irgendeinem Grund zum Gehen gezwungen gewesen war. Was immer der Auslöser für seine Lage war, sie befand sich nicht wirklich in einer Position, in der sie helfen konnte, doch ihr Herz verlangte danach, und ihr Kopf brüllte sie an, dass sie nicht einfach von diesem Kind weggehen konnte, sobald ihr Zeug in den Truck geladen war. Aber sie wusste besser als jeder sonst, dass, ganz gleich, wie sehr sie helfen wollte, die Chancen mehr als nur hoch waren, dass der Junge das wenige, das sie bieten konnte, nicht annehmen würde. Vermutlich war er zu argwöhnisch. Bei ihr war das so gewesen. Chad hatte Monate gebraucht, um sich über ihre Widerstände hinwegzusetzen und sie dazu zu bringen, ihm zu vertrauen. Ein Tag, an dem es etwas zu essen gab, und das Versprechen von vierzig Kröten war vermutlich das Beste, was sie für ihn tun konnten.

„Okay, weshalb wollt ihr mich nicht meine eigene Küche einpacken lassen?", fragte Luna verwirrt.

Chad lachte leise. „Vielleicht solltest du dich ums Schlafzimmer kümmern."

Luna runzelte die Stirn, weil sie wusste, dass sie nur ein paar Klamotten und Pflegeartikel hatte. Nichts Großes. Aber dann betrat sie ihr Schlafzimmer und stöhnte. Sie hatte völlig vergessen, dass sie vor drei Tagen den Großteil ihrer Unterwäsche aufgehängt hatte. Sie hatte eigentlich schon in dem Haus in Keating Hollow übernachtet, hatte auf einer Luftmatratze geschlafen, weil sie sich die Fahrt hatte sparen wollen. Jetzt wussten Chad und Levi, dass sie eine Menge Unterwäsche-Sets aus schwarzer Spitze trug. Von der knappen Art, denn damit fühlte sie sich mutig und stark, selbst wenn sie einfach nur erschöpft war.

Mit hoch erhobenem Kopf kehrte Luna ins andere Zimmer zurück und fing an, das Essen aus den Taschen zu packen. „Erst essen. Später einladen."

Levis Blick landete auf den in Papier gewickelten Frühstückssandwiches und Kartoffelpuffern, die sie auf einen Pappteller gelegt hatte. Er stand erstarrt, die Augen fest auf die Mahlzeit gerichtet.

Ohne ein großes Gewese darum zu machen, reichte sie ihm ganz nebensächlich seinen Teller. „Limo ist hier auch für dich", sagte sie, nahm sich einen eigenen Teller und setzte sich auf das gebrauchte Sofa. Einen Augenblick später schloss Chad sich ihr an. Keiner von ihnen drehte sich zu Levi um, während sie ihre Sandwiches verdrückten.

Luna war noch nicht einmal hungrig, aber sie würgte das Sandwich hinunter, weil sie verdammt nochmal sichergehen wollte, dass Levi sich nicht unbehaglich dabei fühlte, sich das Essen reinzuziehen, das sie für ihn gekauft hatte. „In der Tüte ist noch mehr, Levi", sagte sie. „Iss, soviel du willst. Ich weiß noch, als ich in deinem Alter war, hatte ich die ganze Zeit einen Mordshunger." Es war die Wahrheit. Im Haus ihrer Pflegefamilie hatte es niemals genug gegeben, um satt zu werden.

„Ist schon gut", sagte er.

Luna drängte ihn nicht. Was immer nach dem Umzug noch übrig war, sie würde darauf bestehen, dass er es mitnahm. Es war ja vielleicht nicht mehr frisch, aber es wäre immer noch essbar.

„Okay. Bereit für die Arbeit?", fragte Chad, der sich vom Sofa erhob.

„Ja. Ich kümmere mich um das Schlafzimmer", sagte Luna, die bereits über ihre Verlegenheit wegen ihrer aufgehängten Unterwäsche hinweg war. Chad war erwachsen. Er hatte bestimmt schon eine Menge Frauenunterwäsche gesehen. „Das sollte nur ein paar Minuten dauern, dann bin ich fertig und helfe in der Küche."

Luna brauchte weniger als zehn Minuten, um ihre Klamotten und Badartikel einzupacken und das Bett abzuziehen. Sobald sie es geschafft hatte, schloss sie sich den beiden in der Küche an. „Das Schlafzimmer ist fertig. Wenn ihr beiden das Bett zum Truck schleppen wollt, packe ich das Geschirr fertig ein."

Levi stellte behutsam eine in Zeitung eingeschlagene Tasse in eine der Kisten. „Der Großteil der Schränke ist bereits leer."

„Danke." Sie lächelte ihn an.

Er belohnte sie mit einem scheuen Lächeln, und Luna dachte, ihr Herz würde gleich entzweibrechen. Der Junge war lieb, noch nicht zu verhärtet von dem, was immer in seinem jungen Leben los war.

„Legen wir los, Kleiner", sagte Chad. „Ich werde dir die Wunder meiner Luftmagie zeigen."

„Du bist eine Hexe?", fragte er, auf seinem Gesicht blitzte Interesse auf.

„Klar. Luna auch, nur dass ihre Talente in der Erdmagie liegen."

„Sowas von cool." Er ließ seinen Blick zwischen ihnen hin und her gleiten, ehe er den Kopf senkte und anfügte: „Ich wünschte, ich wüsste, was für eine Hexe ich bin."

Luna schaute Chad mit fragend erhobenen Augenbrauen an. Wie konnte er es nicht wissen? Die Elemente waren ziemlich klar geordnet. Chad zuckte mit einer Schulter, was nahelegte, dass auch er keine Ahnung hatte. „Was meinen denn deine Eltern?", fragte Luna zögerlich.

Nun war es an Levi, mit den Schultern zu zucken. „Ich weiß nicht. Meine Mutter ist weg, und mein Dad ist nicht magisch. Er wollte niemals etwas davon hören. Ist nicht sein Ding."

Weg. Meinte er damit, dass seine Mutter gestorben war? So wie Lunas Adoptivmutter. Sie spürte, wie ihre Brust eng wurde, und wollte ihm eine Million Fragen stellen, doch sie behielt sie für sich. Stattdessen sagte sie: „Aber du bist dir sicher, dass du eine Hexe bist? Wie kommst du denn darauf?"

Levi überraschte sie, indem er ein bellendes Lachen ausstieß. Aber er schloss den Mund rasch und starrte auf seine Füße, während er sagte: „Ich habe Vorahnungen. Sie werden immer wahr."

Luna schnappte nach Luft.

Sein Kopf fuhr hoch. „Was? Ihr glaubt auch, dass ich ein Freak bin? Ich dachte, Hexen könnten meine ungewöhnlichen Fähigkeiten eher akzeptieren."

In seinen Augen stand jetzt Panik, und Luna beeilte sich, ihn zu beruhigen. „Nein, nein. Nichts dergleichen. Tatsächlich bist du überhaupt kein Freak." Sie wollte seine Hand nehmen und sie drücken, ihn durch ihre Berührung beruhigen, doch sie sah, dass er kurz vor der Flucht stand. Er warf Blicke auf die Tüte mit dem übrigem Essen und die Tür. Wenn er das Geld nicht gebraucht hätte, das Chad ihm versprochen hatte, hätte er sich vermutlich die Tüte geschnappt und wäre abgehauen. „Kein Freak", wiederholte sie. „Etwas Besonderes. Hexen, die sehen können, nennt man Geisthexen, und die sind selten."

Seine Augen wurden groß, sein Gesicht rot. „Ich bin vermutlich keine ..." Er räusperte sich. „Es ist wohl unwahrscheinlich, dass ich ... ich glaube nicht, dass ich eine Geisthexe bin."

Luna hatte seine Gabe nicht in Aktion gesehen, darum war es ja nicht so, als könnte sie seinem Leugnen etwas entgegensetzen. Stattdessen sagte sie: „Es wird sich mit der Zeit zeigen. Bist du bereit, Chad zu helfen, die Möbel nach unten zu bringen?"

„Klar."

Die beiden verschwanden im Schlafzimmer, während Luna die Küche fertigmachte.

Ein paar Stunden später war der Großteil von Lunas bescheidenen Besitztümern auf die Ladefläche des Trucks gepackt, der Rest davon in die Fahrerkabine gezwängt. Luna reichte Levi die beiden übrig gebliebenen Sandwiches, während Chad ihm fünfzig Dollar in die Hand drückte.

„Danke für deine Hilfe", sagte Chad.

Seine Hände bebten, als er das Geld anstarrte, das er fest in der Hand hielt. Er schien sich zu stählen, ehe er es Chad wieder hinhielt. „Das ist zu viel. Das kann ich nicht nehmen."

„Doch, kannst du", sagte Chad gleichmütig. „Ich habe zwanzig Dollar in der Stunde angeboten. Das war eine Abmachung, und ich stehe zu meinem Wort."

Luna beobachtete ihn, während in ihren Augen Tränen

brannten. Sie wusste, dass er ein guter Mensch war, aber hier war er und bewies es schon wieder.

„Behalt das Geld, Levi", sagte Chad leise.

Levi nickte ihm ganz leicht zu und schob sich die Scheine in die Hosentasche. „Vielen Dank", sagte er, seine Stimme brach leicht. Als er den Kopf abwandte, wurde er wieder heftig rot.

„Levi?", fragte Luna, die ihren Arm durch seinen dünnen Arm schob.

„Ja?"

„Kann ich dich etwas fragen?" Sie wusste, dass sie auf wackligem Boden stand, aber sie musste es versuchen.

„Ich schätze schon."

Sie ging mit ihm nach draußen und setzte sich oben auf die Stufen, bedeutete ihm, dass er sich ihr anschließen sollte.

Er tat es, sagte aber nichts, starrte nur auf den Truck, den sie gerade beladen hatten, einen sehnsüchtigen Ausdruck auf dem Gesicht.

„Hast du einen sicheren Ort, an den du kannst, nachdem du hier weggehst? Eine Familie, die sich um dich kümmert?", fragte Luna, die um seinetwillen betete, die Antwort möge Ja lauten. Aber als er zögerte, kannte sie die Antwort. „Bist du in einer Pflegefamilie?"

Er ließ den Kopf hängen, blieb aber still.

„Ich war jahrelang in einer Pflegefamilie", sagte sie, hielt die Stimme gesenkt und ausdruckslos. „Es war nicht immer ein sicherer Ort für mich."

Sein Kopf fuhr hoch, und er starrte sie mit diesen aufgerissenen braunen Augen an. „Was hast du getan, wenn es nicht sicher war?"

Luna warf einen Blick hinüber zu Chad, schaute aber rasch weg. Er hatte sie ein paar Mal auf seiner Couch übernachten lassen, doch zum Großteil war sie bei Schulkameraden untergekrochen. „Ich hatte ein paar Freundinnen, denen es nichts ausmachte, wenn ich hin und wieder bei ihnen übernachtete. Falls das nicht funktioniert hat, habe ich einfach versucht, eine Weile in der Stadt zu verschwinden, und mich dann zurück ins Haus geschlichen, wenn ich wusste, dass alle geschlafen haben."

Levi erhob sich, hielt immer noch die Tüte mit Fast Food, die sie ihm aufgedrängt hatte. „Das ist beschissen. Aber meine Situation ist nicht wie deine."

„Ich bin mir sicher, dass sie das nicht ist. Aber wenn du Hilfe brauchst, wollen Chad und ich tun, was immer wir können, um deine Situation zu verbessern."

In seinen Augen blitzte Misstrauen auf. „Ihr zwei seid aber nicht irgendwie kranke Kidnapper, die sich über die Schwachen hermachen, oder? Denn ansonsten sehe ich keinen Grund, weshalb ihr versuchen solltet, nett zu einem dahergelaufenen abgehalfterten Jungen zu sein, dem ihr gerade erst begegnet seid."

„Levi …", setzte Luna an.

Doch bevor sie ihren Widerspruch einlegen konnte, wirbelte er auf dem Absatz herum und fing an, über den Balkon zur nächsten Treppe zu laufen.

„Verdammt", murmelte Luna, die sich die Haare aus dem Gesicht schob. „Das lief nicht, wie ich vorhatte."

„Zumindest hat er die Tüte mit Essen mitgenommen", sagte Chad.

„Das reicht nur für heute Abend", erwiderte Luna, die spürte, wie ihr Zorn sich breitmachte. „Was ist mit morgen? Oder übermorgen? Oder wenn er krank ist oder angegriffen wird, weil er einfach nur da ist. Wie soll das, was wir heute getan haben, ihm helfen?"

Chad lächelte sie verhalten an. „Da greifen dann die Visitenkarte und die Nachricht."

„Was für eine Visitenkarte und Nachricht?", fragte Luna, die ihn durch zusammengekniffene Augen anschaute.

„Die, die ich in die Tüte mit dem Essen gepackt habe. Sie liegen oben auf den Sandwiches. Sobald er was isst, wird er sie finden."

Luna beobachtete, wie Levi unten an den Stufen ankam und um die Seite des Gebäudes herum verschwand. „Was stand in der Nachricht?"

Chad trat neben sie. „Ich habe geschrieben, dass ich mir Sorgen mache, dass er keinen sicheren Schlafplatz hat oder genug, um sich grundlegend zu versorgen, und dass er, wenn er etwas braucht, egal was, dich oder mich anrufen soll, um zu helfen. Auf meiner Karte steht meine Handynummer, und ich habe mit der Hand die Nummer des Wellness-Centers dazugeschrieben."

Luna drehte sich zu ihm um, ihr Inneres voller aufgewühlter Emotionen. Chad hatte immer Möglichkeiten gefunden, die nicht bedrohlich wirkten, um sie wissen zu lassen, dass er jemand war, auf den sie zählen konnte, wenn sie jemanden brauchte. Einmal war es so gewesen, dass der aktuelle Freund ihrer Pflegemutter ein wenig aufdringlich geworden war, und anstatt sich dem Arschloch zu stellen, in dem Wissen, dass damit ihr Leben nur noch schlimmer werden würde, hatte Chad ihr angeboten, in seinem Haus aufzuräumen. Hatte gesagt, es müsse bis zum nächsten Morgen erledigt sein. Sein Angebot war perfekt gewesen. Es hatte ihr die Kontrolle darüber überlassen, ob sie seine Hilfe wollte oder nicht, indem sie die Aufräumaktion in seinem Haus annahm oder ablehnte. Sie hatte sich darauf gestürzt.

Alles war besser, als von dem perversen Freund begrapscht zu werden.

Als sie in seine Wohnung gekommen war, hatte sie nicht einen Hauch Unordnung entdecken können, aber er hatte sie trotzdem dafür bezahlt, sein kleines Haus zu putzen, hatte darauf beharrt, dass es ein paar Wochen her war, seit mal jemand mit dem Staubsauger durchgegangen war. Als sie fertig war, hatte er ihr genug Geld gegeben, um sich in der nächsten Woche ihr Mittagessen zu kaufen, und ihr einen wöchentlichen Job angeboten, das Haus in Ordnung zu halten. Zwei Wochen später fand sie heraus, dass er eine normale Haushälterin hatte, die jeden Montag auftauchte, ganz gleich, ob das Haus es brauchte oder nicht. Sie hatte ihm nie erzählt, dass sie sein Geheimnis kannte, und hatte letztlich für ihn gearbeitet, bis man sie in den Jugendknast gesteckt hatte.

Als die Erinnerungen sie durchströmten, wurden Lunas Augen feucht. Und ehe sie sich aufhalten konnte, warf sie die Arme um ihn, vergrub ihr Gesicht an seiner Schulter und sagte: „Danke."

Seine Arme legten sich zögerlich um sie, zogen sie dichter in eine völlig glücklich machende Umarmung. „Wofür?", flüsterte er.

Luna drückte ihn fester und sagte: „Dafür, dass du du bist."

KAPITEL 6

*C*had hielt vor dem niedlichen, cremefarbenen Häuschen mit roten Fensterläden an und schaltete den Motor ab. „Hübsches Haus. Sieht aus, als wäre es in Laufweite zur Hauptstraße."

Luna nickte. „Es ist für mich geradezu perfekt." Sie stieß ein leises Kichern aus. „Tatsächlich ist es ein wenig mehr als das, was ich gewöhnt bin. Ich bin mir nicht sicher, weshalb ich zwei Schlafzimmer brauchen sollte, aber ich freue mich darauf, es herauszufinden. Die größte Wohnung, in der ich jemals allein gelebt habe, war das Apartment, das wir gerade in Eureka ausgeräumt haben."

„Du verdienst das, Luna", sagte Chad, der ihre Hand nahm und drückte. „Ich bin froh, dass du es nach Keating Hollow geschafft hast."

Ihre Lippen krümmten sich zu einem geisterhaften Lächeln. „Ich auch."

Chad widerstrebte es, ihre Hand loszulassen, saß einfach nur da und genoss es einen Augenblick lang.

Schließlich hob sie den Blick zu ihm und sagte: „Wir sollten vermutlich den Truck ausladen."

„Richtig." Seine Stimme war rau vor Emotionen, und er musste sich schütteln. Was zum Teufel war mit ihm los? *Krieg dich wieder ein, Mensch,* sagte er sich. *Gehe nicht weiter. Es gibt zu viel Geschichte, und einiges davon weiß sie nicht einmal.*

Chad zog seine Hand weg und sprang aus dem Truck.

Luna stieg herab und trottete den hübschen, von Blumen gesäumten Zugang hinauf, um die Tür aufzusperren.

Chad kicherte vor sich hin. Niemand in Keating Hollow sperrte die Tür ab. Niemand außer Luna Scott. Er wusste, weshalb. Sie hatte noch nie in einem Ort gewohnt, der so sicher war, dass man den Nachbarn vertrauen konnte. Und ihm war klar, dass Vertrauen ihr niemals leicht fallen würde.

Sie machten sich an die Arbeit, luden den Truck aus. Als es darum ging, das Bett zu schleppen, lehnte sich Luna an den Truck und holte lange Luft. „Es wäre echt schön gewesen, Levi hier zu haben."

Chad nickte, öffnete und schloss seine schmerzende Hand. Er war mental ausgelaugt, weil er seine Luftmagie benutzt hatte, und war darauf zurückverfallen, den Großteil des Auspackens per Handarbeit zu erledigen. Obwohl sein übriger Körper ganz gut mithielt, hatte sich seine Hand leicht zu einer Klaue gekrümmt, und er wusste, dass es ein paar Tage dauern würde, bis der Schmerz nachließ.

„Alles in Ordnung?", fragte Luna, die seine Hand beäugte.

„Wird schon. Ich habe nur einen Augenblick gebraucht, ehe wir es mit diesem Bett aufnehmen." Wieder öffnete und schloss er die Hand, versuchte, die Muskeln und Sehnen zu dehnen, doch ein heftiger Schmerz schoss seinen Arm hinauf, und er zuckte zusammen.

Luna rückte näher an ihn und nahm sanft seine Hand in ihre. „Macht es dir was aus, wenn ich etwas probiere?"

Er starrte in ihre grünen Augen, genoss ihre sanften Liebkosungen.

„Chad?"

„Ja?"

Sie lachte. „Wo warst du denn?"

„Deine Berührung. Sie fühlt sich gut auf meinen schmerzenden Gelenken an."

„Das kann ich noch besser", sagte sie und strich mit allen vier Fingern über die Rückseiten seiner Finger. „Macht es dir was, wenn ich etwas versuche?"

„Überhaupt nicht." Er schloss die Augen, dann stieß er ein zufriedenes Seufzen aus, als ein magisches Prickeln aus ihren Fingerspitzen stob und über seine Haut tänzelte. Ein leises, genüssliches Stöhnen kam ihm über die Lippen, ehe er sich beherrschen konnte. „Verdammt. Das ist wirklich schön."

„Warte nur, bis ich wirklich damit loslege", sagte sie, ihre Stimme erheitert.

„Wenn das dein halbherziger Versuch in der Magiesparte ist, dann müssen deine Talente ja ein verdammtes Wunder sein."

Ihre Augen funkelten bei seinem Lob, und er schwor sich, alles zu tun, was er konnte, um diesen Ausdruck wieder auf ihr Gesicht zu zaubern. „Entspann dich für mich", sagte sie, und ihre Magie begann mit größerer Intensität zu pulsieren.

„Ich bin mir nicht sicher, ob das möglich ist." Aber er schloss die Augen trotzdem, versuchte, nicht daran zu denken, wie ihre Berührung in ihm den Wunsch aufkommen ließ, sie zu packen und seine Lippen mit ihren verschmelzen zu lassen. Er war innerlich entflammt, nur weil sie mit den Fingerspitzen über seine Hand strich.

„Hol tief Luft", beruhigte sie ihn. „Stell dir vor, du sitzt am Klavier, spielst dieses eine Lied, das ich immer so geliebt habe. Das, von dem ich dir gesagt habe, es klinge nach Sonnenschein und Glück."

Die Erinnerung an sie, wie sie neben seinem Klavier in Berkeley saß, während er die Noten eines Liedes vor sich hin spielte, das seine Mutter geschrieben hatte, als er klein gewesen war, wärmten ihn innerlich. Es war seine liebste Erinnerung an sie, einer der seltenen Zeitpunkte, in denen sie wirklich gewirkt hatte, als hätte sie Frieden gefunden.

„Ganz genau", sagte sie leise. „Perfekt." Sie ging von den Liebkosungen zu einer leichten Massage seiner Hand über, drückte ihm ihre starken Finger in die Handfläche. Die Anspannung schien sich einfach unter ihrer Berührung zu verflüchtigen. Aber da hörte sie nicht auf. Sobald sie sich über seine Handfläche gearbeitet hatte, ging sie zu jedem seiner Finger weiter, drückte und dehnte und stimulierte die Muskeln und Sehnen.

„Das ist unglaublich", sagte Chad, der ein weiteres genüssliches Stöhnen unterdrückte.

„Danke. Du solltest wirklich zu regelmäßigen Massagetherapie-Terminen vorbeikommen. Ich glaube, ich kann viel tun, um dir zu mehr Beweglichkeit zu verhelfen."

„In Ordnung. Klar." Sein Magen hüpfte ein wenig bei dem Gedanken, sie regelmäßig zu sehen. Nur dass er, anstatt seine Zuneigung zu ihr zu unterdrücken, wie er es in den letzten paar Tagen getan hatte, sie einfach nur anlächelte. „Ich mache später einen Termin, wenn ich nach Hause komme."

Luna verbrachte ein paar weitere Minuten damit, seine Hand zu massieren und zu behandeln, und als sie fertig war, spürte er kaum noch einen Hauch von dem Schmerz, mit dem er in den letzten drei Monaten gelebt hatte.

Er schloss und öffnete die Finger mühelos und schaute sie verblüfft an. „Wie hast du das gemacht? Nichts, was ich bei der Physiotherapie getan habe, ist jemals auch nur in die Nähe dessen gekommen, was du in ein paar Minuten geschafft hast."

Sie lächelte ihn scheu an. „Meine Ausbildung hilft, aber zum Großteil war es meine Magie. Muskeln aufbauen, Sehnen und so weiter, das alles ist für mich natürlich. Ist keine große Sache."

Chad sah sie intensiv an. „Es ist eine große Sache, Luna. Du weißt doch bestimmt, was deine Gabe für Menschen bedeuten kann, die eine ernsthafte Verletzung mitgemacht haben."

„Weiß ich." Sie schaute weg. „Ich will nur einfach keine große Sache daraus machen. Ich bin niemand, der Wunder wirkt, Chad. Ich tue einfach, was ich kann, um Menschen zu helfen."

Ihre Worte trafen ihn wie ein Hieb in den Magen. Sie war süß, atemberaubend und hatte das größte Herz aller, denen er je begegnet war. Es war nicht einfach nur beeindruckend; es war geradezu ein Wunder. Nach den rauen Umständen, in denen sie aufgewachsen war, wäre es leicht für sie gewesen, zu verbittern. Aber das war sie nicht. Sie war aufrichtig freundlich und liebenswürdig. Die Art, wie sie gleich zur Tat geschritten war, indem sie genug Essen geholt hatte, als ihr klar geworden war, dass Levi ein gefährdeter Jugendlicher war, und dann die Art, wie sie sich aufgeregt hatte, als er weggelaufen war, hatten ihn gerührt. Sie kümmerte sich um Menschen. „Du bist zu einer großartigen Frau geworden, weißt du das?"

Ihr intensiver grüner Blick traf seinen. „Ist das so? Ich war mir sicher, dass du mich immer noch als verschreckten Teenager siehst, der immer bei dir rumhängt."

„Na ja, schon." Seine Lippen krümmten sich zu einem

neckenden Grinsen, und in seinen Augen funkelte Humor. „Aber dann habe ich diese ganze Spitze in deinem Schlafzimmer gesehen."

Luna stöhnte. „Erinnere mich bloß nicht daran."

Lachend ging er voraus zurück zum Truck. „Komm schon, meine Hübsche. Bringen wir dein Bett in dieses niedliche Haus, damit du heute Abend was Besseres zum Schlafen hast als diese Luftmatratze."

Sobald sie das Bett die Stufen hochgeschleppt und es zusammengesetzt hatten, stand Luna mitten im großen Schlafzimmer, die Hände in die Hüften gestemmt. „Das ist alles, oder?"

„Ja. Der Truck ist leer", bestätigte Chad.

„Perfekt." Luna ging zu ihm hinüber und streckte die Hand aus, weil sie ihm seine schütteln wollte. „Danke für deine Hilfe heute. Das wusste ich sehr zu schätzen."

Chad ließ seine Hand in ihre gleiten, aber anstatt sie zu schütteln, zog er sie zu einer großen Umarmung heran. „Händeschütteln ist für Bekannte, Luna. Nicht alte Freunde."

„Das sind wir also?", fragte sie, ihre Stimme leicht gedämpft durch seine Brust.

Chad zog sich leicht zurück und schaute auf ihr hübsches Gesicht hinab. „Auf jeden Fall."

„Ja, na gut." Sie schmiegte ihr Gesicht an seine Schulter. Und dieses Mal zog sie ihn an sich, hielt sich so fest, dass er fast schon Schwierigkeiten mit dem Atmen bekam. Oder lag das daran, dass ihm das Herz bis zum Hals schlug? Dieses wunderbare Wesen ließ seine Nerven völlig durchgehen. Er hatte zugleich den Drang, ewig in dieser Umarmung zu verharren und sich zurückzuziehen, damit er ihr Gesicht nehmen und sie bis zur Besinnungslosigkeit küssen konnte.

Verdammt. Küssen war nicht „alte Freunde". Und Chad

wusste, wenn er es wagte, diese Grenze nach nur einem Tag, an dem sie zusammengearbeitet hatten, zu überschreiten, würde sie vermutlich flüchten. Oder ihn ausschließen. Sie hatte sich nicht darauf eingelassen, dass er sich an sie heranmachte. Er musste sich verdammt nochmal abkühlen, ehe er etwas tat, das er bedauern würde.

„Ich sollte gehen", sagte Chad, der sich dazu zwang, von ihr zurückzutreten. „Ich bin mir sicher, du willst dich einrichten und ein wenig Ruhe bekommen, ehe du morgen zur Arbeit gehst."

Luna schaute auf ihr Telefon hinab, sah nach der Uhrzeit. „Das ist vermutlich keine schlechte Idee."

„Also gut." Er setzte sich zur Schlafzimmertür in Bewegung.

„Chad?", rief sie.

„Ja?"

„Danke." Sie lächelte ihn wohlwollend an, in ihren Augen standen Wärme und Dankbarkeit. „Ich habe es ernst gemeint, als ich gesagt habe, dass ich deine Hilfe heute sehr zu schätzen weiß. Lässt du dich morgen Abend von mir zum Essen einladen, um dir zu danken?"

Die Worte kamen ihm bereits über die Lippen, noch ehe er über ihre Einladung nachgedacht hatte. „Ja. Auf jeden Fall. Wo und wann?"

„Um sieben?" Sie biss sich auf die Unterlippe, zog seinen Blick auf sich. „Im Townsend-Brauereipub?"

„Klar. Um sieben. Im Brauereipub." Er grinste sie an, und kurz, bevor er ging, fügte er an: „Es ist ein Date."

KAPITEL 7

Es ist ein Date. Die Worte kreisten in Lunas Kopf, während sie an Ms. Bettys Nacken und Schultern arbeitete, sanft ein paar Verspannungen wegmassierte. Seit Chad die Worte gesagt hatte, kurz bevor er am Vortag ihr Haus verlassen hatte, befand sie sich in einem Zustand leichter Panik. Hatte sie das wirklich getan? Ihn gefragt, ob er mit ihr auf ein Date ging?

Nein. Es war nur ein Abendessen, um Danke zu sagen. Sonst nichts.

Warum machte sie sich dann Stress damit, was sie anziehen würde, und fragte sich, ob sie Zeit hätte, sich nach der Arbeit die Nägel lackieren zu lassen?

„Ahhhh", sagte Ms. Betty, die wohlwollend stöhnte. „Ich wünschte, ich hätte dich schon vor vierzig Jahren gekannt. Das ist besser als Sex mit meinem verstorbenen Ehemann Gordy."

Luna blinzelte und schaute auf ihre Kundin hinab. Kichernd sagte sie: „Das … das ist vielleicht ein wenig mehr, als ich wissen will, Betty."

„Ich sage nur die Wahrheit", erwiderte die Frau. „Ich sage

dir, deine Hände sind himmlisch. Stell dir doch vor, wenn du sie auch auf ..."

„O nein. Hier wird nichts vorgestellt, und bei der Göttin, sprechen Sie diesen Gedanken nicht aus, oder ich beende diese Sitzung, bevor ich zur anderen Schulter komme."

„Spaßbremse", entgegnete Betty, und Luna konnte in der Stimme der Frau beinahe das Augenrollen hören.

„Das hier ist ein professionelles Umfeld, Ms. Betty." Luna versuchte, ihre Stimme streng zu halten, konnte aber das amüsierte Kichern nicht unterdrücken, das sie verriet.

„Klar, als würdest du nie mal einen Blick unter das Laken werfen, wenn ein heißer Feger reinkommt, um sich massieren zu lassen." Der Körper der Frau bebte vor Lachen. „Vergisst du dich eigentlich je und stößt auch mal ein Stöhnen aus, wenn du einen wirklich atemberaubenden Hintern siehst?"

„Hier werden keine Blicke gewagt. Bitte, ich bin Profi." Luna goss weiteres Massageöl auf ihre Handfläche, genoss den leichten Geruch nach Orange und Ingwer, den sie an diesem Vormittag ausgewählt hatte.

„Aha. Du willst mir also sagen, dass du nicht ein wenig spechten würdest, wenn Chad mit seinem runden Hinterteil eine Sitzung bei dir bucht?"

„Nein. Niemals", beharrte Luna.

„Und nach eurem Date heute Abend?", fragte sie, ihre Stimme ganz hoch vor Aufregung. „Hast du irgendwelche Pläne, ihn aus dieser engen Jeans zu schälen? Ich wette, seine Rückansicht ist gigantisch."

Luna starrte auf die grauhaarige Frau hinab und blinzelte. Sie holte tief Luft, versuchte, ihre Nerven zu beruhigen. Nachdem sie sich zu Ms. Bettys anderer Schulter begeben hatte, fragte sie: „Woher wussten Sie, dass wir heute Abend ... äh, essen gehen?"

„Ach, Luna, meine Liebe. Das hier ist eine Kleinstadt. Jeder weiß alles."

Luna runzelte die Stirn. Sie hatte ihr Date mit Chad vor niemandem erwähnt. Oder? Aber dann dämmerte ihr, dass sie es Hanna erzählt hatte, als sie sich ihren morgendlichen Kaffee abgeholt hatte, aber nur, weil die andere Frau sie zu einem Mädelsabend mit den Townsend-Schwestern eingeladen hatte. Luna war enttäuscht gewesen, dass sie hatte ablehnen müssen. Sie hing gerne mit ihnen herum. Aber dieses Mal konnte sie nicht, und sie wollte es auch nicht, weil sie Chad nicht absagen wollte. Tatsächlich freute sich darauf, ihn zu sehen. Sie war enttäuscht, dass Hanna ihre Angelegenheiten weitertratschte, aber dann hätte auch wieder jeder im Café die Unterhaltung mithören können. Betty hatte recht. Es gab in einer Kleinstadt keine richtigen Geheimnisse … außer Lunas Vergangenheit. Chad war der Einzige, der ihre Geheimnisse kannte. Vertraute sie ihm, dass er sie für sich behielt? Sie dachte schon.

Ein weiteres genüssliches Stöhnen kam von Ms. Betty. „Wenn du fertig bist, werde ich jemanden brauchen, der mich nach Hause trägt."

Luna grinste. Ms. Betty wohnte in einem Gelände für Senioren am Rande der Stadt. Aber sie ließ es immer klingen, als hätte sie sich in ein Altenheim eingewiesen, was nicht weiter von der Wahrheit entfernt sein könnte. Ms. Betty war genauso mobil und aktiv wie die übrigen Bewohner des Städtchens.

„Habt ihr irgendwen in der Belegschaft, der helfen könnte? Vielleicht Hunter? Es würde mir nichts ausmachen, in seinen muskulösen Armen zu liegen, lass dir das gesagt sein. Nur einmal mein Gesicht an seine Brustmuskeln drücken, und das würde mich schon wochenlang aufrechterhalten", sagte sie mit atemloser Stimme.

„Lassen Sie Faith bloß nicht wissen, dass Sie so über ihren Freund reden. Sie wird manchmal durchaus etwas eifersüchtig", erwiderte Luna. „Sie wollen doch nicht gleich nach der Massage in einen Hahnenkampf geraten, oder?"

Betty stieß ein schnaubendes Lachen aus. „Faith kann mir gar nichts. Ich habe einen braunen Gürtel, weißt du."

„Wirklich?", fragte Luna überrascht.

„Nun ja, ich bin im Besitz eines braunen Gürtels. Mein erster Ehemann hat ihn sich verdient. Ich habe ihm nur zugejubelt. Aber ich schätze, irgendwas habe ich bestimmt gelernt in all den Jahren, in denen ich so getan habe, als hätte ich ein Interesse an Karate. Richtig?"

„Klar, Betty." Luna kicherte. „Ich wette, Sie haben Moves drauf, die Faith noch nie gesehen hat."

„Da liegst du richtig." Sie wackelte mit den Hüften, sodass Luna abermals lachte.

„Sieht mehr nach Tanzmoves aus."

„Die habe ich auch drauf, Luna. Du solltest mal vorbeikommen, wenn der nächste Tanznachmittag in der Wohnanlage stattfindet. Ich werde dir zeigen, wie man die Hüften richtig schwingt. Natürlich brauche ich danach vielleicht Physiotherapie, aber das wäre es wert."

Betty machte damit weiter, Luna mit charmanten Geschichten durch den Rest der Massage zu begleiten, und als es vorbei war, brachte Luna sie zurück zum Empfangstresen, und sie lachten beide immer noch.

„Na, na, habt ihr beide heute einen Clown gefrühstückt?", fragte Lena, die Empfangsdame. Ihre dunklen Haare waren oben auf ihrem Kopf zu einem sauberen Dutt zusammengesteckt, und sie hatte sich einen Bleistift hinters Ohr geschoben. Eine Brille mit schwarzem Rand war die

Krönung ihres Stils, sodass sie eher wie eine Latino-Bibliothekarin wirkte als wie eine Empfangsdame im Spa.

„Nichts Besonderes", sagte Miss Betty mit einem leichten Schulterzucken. „Ich hatte nur gehofft, ich würde Hunter begegnen." Sie hob die Hände und tat so, als würde sie seinen Bizeps kneifen. „Ich schwöre, dieser Mann macht irgendwas mit mir. Letzte Woche habe ich ihn beinah in den Hintern gekniffen, aber Yvette drüben bei *Hollow Books* hat mir gesagt, das wäre Belästigung, darum habe ich nur draufgeklopft. Habt ihr eine Vorstellung davon, wie straff er ist? Ich könnte einfach reinbeißen ..."

„Ms. Betty!", tadelte Faith, die in den Empfangsraum eilte. Ihre langen blonden Haare waren zu einem Zopf zurückgebunden, und ihre grünen Augen zusammengekniffen, während sie die ältere Frau anstarrte. „Sie geben doch wohl nicht damit an, dass Sie meinen Verlobten sexuell belästigt haben, oder?"

„Ich habe nicht gekniffen! Yvette hat gesagt ..."

Faith hob eine Hand, um die ältere Frau aufzuhalten. „Ich weiß, was Yvette gesagt hat. Mal kurz antatschen ist nicht viel besser." Sie schüttelte den Kopf. „Wie würden Sie es denn finden, wenn ich Ihnen an den Hintern fasse?"

In Ms. Bettys Augen flackerte Erheiterung. „Ich würde mich bedanken. Das wäre mehr Action, als ich seit dieser Silvesterparty 1999 erlebt habe, als wir Uhren aus einem Eimer zogen und ich am Ende den Abend mit diesem großartigen Restaurator aus der Stadt verbracht habe. Er hatte einen richtig großen ..."

„Ach, egal." Faith schlug sich die Hände auf die Ohren und bebte vor lautlosem Gelächter.

Luna bewunderte Ms. Betty. Die Frau war bestimmt schon in den Siebzigern und gab alles ungefiltert von sich. Obwohl

Luna nicht den Wunsch hatte, jemanden mit unangemessenen Berührungen zu behelligen, hoffte sie, dass sie in Ms. Bettys Alter das Leben so voll und ganz genoss wie die ältere Frau. Ms. Betty hatte stets ein Lächeln auf dem Gesicht und verpasste niemals eine Gelegenheit, um zu lachen. Es war, soweit es Luna betraf, Zeichen eines gut geführten Lebens.

Ms. Betty bezahlte noch bei Lena, und als sie sich auf den Weg nach draußen machte, drückte sie Lunas Hand, während sie sagte: „Genieß diesen sexy Mann. Mach dir Notizen. Ich will bei meiner nächsten Sitzung alles darüber hören."

Luna schnaubte erheitert. „Ich wünsche Ihnen einen schönen Nachmittag, Betty."

„Aber sicher doch. Heute kommt der Poolboy. Ich muss zurück, bevor die ganzen guten Plätze weg sind." Mit einem breiten Lächeln eilte sie zur Tür, stieg in das Golfmobil der Ruhestandsgemeinschaft *Enchanted Dreams* und winkte, während der junge Mann auf dem Fahrersitz rückwärts wegfuhr.

„Die ist gefährlich", sagte Faith tonlos.

„Ich finde sie witzig", erwiderte Luna mit einem Schulterzucken und wollte zurück in das Massagezimmer, um sich auf ihren nächsten Kunden vorzubereiten.

„Warte, Luna, hier ist ein Brief für dich", sagte Faith.

Luna warf einen Blick zurück auf ihre Chefin, ihre Stirn verwirrt in Falten gelegt. „Was?"

Faith, die schon angefangen hatte, sich durch die Post zu wühlen, hielt einen cremefarbenen Umschlag hoch, ihre verwirrte Miene war ein Spiegelbild von Lunas. „Es steht keine Rückadresse drauf, aber der Poststempel ist aus Redding. Hast du da Familie?"

Luna lachte beinahe. Familie. Das war etwas, was andere Leute hatten. Sie schüttelte nur den Kopf und begab sich zurück zum Tresen, um ihrer Chefin den dicken Umschlag abzunehmen. „Es ist auf gar keinen Fall Familie. Vermutlich jemand, mit dem ich in der Schule war, oder eine alte Mitbewohnerin."

Faith hob die Augenbrauen. „Keine Familie?"

Verdammt. Weshalb hatte sie etwas gesagt? Luna sprach niemals über die Tatsache, dass sie nirgendwo da draußen eigene Leute hatte. Ihre Vergangenheit war einfach zu deprimierend. Stattdessen hielt sie sich immer vage. Das funktionierte für sie. Normalerweise. „Nicht mehr. Meine Mutter ist gestorben, und es waren immer nur wir zwei."

„Oh, Luna. Das tut mir so leid", sagte Faith, die sich eine Hand auf die Brust drückte. „Ich wollte nicht neugierig sein."

„Ich weiß. Ist schon in Ordnung." Luna lächelte ihr beruhigend zu, ehe sie in ihren Massageraum verschwand. Sie hielt den Umschlag in zwei Fingern und starrte ihn lange an. Nein. Sie war nicht bereit, sich dem Stück Vergangenheit zu stellen, das gekommen war, um sie heimzusuchen. Sie stopfte den Umschlag in ihre hintere Hosentasche und schob ihn aus ihren Gedanken. In zwanzig Minuten kam ein Kunde für sie. Es war Zeit, sich wieder an die Arbeit zu machen.

Als Luna schließlich mit ihrem letzten Termin des Tages fertig war, ging sie durch den Gang zu Faiths Büro. Nach einem Klopfen an der geschlossenen Tür hörte sie ein leises „Herein."

Luna wollte nur den Kopf reinstecken, doch gerade als sie die Tür öffnete, klingelte Faiths privates Telefon. Faith griff danach, um ranzugehen, winkte Luna näher und deutete auf einen der Plüschsessel im Sitzbereich.

„Faith Townsend", sprach sie ins Telefon. Ihre üblicherweise fröhliche Miene trübte sich, während sie die Stirn runzelte.

„Nein, Gabby. Ich habe dir bereits gesagt, dass ich kein Interesse habe." Luna setzte sich auf die Sesselkante, nicht sicher, ob sie bleiben sollte, denn Faiths ganze Haltung hatte sich soeben verändert. Ihre Schultern waren herabgesunken, ihr Kiefer angespannt. Wer immer am anderen Ende der Leitung war, hatte Faith mehr Stress verursacht, als Luna je bei ihr gesehen hatte.

„Nun, das musst du selbst rausbringen", fuhr Faith fort. „Es mag ein Teil deines Programms sein, Wiedergutmachung zu leisten, aber ich bin nicht verpflichtet, es dir leicht zu machen." Es gab eine Pause, und Faiths Augen blitzten vor Zorn. „Nein, ich bestrafe dich nicht absichtlich. Hör auf, mir Schuldgefühle einzureden. Ich bin einfach noch nicht bereit, in Ordnung?"

Luna stand auf, weil ihr klar war, dass sie einer persönlichen Unterhaltung lauschte. „Ich warte dann draußen", flüsterte sie.

Aber Faith deckte den Empfänger des Telefons ab und schüttelte den Kopf. „Nicht nötig. Ich brauch nur eine Sekunde."

Da ihre Chefin gerade darauf bestanden hatte, dass sie blieb, setzte sich Luna wieder hin und versuchte, nicht mitzuhören. Sie scheiterte.

„Ich muss los", sagte Faith, ihre Stimme rauer, als Luna sie jemals zuvor gehört hatte. „Nein, ich komme nicht ... und ich weiß nicht, ob Abby oder Yvette Interesse hätten." Faith drückte sich eine Hand auf den Nacken. „Nein, ich bezweifle, dass Noel kommt. Ich lege jetzt auf." Sie wollte den Hörer schon auflegen, doch Gabby hatte wohl etwas ins Telefon gebrüllt, denn Faith nahm es rasch wieder dicht ans Ohr. „Was hast du gerade gesagt?"

Luna starrte die Wand an, Eiseskälte kroch über ihre Haut.

Nach ihren unangenehmen Jahren im Pflegesystem hatte Luna eine große Abneigung gegen das Drama des Familiendaseins entwickelt. Und davon, hier im Büro zu sitzen, und Faith dabei zu belauschen, wie sie mit jemandem umging, der offensichtlich zur Familie gehörte, bekam Luna beinahe Ausschlag. Sie musste aus dem Sessel aufstehen und hinausgehen. Sie würde sich eine Entschuldigung einfallen lassen. Es war nicht allzu schwierig. Das machten doch alle die ganze Zeit.

„Du hast was?" Faith stand auf, ihre Augen waren groß. „Das ist nicht möglich. Hunter würde das wissen … ich höre mir deine Lügen nicht an. Tschüss, Gabby." Sie knallte das Telefon hin, sank zurück in den Sessel und legte sich die Hände auf die Stirn.

Luna saß erstarrt da, unsicher, was sie tun sollte. Sie wollte Faith einen Augenblick geben, um zu verarbeiten, was sie gerade gehört hatte, aber zur gleichen Zeit wollte sie ihr etwas Privatsphäre gewähren.

„Bei der Göttin. Es tut mir so leid, Luna." Sie schaute von ihren Händen auf, ihre Augen glasig, als würde sie Tränen zurückhalten. „Das war …" Faith holte zitternd Luft. „Nun, es kam unerwartet." Sie richtete sich auf und schaute Luna geradewegs an. „Was kann ich für dich tun?"

Luna stieß ein leises Lachen aus. „Ich wollte nur gerade Feierabend machen und bin bei dir vorbeigekommen, um zu sehen, ob du noch was brauchst, ehe ich gehe."

Faiths Frust und Anspannung ließen nach, sodass ihre Schultern und ihr Kinn sich leicht entspannten. „Verflixt, ich hatte wirklich Glück, als du dich beworben hast, oder?" Ihr Lächeln erhellte ihr ganzes Gesicht, während sie ein Blatt Papier herauszog und es zum Rand des Schreibtisches schob. „Du musst für mich nur das hier unterzeichnen."

Luna beugte sich vor und schnappte sich etwas, das wie ein Vertrag aussah. „Was ist das?"

„Ein Arbeitsvertrag." Faiths Lächeln wurde breiter. „Du bist nun lange genug hier, dass wir wissen, dass es gut passt, oder?"

„Klar." Luna nickte, denn sie mochte ihren Job. Faith war eine nette Chefin, und die Kunden waren wunderbar.

„Und du bist gerade in die Stadt gezogen, also bist du fest hier. Du gehst doch nicht irgendwann bald weg?", fragte sie.

„Jawohl, bin in die Stadt gezogen und gehe nicht", bestätigte Luna.

„Hervorragend, denn ich habe beschlossen, der tollste Weg, um gute Mitarbeiter zu halten, ist die Gelegenheit, an den Gewinnen beteiligt zu werden. Dein Grundgehalt ändert sich nicht. Nun ja, schon", sagte sie mit ihrem Nicken, „aber das liegt daran, dass du eine Gehaltserhöhung bekommst. Das ist das, was wir besprochen haben, als du eingestellt wurdest. Aber nun bekommst du auch Prämien basierend darauf, wie gut der Laden läuft. Wie klingt das?"

Luna war sich sicher, dass sie sich verhört hatte. Prämien? Geteilte Gewinne? Luna war erst seit Kurzem hier. Sie wusste, dass sie eine geschätzte Angestellte war, und sie war verdammt gut in ihrem Job. Sie hatte nur nicht ... damit gerechnet. Sie räusperte sich. „Das ist sehr großzügig von dir, Faith. Bist du sicher, dass du das machen willst? Nicht, dass ich mich beschwere. Ich bin ... ich bin nur noch nicht so lange hier."

Faith kam hinter ihrem Schreibtisch hervor und setzte sich auf einen Sessel neben Lunas. Sie schaute ihre Angestellte freundlich an. „Hör mal, ich habe bereits herausbekommen, dass du nicht über die Vergangenheit reden willst. Das ist in Ordnung. Ich trage auch ein Päckchen mit mir herum, und ich bin nicht besonders erpicht darauf, es wiederzusehen." Faith schüttelte den Kopf, als wolle sie eine Erinnerung aus ihren

Gedanken lösen. „Auf jeden Fall weiß ich, dass du gesagt hast, du hast da draußen nirgendwo Familie, und ich habe nicht die Absicht, dazu weitere Fragen zu stellen."

Luna öffnete den Mund, doch dann merkte sie, dass sie keine Ahnung hatte, was sie sagen sollte. Danke? Gut? Es einfach übergehen?

„Ich will einfach, dass du weißt, dass ich jeden, der hier arbeitet, als Familie betrachte. Und wenn du zu meiner Familie gehörst, dann hat der ganze Townsend-Clan Anspruch auf dich", sagte Faith. „Wenn du irgendwas über die Townsends weißt, dann, dass wir uns um Familie kümmern. Selbst wenn sie das nicht will, also nimm es doch gleich an, okay?"

Ein überraschtes Lachen stieg in Lunas Kehle auf. „Ich werde mein Bestes geben."

„Das ist alles, was man erwarten kann."

Faith erhob sich und breitete die Arme aus. „Ist es unangemessen, um eine Umarmung zu bitten?"

„Ja", sagte Luna, die immer noch lachte. Aber sie stand aus dem Sessel auf und gab Faith die Umarmung, um die sie gebeten hatte. Luna sank in die Arme der anderen Frau. Sie waren warm und gemütlich, und zum ersten Mal seit Ewigkeiten spürte Luna nicht mehr, wie die Panik sich an sie heranmachte und drohte, sie zu ersticken. Aber in ihren Augen brannten Tränen wegen der unerwarteten Geste. „Danke, Faith. Du hast keine Ahnung, was mir das bedeutet."

„Gern geschehen." Faith zog sich zurück und grinste sie an. „Jetzt los. Ich weiß, dass du heute Abend ein großes Date hast. Du willst doch diesen hübschen Musiker nicht warten lassen."

Lunas Mund klappte auf. „Du auch? Wer hat es dir erzählt?"

„Hanna. Warum? Ist das geheim?"

„Nein. Es wird uns eh jeder zusammen beim Abendessen sehen. Es hat sich nur schnell herumgesprochen, das ist alles."

„Oh. Stimmt." Faith tätschelte ihr den Arm. „Mach Hanna keinen Vorwurf. Sie hat es nur erwähnt, als Shannon erzählt hat, dass sie ihn gefragt hat, ob er mit ihr ausgeht, und er hat sie abblitzen lassen. Offensichtlich hat sie Chad belagert, während er an seinem Laden arbeitete, und ihm diese Information entlockt."

„Er hat sie abblitzen lassen?" Das Wissen ließ Lunas Magen Kapriolen schlagen. „Shannon ist atemberaubend."

„Genau wie du", sagte Faith. „Jetzt los. Ich muss ein paar Dinge abschließen, ehe ich Hunter suche und sicherstelle, dass Ms. Betty ihn nicht aufgespürt hat, um noch einmal nachzufassen."

Luna lachte noch, während sie durch die Vordertür ging. Es war ein toller Tag gewesen. Sie hoffte nur, dass sie es durch dieses *Date* schaffte, ohne sich zum Idioten zu machen.

as trug man zu einem Date in einem Brauereipub? Luna schätzte locker, aber hübsch? Hieß das eine Jeans und ein frisches Top oder ein Rock und nette Schuhe? Sie wühlte sich durch ihre bescheidenen Klamotten und stieß einen Fluch aus, als sie den Rock nicht finden konnte, nach dem sie suchte – den, in dem ihre Beine toll zur Geltung kamen. Stattdessen fand sie ein schwarzes Kleid, das ein wenig mehr nach Hexe aussah, als sie für ein erstes Date beabsichtigte, aber da es weniger als vierundzwanzig Stunden zurücklag, dass sie eingezogen war, und der Großteil ihrer Sachen noch darauf wartete, ausgepackt zu werden, gab sie sich mit dem zufrieden, was sie zur Hand hatte.

Nach einer raschen Dusche zog Luna schwarze Netzstrümpfe an, den Rock, der zum Großteil aus Tüll bestand, und ein Korsett-Oberteil, das geschnürt war und sie zwei Größen kleiner aussehen ließ. Sie musterte die Gesamtwirkung des Outfits und wusste, da sie in Keating Hollow wohnte, würde sie gut dazupassen. Aber trotzdem schien es ein wenig übertrieben für ein Essen im Pub. Sie warf einen weiteren Blick darauf und beschloss, dass sie es trotzdem so lassen würde, denn verdammt, sie sah heiß aus.

Chad würde gar nicht merken, was ihn da erwischte. Sie kicherte vor sich hin und zog sich ins Bad zurück, um ihre Haare zu machen und sich zu schminken.

Luna kam die Stufen herab, als sie das Klopfen an der Tür hörte, und fühlte sich zum ersten Mal verlegen, seit sie das Outfit zusammengestellt hatte. Sie war nervös, und ihre Hände begannen zu schwitzen.

„Entspann dich, Hope", flüsterte sie vor sich hin. „Es ist ja nur Chad." Es war doch so, dass er sie schon im schlimmsten Zustand gesehen hatte, und das wollte sie richtigstellen. Nur rein zu ihrer Befriedigung, ganz gleich, wie lahm das klang.

Sein Klopfen ertönte erneut. Mit hoch erhobenem Kopf ging sie, um die Tür zu öffnen. Und was sie dort fand, war ein höchst ansehnlicher Mann in einer gebügelten Stoffhose und mit einem kurzärmligen Hemd, der einen Strauß violetter Tulpen hielt.

„Hallo, meine Hübsche", sagte er, in seinen Augen glitzerte Interesse. „Tolles Kleid."

Sie kicherte. „Es ist ein Rock, aber nah dran. Komm rein." Luna führte ihn in ihre kleine Küche, wo sie nach etwas wühlte, um die Tulpen hineinzustellen. „Ich glaube, ich habe keine Vase."

„Hast du eine Milchkanne?", fragte er.

„Nein." Sie öffnete ihren Schrank und zog einen Thermobehälter für Smoothies heraus. „Ich glaube, das ist das Beste, was ich auftreiben kann."

„Wird schon gehen." Chad füllte den Behälter mit Wasser und den Tulpen und stellte ihn auf ihren Tresen. „Nächstes Mal denke ich daran, dass ich auch eine Vase mitbringe."

Nächstes Mal. Falls sie unsicher gewesen war, was den Status dieser Unternehmung anging, hatten die Blumen sie eindeutig aufgeklärt, dass es tatsächlich ein Date war. Und er freute sich bereits auf ein zweites. Ihr Herz setzte einen Schlag lang aus, sodass ihr Gesicht vor Wärme ganz rot wurde.

Chad schaute sich in dem beinahe leeren Haus um. „Was hast du denn für einen Plan mit Möbeln?"

Sie holte Luft und versuchte, sich zu benehmen, als wäre ihr Puls nicht gerade durchgestartet. Nachdem sie nach Eureka gezogen und ihren neuen Job angefangen hatte, waren Lunas Finanzen gefährlich in die Knie gegangen. Sie musste daran arbeiten, ihre Ersparnisse wieder aufzufrischen, ehe sie irgendwelche Einkaufstouren machte. „Ich hatte vor, ein paar Flohmärkte zu besuchen oder vielleicht Läden mit Gebrauchtwaren, wenn sich die Gelegenheit ergab. Neue Möbel sind gerade nicht wirklich im Budget."

„Klingt nach einem Plan", sagte er mit einem Nicken. „Weißt du, meine Stiefmutter hat ein paar Sachen, die dich vielleicht interessieren könnten. Sie hat kürzlich renoviert, und ihre Garage steht voller Möbel, die auf den nächsten Flohmarkt warten. Du solltest vorbeikommen und nachsehen, ob dir etwas davon gefällt."

Sie lächelte zu ihm auf. Der Mann wusste wirklich nicht, wann er aufhören sollte, sich um Leute zu kümmern, oder? „Das mache ich. Danke."

„Bist du bereit für was zu essen?" Er hielt ihr einen Arm hin.

„Ich bin am Verhungern." Sie schob ihren Arm durch seinen und schaute auf sein gut aussehendes Gesicht, während sie sich von ihm aus ihrem neu gemieteten Haus führen ließ.

Die Brauerei von Keating Hollow war gut besucht, als Chad und Luna zehn Minuten später hineingingen. Der Tresen war voll, und es gab Gruppen, die darauf warteten, zu einem Platz gebracht zu werden.

„Hui", sagte Luna. „Ich frage mich, was da los ist."

„Vielleicht hält Yvette ein weiteres Event in ihrem Buchladen ab", schätzte Chad.

Luna sah sich um und bemerkte Abby Townsend, die auf sie zueilte. Sie arbeitete normalerweise nicht in der Brauerei, aber da der Laden ihrem Vater gehörte und ihr Mann der Geschäftsführer war, half sie gelegentlich aus, wenn sie gebraucht wurde. Sie hatte sich eine Schürze um die Taille gebunden und hielt einen Stapel Speisekarten.

„Chad, Luna, Hi!", sagte sie mit einem strahlenden Lächeln. Ihr honigblondes Haar war zu einem langen Pferdeschwanz gebunden, und sie roch nach Kardamom, als hätte sie etwas gebacken … oder wahrscheinlicher eine neue Charge ihrer Heiltränke angerührt. Sie war eine sehr erfolgreiche Erdhexe, die Heiltränke, Lotionen und Seifen verkaufte. „Willkommen im Zirkus. Braucht ihr einen Tisch?"

„Sieht aus, als wäre es ziemlich voll", sagte Chad. „Wie lange muss man warten?"

„Seid ihr nur zu zweit?"

„Ja." Chad legte Luna eine Hand auf den Rücken.

Ein Prickeln strahlte von Lunas Wirbelsäule aus, und sie unterdrückte den Drang, unter seiner Berührung zu erschauern.

„Ich habe einen freien Hochtisch hinten. Der Rest dieser Gruppen sind drei oder mehr Leute. Folgt mir."

Sie gingen durch das geschäftige Restaurant, bis sie an einem kleinen Tisch in einer ruhigeren Ecke des Pubs ankamen. „Wie wäre es mit dem?", fragte Abby.

„Perfekt." Chad zog einen Stuhl für Luna heraus, dann nahm er ihr gegenüber Platz.

Abbys Blick war Chads Bewegungen gefolgt, und als er aufschaute, um eine der Speisekarten zu nehmen, lächelte sie ihn wissend an. „Sieht so aus, als hättest du nicht lang gebraucht, um das hübscheste Mädchen der Stadt zu bitten, mit dir auszugehen."

Chad kicherte. „Ich wünschte, dem wäre so, aber eigentlich hat sie mich gefragt."

Abby hob die Augenbrauen. „Na, dann hast du ja Glück gehabt."

„Da liegst du ganz richtig." Chad lächelte Luna an.

Luna spürte wieder, wie ihr Gesicht warm wurde, und sie murmelte: „Es ist nur ein Essen, um mich zu bedanken. Chad hat mir gestern beim Umzug geholfen."

„Das war lieb von dir, Chad", sagte Abby mit einem freundlichen Lächeln. Sie reichte Luna die andere Speisekarte und nahm ihre Getränkebestellung auf.

Als sie damit fertig war, die Angebote aufzusagen, fragte Chad: „Was ist los? Gibt's ein Event in der Stadt, von dem wir nichts wissen?"

„Das möchte man meinen, oder?", erwiderte Abby. „Aber nein. Es gab einen Online-Artikel, der viral ging, über die neuen Biere und Cider von Clay und Rhys. Seitdem ist der Laden proppevoll. Leute kommen von überallher, um hier einzukehren. Sie haben Noels Pension ausgebucht. Es ist verrückt."

„Bierfreunde?", fragte Luna.

Abby nickte. „Es ist ziemlich irre. Ich bin mir nicht sicher, was ich von alldem halten soll."

„Na, es einfach genießen, schätze ich", sagte Luna mit einem Lächeln.

Abby erwiderte ihr Lächeln und deutete an, dass sie bald wieder da wäre, um ihre Essensbestellung aufzunehmen.

„Also …", setzte Luna an, mit einem Nicken zu Chads Hand hin. Er hatte sie angespannt und gedehnt, seit sie das Restaurant betreten hatten. „Hast du einen Termin für eine Massage vereinbart?"

Er warf einen Blick hinab auf seine Hand und drückte die Handfläche auf den Tisch, um sich davon abzuhalten, die kleinen Übungen zu machen. Es war beinahe, als hätte er nicht gewusst, dass er die Finger bewegt hatte. „Habe ich, aber das Spa ist für die nächsten drei Wochen ausgebucht."

„Wirklich?", fragte Luna überrascht. Sie wusste, dass der Laden brummte. An den Tagen, an denen sie arbeitete, war sie voll ausgebucht. Aber sie hatte keine Ahnung gehabt, dass sie so im Rückstand waren.

„Das hast du nicht gewusst?", fragte er.

Sie schüttelte den Kopf. „Lena macht die ganze Verwaltung."

„Also bist du nur das Wunderkind?", neckte er sie, seine Augen glitzerten wieder.

Verdammt, war er atemberaubend, wenn er sie so ansah. Er war so erfüllt von Güte und Glück, dass er beinahe wie eine Droge war. Eine, die sie niemals aufgeben wollte. „Ja, so in etwa", sagte sie. „Aber du musst nicht so lange warten. Komm morgen Vormittag vorbei. Ich quetsche dich vor meinem ersten Termin rein."

„Das musst du nicht, Luna." Doch noch während er die Worte aussprach, fing er an, die Gelenke zwischen seinen Handknöcheln zu massieren.

Sie lachte. „Dir fällt nicht einmal auf, dass du das machst, oder?"

„Häh?" Er warf einen Blick hinab auf seine Hände. Diesmal war es an ihm, zu erröten. Seine Wangen wurden rosa, und in diesem Augenblick wollte sie ihm nur ihre Hände aufs Gesicht drücken und ihn küssen. Stattdessen lehnte sie sich in ihrem Stuhl zurück und versuchte, so zu tun, als wäre sie nicht heftig von diesem Mann angezogen, der zehn Jahre älter war als sie und in ihr vermutlich immer noch das verwahrloste Kind sah, das sie vor drei Jahren gewesen war. Er lächelte sie schräg an. „Ich schätze nicht. Es ist die meiste Zeit nur ein ständiger Schmerz. Mein neuer Normalzustand."

„Ich bin mir nicht sicher, dass das so sein muss." Luna stützte die Ellbogen auf den Tisch und legte das Kinn auf die Hände. „Wie lange warst du nach der kurzen Massage, die ich dir gestern gegeben habe, davon befreit?"

Er runzelte die Stirn, dachte eindeutig über ihre Frage nach. „Ich glaube, ich habe die Schmerzen nicht mehr bemerkt bis heute Vormittag, als ich für Barb ein Glas geöffnet habe. Ich wohne in der Wohnung über der Garage, und wir frühstücken normalerweise zusammen."

Luna grinste. Es war süß, dass er das Gefühl hatte, seine Wohnsituation erklären zu müssen. Natürlich hatte sie bereits gewusst, wo er lebte. Die Gerüchteküche der Kleinstadt schwieg für niemanden. „Das ist gut. Der Schmerz blieb zwölf Stunden weg, was erstaunlich ist, da es durch den Umzug gereizt war. Ich will nicht voreilig sein, aber ich glaube, ich kann dir helfen, die chronischen Schmerzen zu lindern."

„Ich war bereits nach der Probe gestern überzeugt", gestand er mit einem Kichern. „Sag mir einfach wann und wo, und ich bin da."

„Wir fangen morgen Vormittag an und machen von da aus weiter."

Abby kam mit ihren Getränken, nahm ihre Burger-Bestellung auf und versprach ihnen, dass ihr Essen bald kommen würde. Doch Luna war egal, wie lange es dauerte, denn zum ersten Mal seit Jahren spürte sie, wie sie sich entspannte und zuließ, dass sie mit dem Mann ihr gegenüber Spaß hatte.

„Willst du mir erzählen, wie du deine Hand verletzt hast?", fragte Luna.

Chads Kinn spannte sich an, während er eine Serviette in der Faust zerknüllte, seine Knöchel wurden durch die Anstrengung weiß.

„Du musst nicht darüber sprechen", beharrte Luna, die verzweifelt versuchte, von der Frage zurückzurudern. „Es tut mir leid, dass ich gefragt habe. Vergiss es."

„Nein, ist in Ordnung. Es ist mir nur peinlich, das ist alles", gab Chad zu.

Das zog ihre Aufmerksamkeit auf sich. Es waren nicht die Worte, es war die Art, wie er sie aussprach. Er sprach nicht von einem dummen Unfall. Hier ging es um Scham. Sie senkte die Stimme und starrte ihm direkt in die Augen, während sie sich mit ihrer Antwort selbst überraschte: „Ist schon in Ordnung, Chad. Was immer es ist, es kann nicht schlimmer sein als das, was ich getan habe."

Chads Miene wirkte verblüfft, wurde aber rasch weicher. Er streckte sich und ließ seine heile Hand über ihre gleiten. „Ich bin mir da nicht so sicher. Können wir darüber nach dem Essen sprechen? Irgendwo, wo es ruhiger ist, vielleicht?"

Sie schaute sich im vollen Pub um und nickte. Sie würde hier auch nicht ihre Geheimnisse ausplaudern wollen.

„Also gut", sagte Chad mit einem Nicken.

Als ihre Burger kamen, biss Luna ab und stieß ein leises, entzücktes Stöhnen aus. Die Townsends holten ihre Zutaten bei kleinen regionalen Bauernhöfen, und das Rindfleisch kam von Weiderindern. Frisch und aromatisch war noch untertrieben.

Luna stellte ihren Burger ab und nippte lange an ihrem Tee.

Während sie an einer Pommes knabberte, sagte sie: „Reden wir über deinen Musikladen. Was hast du vor?"

Während sie sich weiterhin ihr Essen schmecken ließen, gab Chad einen detaillierten Marketingplan zum Besten, zu dem gehörte, Instrumente zu verkaufen, Klavierunterricht zu geben, Gastkünstler zu Events einzuladen und sogar ein paar Konzerte unten am Fluss zu organisieren.

„Klingt ehrgeizig und wunderbar für Keating Hollow", sagte Luna, die seine Absicht bewunderte, sich in die Gemeinschaft einzubringen. Es sah ihm jedoch ganz ähnlich. Obwohl er für seine Konzerte eine Menge gereist war, als er noch in Berkeley gelebt hatte, hatte er trotzdem viel Zeit im örtlichen Gemeindezentrum verbracht, hatte kostenlose Klavierstunden für die Kinder gegeben, die nach der Schule vorbeikamen.

Er zuckte mit den Schultern. „Es ist eine Art, mit der Musik verbunden zu bleiben."

„Deiner ersten Liebe." Sie lächelte ihn an.

Chad zögerte einen Augenblick, als würde er genau darüber nachdenken, wer oder was seine erste Liebe gewesen war, aber dann stieß er ein Kichern aus und nickte. „Damit hast du wohl recht. Das Klavier hat mich gerettet, als ich ein Teenager war. Ich weiß nicht, wo ich ohne es gelandet wäre."

„Wirklich?" Luna richtete sich auf. „Glaubst du, du wärst zu einem Strolch geworden wie ich?"

Daraufhin zog Chad eine Augenbraue hoch.

„Na, stimmt doch, oder nicht?", sagte sie fast schon trotzig. Da ihre Vergangenheit nichts war, über das sie je reden wollte, hatte sie sich selbst damit überrascht, sie zur Sprache zu bringen. Aber aus irgendeinem Grund hatte sie das Gefühl, dass er bestätigen musste, was sie getan hatte, anstatt es totzuschweigen.

„Nein, es stimmt nicht", beharrte er. „Du warst niemals kriminell, Luna. Du warst ein Kind, das in einer furchtbaren Situation steckte, und es kam zum Schlimmsten."

Abby kam mit der Rechnung, und ohne auch nur darauf zu schauen, reichte Chad ihr seine Kreditkarte.

„Du kannst nicht so tun, als wäre nichts davon passiert", forderte Luna ihn heraus. „Nur weil du in mir ein gutes Kind gesehen hast, heißt das nicht, dass ich das wirklich war." Sie beugte sich über den Tisch und senkte die Stimme. „Es gibt einen Grund, aus dem ich im Jugendknast war, Chad."

„Den gibt es gewiss, aber das liegt nicht an …"

Abby erschien wieder. „Vielen Dank, ihr beiden. Genießt den restlichen Abend."

„Danke, Abby", sagte Chad, der zu ihr auflächelte. „Es war toll, wie immer."

Sie strahlte und winkte, während sie wegging, um die anderen Tische zu bedienen.

Chad fügte das Trinkgeld an, unterschrieb die Rechnung, stand auf und hielt Luna eine Hand hin. „Komm schon. Gehen wir spazieren. Es gibt ein paar Sachen, die wir klären müssen."

Luna starrte seine Hand an, hin- und hergerissen zwischen dem Wunsch, sie zu nehmen und zu fliehen. Sie war mit dem im Reinen, wer und was sie war. Sie brauchte ihn nicht, um ihr etwas anderes zu erzählen.

„Bitte", sagte er leise. „Es gibt ein paar Dinge, die du erfahren musst."

Sie hatte schon aufstehen und gehen wollen, aber der ernste Ausdruck auf seinem Gesicht rührte etwas tief in ihr an. Chad war ein ehrenhafter Mann. Dessen war sie sich sicher, und sie wollte plötzlich unbedingt wissen, was er zu sagen hatte. „In Ordnung."

Sie legte ihre Hand in seine und ließ sich von ihm hinaus

auf den Bürgersteig von Keating Hollow lotsen. Die Sonne war gerade untergegangen, und die Stadt war in Dämmerlicht getaucht. Chad war still, während sie zum Fluss gingen. Was immer er zu sagen hatte, er sammelte offenbar seine Gedanken.

Luna ließ ihm dafür so viel Zeit, wie er wollte. Und so sehr sie auch hören wollte, was er zu sagen hatte, hatte sie es nicht eilig damit, ihre Erinnerungen aufzufrischen.

Aber es war zu spät. Während sie neben ihm ging, seinen vertrauten Holzgeruch wahrnahm, kam alles, was sie zu unterdrücken versucht hatte, brüllend zurück.

KAPITEL 9

Berkeley, drei Jahre zuvor

Obwohl es Juni war, lag eine Kühle in der Luft, und Hope zitterte. Sie hatte ihren Pulli im Starbucks vergessen, wo sie gerade eine siebenstündige Schicht beendet hatte. Aber sie achtete nicht auf die Kälte. Chad hatte sie vor einer halben Stunde angerufen und sie gebeten, bei ihm zu Hause vorbeizukommen, wenn sie auf dem Heimweg war.

Chad rief niemals an. Nicht zu Hause und nicht auf der Arbeit. Aber er war immer für sie da, wenn sie ihn brauchte. Immer. Jetzt fragte sie sich, was er von ihr brauchte. Wenn sie ehrlich mit sich war, hoffte sie, das bedeutete, dass er an mehr als nur der platonischen Freundschaft interessiert war, die sie pflegten. Vielleicht brauchte er jemanden, der ihn zu einem seiner Wohlfahrtsevents begleitete. Ihr war es egal, dass sie noch siebzehn war. Sie hatte gerade die Highschool abgeschlossen. Reichte das nicht?

Vermutlich nicht, sagte sie sich. Chad war viel zu anständig und ehrenhaft, um darüber nachzudenken, mit einem Teenager auszugehen. Besonders mit einem, der ein Produkt des Pflegeheimsystems war. Vielleicht würde er sie, sobald sie in sein Gästezimmer zog, wenn sie achtzehn wurde, allmählich als Erwachsene betrachten, und nicht nur als ein Mündel des Staates. Hopes Lebenssituation war bestenfalls prekär. Ihre Pflegemutter kümmerte sich um niemanden. Nicht einmal um ihr eigenes Kind, das letztlich aufgehört hatte, zu Besuch zu kommen.

Casey, ihr Sohn, war früher vorbeigekommen und hatte Aufgaben für sie erledigt, den Kühlschrank gefüllt, hatte sichergestellt, dass es ihr gut ging, aber als Pam sich mit Leo zusammengetan hatte, war die Mutter-Sohn-Beziehung direkt das Klo runtergespült worden. Leo war ein verdammter Kontrollfreak, der die Pflegekinder verbal misshandelte und Pam körperlich. Aber ganz gleich, was man sagte, sie wollte deswegen nichts unternehmen. Sie behauptete, dass Leo für Sicherheit sorgte und die Stromrechnung bezahlte. Nachdem Casey und Leo eine körperliche Auseinandersetzung wegen eines blauen Flecks auf dem Auge seiner Mutter gehabt hatten, hatte sich Pam auf Leos Seite gestellt, und Casey hatte sich abgeseilt. Niemand konnte es ihm übel nehmen.

Hope hätte sich auch abgeseilt, wenn sie einen Ort gehabt hätte, an den sie gehen konnte. An diesem Abend, wie an den meisten Abenden, war sie auf Chads Stufen gelandet, hatte sich über ihre Wohnsituation ausgelassen. Sie wäre in dem Augenblick ausgezogen, in dem sie jemanden hätte finden können, der ihr ein Zimmer vermietete. Aber niemand wollte sich mit dem Jugendamt oder jemandem, der noch nicht volljährig war, herumschlagen. Und alle ihre Freundinnen aus der Schule waren unterwegs zum College. Hope war an eine staatliche Schule gekommen, doch ihre Noten waren nicht gut genug für akademische Stipendien, und irgendwie war ihre BAföG-Anmeldung abhandengekommen. Hope vermutete, dass Leo sie sabotiert hatte, aber sie hatte keinen Beweis.

„Ich weiß noch nicht, wie oder wo, aber du glaubst lieber mal, sobald ich achtzehn werde und nicht länger ein staatliches Mündel bin, ziehe ich aus", beharrte Hope. „Ich kann nicht in diesem Haus bleiben. Leo ist viel zu unberechenbar."

Chad lehnte sich auf der Schaukel auf der Veranda zurück, dachte über das nach, was sie gesagt hatte. „Hast du irgendwelche Freunde, die dir ein Zimmer vermieten können?"

Sie schüttelte den Kopf. „Sie sind alle unterwegs ans College. Es wird schwierig werden, denn ich brauche nur einen Platz bis Januar. Vielleicht kann ich für die paar Monate ein billiges monatliches Airbnb finden. Bis dahin habe ich mit dem College meine finanzielle Situation ausgearbeitet, und ich bin auch hier raus."

Er warf einen Blick auf sein kleines Haus und fragte zögerlich: „Wäre es seltsam, wenn ich dir mein Gästezimmer anbiete?"

Sie erstarrte, fixierte ihn, als hätte er gerade in einer Fremdsprache geredet. Sie schluckte einen plötzlichen Kloß im Hals hinunter. „Hast du mir gerade angeboten, dass ich hierbleibe?"

„Es *ist* seltsam." Er verzog das Gesicht. „Ich habe mir nur gerade gedacht, dass ich Platz habe, den ich nicht brauche, und ich verabscheute den Gedanken, dass du das Geld, das du dir fürs College gespart hast, für ein Airbnb rauswirfst. Aber ich will nicht, dass es dir unangenehm ist. Vergiss es einfach."

„Es vergessen? Teufel, nein!" Sie sprang auf und warf sich auf die Schaukel, um ihn mit allem zu umarmen, was sie hatte.

Auf ihrer Brust lasteten Emotionen, während Tränen in ihren Augen brannten. „Du bist der beste Freund, den ich je hatte. Weißt du das?"

Er stieß ein leises Lachen aus. Aber dann wurde er ernst. „Ich fühle mich geehrt, dass du mich einen Freund nennst, Hope."

Sie hatte sich für eine gefühlte Ewigkeit an ihn geklammert. Dann hatte sie sich über die Augen gewischt und sich entschlossen dafür gestählt, die nächsten drei Monate zu überstehen, bis sie vom System befreit war.

Zwei Wochen später, als Chad sie in der Arbeit anrief, um ihr zu sagen, dass er mit ihr reden musste, ging sie direkt zu seinem Haus und war überrascht, dass er nicht wie üblich auf der Veranda auf sie wartete. Sie klopfte, und als er aufmachte, wirkte er gequält, als hätte er in der vorigen Nacht nicht geschlafen.

„Hey. Komm rein. Auf dem Herd sind Nudeln, falls du Hunger hast." Er ging voraus zu der kleinen Küche und nahm am Tisch Platz, stützte den Kopf mit einer Hand.

„Was ist los?", fragte sie, während sie sich ihm gegenüber niederließ.

„Ich habe Neuigkeiten."

Sie wartete, ihr Puls ging schneller. War er krank? Hatte er einen Notfall in der Familie? „Ist alles in Ordnung bei dir? Kann ich etwas tun, um dir zu helfen?"

Sein bedauernder Blick begegnete ihrem. „Es tut mir so leid, Hope. Ich habe gestern festgestellt, dass mein Vertrag bei der Symphonie hier nicht verlängert wird."

„Du verlierst deinen Job? Sie können dich nicht einfach feuern. Du bist doch so eine Art Wunderkind", beharrte sie, konnte nicht glauben, dass ihn irgendjemand gehen lassen würde. Er spielte Klavier wie ein Engel.

„Sie haben mich nicht gefeuert. Die Gesellschaft löst sich auf. Niemand hat einen neuen Vertrag bekommen", sagte er und klang ganz elend.

„Oh. Das ist wirklich beschissen", sagte sie und wollte seine Hand nehmen, aber er hielt noch seinen Kopf, und die andere lag wohl auf dem Knie unter dem Tisch. Stattdessen lächelte sie ihn ermutigend an und sagte: „Ich bin mir sicher, du kommst wieder auf die Beine. Du bist doch *du*, meine Güte."

„Ich habe bereits einen neuen Vertrag", sagte er und klang erbärmlich.

Sie lehnte sich zurück, runzelte die Stirn in seine Richtung. „Okay. Warum siehst du dann aus, als hätte jemand deinen Hund getreten?"

„Er ist in Chicago. Ich muss heute mit einem Nachtflug los."

Die Worte hingen zwischen ihnen, während die Luft aus dem Raum gesaugt wurde. Das konnte doch nicht passieren. Es war nicht mal drei Monate bis zu ihrem Geburtstag, und sie hatte sich an den Gedanken gewöhnt, zu Chad ziehen. Alles war in ihrer Vorstellung schon festgelegt. Sie hatte sogar schon nach gebrauchten Möbeln für sein leeres Gästezimmer gesucht. „Und dieses Haus?", zwang sie schließlich hervor. „Wann endet der Mietvertrag?"

„Es läuft monatlich." Er verzog das Gesicht. „Es tut mir so leid, Hope. Ich würde den Mietvertrag laufen lassen, wenn ich könnte, aber das kann ich mir nicht leisten, gleichzeitig mit einer Bleibe in Chicago. Es tut mir leid. Ich weiß, dass das für dich wirklich alles über den Haufen wirft."

Und es gab keine Möglichkeit, in den nächsten sechs Monaten die Miete aufzubringen. Nicht, wenn sie noch Geld für eine Wohnung am College haben wollte. Das bedeutete drei bis sechs Monate länger im Haus ihrer Pflegemutter, falls sie nichts anderes fand. Sie schloss die Augen und betete, dass sie nicht weinen würde. *Es wird nicht so schlimm*, sagte sie sich. Pam würde sie ein wenig Miete zahlen lassen, aber das konnte sie mit zusätzlichen Schichten in ihrem Job stemmen. „Ist schon gut. Ich habe so lange überlebt. Es war nett von dir, mir dein Haus anzubieten, Chad. Ich weiß alles zu schätzen, was du für mich getan hast, mehr, als du glaubst."

Sie umarmten einander und wünschten sich alles Gute, und dann lief Hope hinaus, ehe sie zusammenbrach. Sobald sie zurück in Pams Haus war, ging sie direkt in das kleine Zimmer, das sie sich mit einem anderen Pflegekind teilte, und stieg auf das Stockbett, bereit, sich die Augen aus dem Kopf zu heulen. Sie verlor nicht nur ihre Unterkunft, ihr bester Freund ging auch weg, und sie war sicher, dass sie ihn niemals wiedersehen würde.

„Hope!", rief Pam von irgendwo im Haus.

Hope rollte sich herum und ignorierte sie. Vielleicht würde Pam annehmen, dass sie nicht zu Hause war.

„Hope! Beweg deinen Hintern hier raus. Ich habe einen Botengang für dich."

„Kommt nicht in die Tüte", murmelte sie und schlang die Arme um ihr Kissen.

Die Tür ging krachend auf, und Pams hochhackige Schuhe klackten auf dem Hartholzboden, ehe sie sich Hopes Fußknöchel schnappte und daran zerrte. „Hoch mit deinem faulen Hintern. Du hast was zu tun. Jetzt."

„Geh weg, Pam", sagte Hope, ihre Stimme völlig ausdruckslos. Konnte die Frau nicht sehen, dass Hope das Herz gebrochen war? Tatsächlich tat sie das vermutlich nicht. Pam sah nur, was sie sehen wollte, und in diesem Augenblick bedeutete das, dass Hope ein Mittel war, um etwas zu erreichen.

„Raus mit einem Arsch aus dem Bett, oder du siehst

niemals wieder diese Geldkiste", drohte Pam. Hope drehte sich um und richtete sich auf, ihre Augen wurden groß vor Angst, als sie ihre Kiste mit Erspartem sah, die sie unter dem losen Brett in ihrem Schrank aufbewahrte. „Wo hast du die her?", wollte Hope wissen, während sie sich aus dem Bett stürzte und danach griff. „Sie gehört mir. Ich habe hart für dieses Geld gearbeitet."

Pam lachte nur und überließ ihr die Kiste.

In dem Moment, in dem sie die Kiste nahm, wusste Hope, dass sie leer war. Das Geld rutschte nicht darin herum, und sie fühlte sich schrecklich leicht an. Zusätzlich zum Papiergeld hatte Hope auch noch Münzen gesammelt. „Was hast du mit meinem Schulgeld gemacht?"

Pam stand da, grinste in ihren zu engen Jeans, dem weißen Tanktop und der Zigarette, die ihr im Mundwinkel hing. „Entspann dich, Prinzessin. Es ist in Sicherheit. Ich habe nur die Zusicherung gebraucht, dass du meinen kleinen Botengang ausführst. Du musst nur meine letzten Tränke an Ricky liefern, und dann kannst du dein wertvolles College-Geld zurückhaben. Obwohl ich mir ein bisschen was als Miete herausnehmen werde."

„Miete! Für mich bezahlt immer noch der Staat", beharrte Hope.

„In drei Monaten nicht mehr, wenn du achtzehn wirst", sagte Pam mit einem widerlich süßen Lächeln. „Es werden keine Schecks mehr kommen, und das bedeutet, dass kein Geld mehr vom Staat fließt, während du den Herbst hier verbringst. Du frisst dich ganz offiziell durch. Wenn du nicht an deinem Geburtstag packen und gehen willst, wirst du anfangen, etwas beizutragen, wenn ich es dir sage."

Hass war ein Gefühl, das Hope aktiv zu vermeiden suchte. Es war schwierig, wenn beinahe jeder in ihrem Leben ein

Arschloch war, aber sie hatte sich bewusst darum bemüht, ihren Frust fallen zu lassen. Doch an diesem Abend, als sie Pam anstarrte, füllte Hass jede Pore von Hopes Wesen aus, und sie wollte der Frau die Augen auskratzen. Wie konnte sie es wagen, Hopes Geld anzufassen und sie dann zu erpressen, ihre Tränke zu überbringen. Illegale Tränke wurden von der magischen Gemeinschaft benutzt, um high zu werden.

„Ach, egal", keifte Hope. „Gib mir die verdammten Tränke, damit ich es hinter mich bringe. Und gib mir mein Geld jetzt zurück."

„Du bekommst es, wenn du wieder da bist", sagte Pam.

Hope funkelte sie an, weil sie nur zu gut wusste, dass die Frau womöglich bluffte. Es gab einen Grund, weshalb Hope das Geld überhaupt versteckt hatte. Als sie herausgefunden hatte, dass sie ohne die Unterschrift eines Erziehungsberechtigten kein Konto eröffnen konnte, hatte sie diesen Gedanken fallen gelassen. Wenn Pam Zugang zu ihrem Konto hatte, wäre ihr Geld nur Minuten, nachdem sie es eingezahlt hatte, weg, darum hatte sie beschlossen, ihr Bargeld versteckt zu halten. Leider hatte sie es nicht gut genug versteckt. Nun war ihre einzige Gelegenheit, es zurückzuerhalten, Pams illegale Tränke zu überbringen. *Verdammt.* „Es ist hoffentlich noch alles da, oder …"

„Oder was? Dann gehst du? Verpfeifst mich? Rufst deinen Sozialarbeiter an? Meine Liebe, du wirst in ein paar Wochen volljährig. Niemand macht sich Sorgen um dich. Und wenn du glaubst, ich würde dich nicht mit mir reißen, falls du die Bullen holst, denk nochmal darüber nach. Mach einfach deinen Job, und ich kümmere mich um diesen Stapel Bargeld, den du dir da aufgebaut hast."

Hope wollte sie erwürgen, schaffte es aber, sich

zurückzuhalten. Sie musste mitspielen, bis sie das Geld für ihre Wohnung wieder im Besitz hatte. „Wo sind die Tränke?"

„Folge mir", sagte Pam.

Eine Stunde später erreichte Hope Rickys Laden im Speicherviertel, die Tränke in der Hand. Der schmierige Bastard klopfte sie ab, ehe er sie in die Garage ließ, die ihm als Basis diente, und dann redete er davon, was für einen tollen Hintern sie hätte. Hope achtete nicht auf ihn, wartete, bis sein ekelhafter Redeschwall verstummte, weil ihm langweilig wurde, und er sie schließlich für die Lieferung bezahlte. Sie lief gerade nach draußen, als die Bullen auftauchten. An diesem Abend ging sie ins Gefängnis, zusammen mit Ricky und drei seiner Bandenmitglieder. Sie blieb hinter Gittern bis zu ihrem achtzehnten Geburtstag.

Als sie entlassen wurde, hatte sie vor der Polizei eine Kurierin mit einer Kiste aufgesucht. Sie enthielt das Geld, das Pam ihr abgenommen hatte, und Papiere für eine Übergangswohnung für einen Monat. Das war alles. Keine Nachricht. Keine Erklärung. Sie nahm an, dass Pam Gewissensbisse bekommen hatte, weil sie sie ins Gefängnis gebracht hatte, sie aber nicht zurück in ihrem Haus haben wollte, und dass das ihr Weg war, sich freizusprechen.

Hope hatte ihr niemals vergeben, doch das Geld und die Übergangswohnung hatten ihr geholfen, als sie es am meisten gebraucht hatte, und sie war dankbar für die Geste.

KAPITEL 10

*C*had und Luna saßen auf einer Bank, von der aus man den Fluss sah. Er schaute Lunas hübsches Profil an und sehnte sich danach, ihr mit den Fingern über die Wange zu streichen. Der Teenager, den er während seiner Zeit in Berkeley kennengelernt hatte, hatte sich in eine starke, talentierte Frau verwandelt. Eine, die er mehr bewunderte als jeden sonst, den er kannte. Ihre stille Kraft nahm ihn für sich ein, und er wusste, falls er die Chance auf irgendeine Art Beziehung haben wollte, freundschaftlich oder romantisch, musste sie die Wahrheit erfahren.

„Weißt du noch, als ich dir gesagt habe, dass es meine Schuld wäre, dass du in den Jugendknast gewandert bist?", fragte er.

„Ja. Und ich habe dir gesagt, dass das nicht stimmt", erwiderte sie leise. „Wie hätte das denn sein können? Du warst unterwegs nach Chicago."

Er schloss die Augen und sagte die Wahrheit, die er drei Jahre lang mit sich herumgeschleppt hatte. „Ich bin derjenige, der der Polizei den Tipp mit den Tränken gegeben hat, und ich habe ihnen gesagt, dass ich wusste, dass in dieser Nacht eine Übergabe in Rickys Laden läuft."

Chad spürte, wie Luna sich neben ihm versteifte, und als er die Augen öffnete, sah er, wie der Verrat in ihr brannte. Sie sprang auf und funkelte auf ihn herab. „Du ... warum? Warum solltest du das tun, Chad? Hattest du mich nicht bereits genug verletzt? Hast du eine Vorstellung davon, was dieser Abend mir angetan hat? Ich habe alles verloren, was mir wichtig war, an diesem einen Abend. Ich hatte nicht viel, aber ich hatte eine Zukunft, einen Plan, und ich dachte, ich hätte zumindest einen Freund da draußen, dem ich wichtig bin, selbst wenn er in ein Flugzeug steigt."

„Ich habe nicht gewusst, dass Pam dich ihre Tränke überbringen lässt", sagte er, seine Worte hastig. „Ich dachte nicht, dass du das jemals gemacht hast."

„Habe ich auch nicht!", schrie sie. „Aber ist es nicht irre, dass genau die eine Nacht, in der sie mich mehr oder weniger gezwungen hat, es zu tun, diejenige war, in der ich eingelocht wurde?"

Er hatte den gleichen Gedanken schon öfter gehabt, als er zählen konnte. „Hör mal, ich würde es gern erklären, wenn ..."

„Was gibt es da zu erklären?", fragte sie, ihre Stimme hitzig. „Du hast die Stadt verlassen und beschlossen, dich völlig ungefragt einzumischen, und ich habe dafür bezahlt. Gibt es noch irgendwas, das ich wissen müsste?"

„Ja, gibt es", sagte er, wandte ihr das Gesicht zu und musterte ihre Augen. „Ich habe es getan, um dir zu helfen. Hast du irgendeine Vorstellung davon, wie beunruhigt ich war, dass du dort in diesem Haus sein würdest, ohne dass jemand auf dich aufpasst, niemand, der sich Leo in den Weg stellt, falls er doch mehr wollte als dich nur anzumachen?"

„Ich war jahrelang dort, Chad. Er hat mich niemals

angefasst", sagte sie. Aber sie erschauerte, denn sie hatte immer geglaubt, dass es im Bereich des Möglichen wäre.

„Du weißt, weshalb er das nicht getan hat, Hope?" Er hörte ihren echten Namen auf seinen Lippen und zuckte zusammen. „Tut mir leid, Luna."

Sie wedelte ungeduldig mit der Hand. „Das spielt jetzt keine Rolle mehr. Ich habe einen neuen Namen gewählt, um meiner Vergangenheit zu entkommen, aber es scheint, als sei das unmöglich. Jetzt bist du da, um mich jeden Tag daran zu erinnern." Luna biss die Zähne zusammen, während sie auf seine Frage einging. „Ich habe immer gedacht, er hat mich zufriedengelassen, weil ich ihm klargemacht habe, dass ich ihm mit bloßen Händen die Eier abreiße, falls er irgendwas versucht."

Chad lächelte sie an, und er konnte nicht anders, als die Hände um ihre bloßen Arme zu legen, während er sagte: „Das war vermutlich ein Faktor. Aber ich glaube, er hat sich auch von dir ferngehalten, weil ich niemals versäumt habe, ihn wissen zu lassen, dass ich ihn im Auge behalte. Ich habe womöglich nahegelegt, dass mein Vater Geschäftskontakte hat, denen er nicht gern in einer dunklen Gasse begegnen würde."

Lunas Augen wurden groß. „Wirklich? Wie kommt es, dass er dich niemals verprügelt hat?"

„Er kannte meinen Vater", sagte Chad, seine Miene verdüsterte sich im Mondlicht.

„Will ich wissen, wer er war?", fragte Luna.

Chad schüttelte den Kopf und öffnete und schloss seine schmerzende Hand. „Als mir klar wurde, dass ich gehen würde, habe ich mir Sorgen gemacht, das Arschloch würde irgendwas anstellen. Ich habe mitgehört, wie Pam und er über eine Trankübergabe sprachen. Leo hätte sie überbringen sollen. Ich schwöre bei den Göttern, Luna, hätte ich geahnt, dass Pam dich zwingen würde, es zu tun, hätte ich niemals etwas gemacht, das dich in Schwierigkeiten bringt. Ich wollte nur Leo von dir fortschaffen."

Zu seiner Überraschung sank Luna wieder auf die Bank, auf der er saß, und stieß ein tiefes Seufzen aus. „Du hast nur auf mich aufgepasst, wie du es immer getan hast."

„Ja. Ich hätte es dir sagen sollen." Er war ein solches Nervenbündel gewesen an diesem Tag. Nachdem ihn die Neuigkeiten, dass sein Orchester sich auflöste, eiskalt erwischt hatten, und da in einer anderen Stadt ein Vertrag auf ihn gewartet hatte, wenn er nur am nächsten Tag dort auftauchte, hatten seine Gedanken gebrodelt. Mit dem Umzug wurde er fertig. Aber was war mit Hope? Er hatte sich innerlich völlig verkrampft, weil er sie in dieser schrecklichen Wohnsituation zurücklassen musste. Dann hatte er übereilt gehandelt und sie in Schwierigkeiten gebracht.

„Ja, das hätte geholfen", pflichtete sie ihm bei. „Aber du hast ja vermutlich auch nicht gedacht, dass ich mich jemals darin verwickeln lassen würde."

„Nein, habe ich nicht. Das sieht dir gar nicht ähnlich."

„Ist es auch nicht." Sie griff nach seiner heilen Hand und drückte sie. „Danke, dass du an mich geglaubt hast."

„Habe ich immer." Er drückte ihre Hand und hielt sie fest, wollte sie nicht loslassen.

„Sie hat mein Schulgeld gestohlen", sagte Luna. „Deswegen habe ich es gemacht. Sie sagte, sie würde es mir zurückgeben, sobald ich die Übergabe erledigt hätte."

Das hatte er in der Nacht erfahren, in der sie eingesperrt worden war. Aber es schien kein günstiger Zeitpunkt, das zur Sprache zu bringen. Er wollte hören, was sie noch zu sagen hatte. „Hast du das geglaubt?"

Luna stieß ein bellendes, humorloses Lachen aus. „Nein.

Aber ich musste es versuchen. Ich war verzweifelt. Diese Leute taten alles in ihrer Macht Stehende, um mich davon abzuhalten, aufs College zu gehen. Letztlich hat sich ihr Wunsch erfüllt."

„Du hast die Ausbildung zur Massagetherapeutin geschafft", sagte er. „Darauf kannst du stolz sein."

„Klar." Sie lehnte sich an die Bank zurück und rutschte dann zu ihm, bis ihr Kopf auf seiner Schulter lag. „Aber sie haben mir die Möglichkeit geraubt, ein normaler junger Mensch am College zu sein, wo keiner wusste, dass ich ein armes Pflegekind war. Das bekomme ich niemals zurück."

„Ist das der Grund, weshalb du willst, dass niemand in Keating Hollow über deine Vergangenheit Bescheid weiß? Damit du einfach zu deinen eigenen Bedingungen existierst, ohne irgendwelche Etiketten oder voreingenommenen Ansichten?" Er war wirklich neugierig. Denn in seinen Augen gab es absolut nichts, für das sie sich schämen musste. Ihre Vergangenheit führte nur dazu, dass er sie noch mehr für das bewunderte, was sie geworden war.

„Ja. Aber ich will auch nicht, dass Faith erfährt, dass ich inhaftiert war. Die Aufzeichnungen sind unter Verschluss, da ich noch minderjährig war, darum ist es nichts, das auf einem polizeilichen Führungszeugnis auftauchen würde. Und ich will bloß nicht, dass sie denkt, ich wäre so eine Art Verbrecherin gewesen, wo ich doch eigentlich nur ein Kind war, das versucht hat, in einem schrecklichen Pflegehaushalt zu überleben."

Chad schlang einen Arm um ihre Schultern und zog sie zu einer seitlichen Umarmung näher heran. „Das verstehe ich." Er hob seine verletzte Hand. „Ich würde auch nicht wollen, dass irgendjemand erfährt, wie es dazu kam, dass ich diesen Schlamassel zustande gebracht habe."

Sie nahm seine Hand zwischen ihre beiden und begann eine Massage.

Ihm entglitt ein leises, anerkennendes Stöhnen. „Das fühlt sich wirklich gut an."

„Ich weiß." Sie grinste zu ihm auf. „Erzählst du mir jetzt, was passiert ist, oder ..."

Er zog sich ein wenig zurück. „Ja. Das ist ..." Sein Telefon läutete. „Moment." Nachdem er das Gerät aus seiner Tasche gefischt hatte, runzelte er die Stirn. Er erkannte die Nummer nicht. „Hallo?"

„Äh, Chad?", fragte eine Stimme, die er nicht kannte, durch die Verbindung.

„Ja. Wer ist dran?"

„Hier ist Levi", sagte der Junge, dem die Stimme brach. Er schniefte, ehe er fortfuhr: „Ich brauche Hilfe."

Chad packte Luna an der Hand und zog sie hoch, während er aufstand. Er zerrte sie bereits zurück Richtung Stadt und fragte dabei Levi: „Wo bist du?"

„Auf dem Parkplatz von *Pies, Pies and More Pies.*" Dem Jungen klapperten die Zähne, doch Chad wusste, wenn es in Eureka nicht zehn Grad kühler war, war es nicht annähernd kalt genug, dass jemand so fröstelte.

„Bist du in Sicherheit?", fragte Chad.

„Ich weiß ... ich weiß es nicht", erwiderte er.

„Muss ich die Polizei rufen?"

„Die Polizei?", fragte Luna in einem lauten Flüstern. „Was ist denn los?"

Chad schüttelte den Kopf. Er hatte keine Ahnung. Er wusste nur, dass Levi klang, als hätte er Angst und womöglich einen Schock. „Ich bin unterwegs, Levi. Halte durch. Wenn du medizinische Hilfe brauchst, sag es einfach. Ich kann Hilfe holen."

„Keine Ärzte", beharrte der Junge und legte dann auf.

Chad fluchte und wurde schneller. „Das war Levi. Er steckt in Schwierigkeiten. Ich muss zu ihm."

„Ich komme mit dir", beharrte Luna.

„Nein, das musst du nicht tun. Hin und zurück sind ein paar Stunden, und das nur, wenn er nicht ins Krankenhaus muss. Ich lasse dich bei dir zu Hause raus, und du kannst dich ausruhen. Bei dir ist morgen ziemlich viel los, weißt du noch?"

„Chad, komm schon. Ich kann doch sowieso nicht schlafen, bis ich weiß, dass es ihm gut geht."

Er nickte. „In Ordnung."

KAPITEL 11

*L*unas Magen hatte sich verkrampft. Es war vierzig Minuten her, seit Chad Levis Anruf angenommen hatte, und die schlimmsten Szenarien spielten sich immer wieder in ihren Gedanken hab. Was, wenn er damit beschäftigt war, Drogen zu verkaufen, oder noch schlimmer, sich prostituierte? Wenn er wirklich ein obdachloser Teenager war, war beides eine mehr als nahe liegende Möglichkeit. Sie wollte einfach nur die Arme um ihn schlingen, ihn mit nach Hause nehmen und ihm versichern, dass alles in Ordnung kam.

Ihre Wünsche waren naiv. Das wusste sie besser als irgendwer sonst. Was immer er für Schwierigkeiten hatte, es würde mehr brauchen als ein warmes Bett und eine warme Mahlzeit, um das zu reparieren. Doch sie war willens, zu tun, was immer sie für ihn tun konnte, wenn er es zuließ. Der Anruf bei Chad war der erste Schritt gewesen.

Chad fuhr mit dem Truck auf den Parkplatz von *Pies, Pies and More Pies* und fluchte. „Warum ist hier um zehn Uhr abends so viel los?"

„Das liegt am Kino", sagte Luna. „Die Gäste kommen her, um Pie zu essen, ehe sie nach Hause fahren."

Chads Griff um das Lenkrad verfestigte sich, während er in eine Reihe weit außen abbog, um nach einem Parkplatz zu suchen. „Ich hoffe einfach, dass er noch da ist."

„Lass mich raus", beharrte Luna. „Ich suche den Bereich schon mal ab und schreibe dir, wenn ich ihn sehe."

„Ich halte das für keine gute Idee. Was, wenn die Schwierigkeiten, in denen er steckt, ihm hierher gefolgt sind?", fragte Chad.

Luna verdrehte die Augen. „Überall sind Menschen, Chad. Ich schreie und werde zum größten öffentlichen Ärgernis, das du je gesehen hast. Bitte. Ich habe Angst, dass er verletzt ist."

Da er immer noch keinen Parkplatz finden konnte, ließ Chad den Truck anhalten. „Sei vorsichtig und schreib mir, wenn du irgendwas auch nur annähernd Ungewöhnliches siehst."

„Mache ich." Sie sprang aus dem Truck und stapfte auf das Gebäude zu. Wenn sie sich in Levis Situation versetzte, wurde ihr klar, falls sie jemanden angerufen hätte, weil sie Angst hatte und Hilfe brauchte, würde sie sich vermutlich irgendwo außer Sicht hinkauern. Irgendwo wie zum Beispiel hinter dem Gebäude, in der Nähe der Mülltonnen. Aber als sie um die Ecke bog, sah sie nur einen Müllcontainer, aus dem oben schon die Mülltüten herausquollen.

Nachdem sie den Bereich sorgsam überprüft hatte, trottete sie zur anderen Seite des Gebäudes und runzelte die Stirn. Irgendetwas fühlte sich seltsam an, aber sie konnte nicht genau festlegen, was es war. Neben dem Gebäude war ein brachliegendes Feld, umgeben von einem Maschendrahtzaun. Wenn er nicht in einem Flecken mit hochgewachsenem Gras lag, war Levi auch nicht auf dieser Seite des Gebäudes.

Sie wollte gerade um die Ecke zurück zum Hauptparkplatz biegen, als sich ihr die Nackenhaare aufstellten. Sie erstarrte und musterte langsam den scheinbar verlassenen Bereich.

Levi war dort irgendwo. Das sagte ihr ihr Bauchgefühl.

Ein Rascheln kam von irgendwo rechts von ihr. Sie kniff die Augen in der Dunkelheit zusammen und sah eine Tür an der Seite des Gebäudes, die einen Spalt weit offenstand. Da sie aus der anderen Richtung kam, war ihr nicht einmal klar gewesen, dass es diese Tür gab.

Dort.

Sie fing an zu laufen, Blut hämmerte in ihren Ohren. Die Luft schien sich um sie herum zu verändern. Magie knisterte darin und ließ ihre Haut unbehaglich prickeln. Was war da los? Ihr drehte sich der Magen um, und sie erwartete halb, dass sie den Burger wieder von sich geben würde. Doch sie drückte sich eine Hand auf dem Bauch, und ihre eigene Magie breitete sich über ihre Haut aus und beruhigte ihr Inneres.

„Nein! Nicht", sagte ein Junge wimmernd. Seine Stimme war schwach, doch es war auf jeden Fall Levi.

Lunas Herz raste. Jemand tat ihm weh. Sie riss ihr Telefon heraus und schickte Chad eine Nachricht, um ihn ihren Standort wissen zu lassen, und dass Levi Schwierigkeiten hatte. Dann stellte sie den Klingelton ab und stürzte sich direkt durch die angelehnte Tür.

Die Magie verdichtete sich um sie herum, sodass ihr schwindlig wurde.

„Luna", rief Levi keuchend. „Hilf mir."

„Schnauze, du undankbarer Bastard. Hast du eine Vorstellung, wo dein schwuler Arsch wäre, wenn ich dich nicht aufgenommen hätte?", knurrte eine tiefere Stimme.

Luna blinzelte. Sie sah nichts, nur einen leeren Gang. Aber ihre Sicht war verschwommen, und sie konnte nicht genau hinschauen. War es irgendeine Art Illusionszauber? Levi und ein anderer Typ waren eindeutig in der Nähe, aber sie waren für sie unsichtbar.

Sie machte einen Schritt vor, schob ihre Arme nach vorne, weil sie versuchte, zu erspüren, was sie nicht sehen konnte.

„Luna", keuchte Levi. „Nein. Raus mit dir. Es ist nicht sicher."

Das Geräusch, wie ein Körper einen anderen traf, hallte in Lunas Ohren. Levi stieß einen Schrei aus und stöhnte dann. Ungefilterter Zorn erfasste Luna, und anstatt auf seine Warnung zu hören, lief sie direkt den Gang entlang, den Arm ausgestreckt, bis eine steinharte Hand sich um ihr Handgelenk legte und sie herumriss, sodass sie stehen bleiben musste. Es war dumm gewesen, blind hinein zu laufen. Das wusste sie. Doch Levi allein zu lassen, um von jemandem misshandelt zu werden, der das womöglich nicht zum ersten Mal tat, war unvorstellbar.

„Hallo, Prinzessin", sagte eine tiefe Stimme in ihrem Ohr.

Die Jahre, in denen sie sich verteidigt hatte, während sie von einem Pflegeheim zum nächsten gegangen war, machten sich bemerkbar, und Luna fuhr zu ihrem Häscher herum und knallte ihm die freie Hand auf die Nase. In dem Augenblick, in dem die Verbindung hergestellt war, verschwand der schimmernde Illusionszauber, und ein unaufgeräumter Lagerraum kam zum Vorschein. Es blieb allerdings keine Zeit, sich umzuschauen, denn der Mann, der sie am Handgelenk hielt, drehte ihr den Arm auf den Rücken. Sie sank beinahe auf die Knie. Stattdessen stählte sie sich und trat ihm hart auf den Fuß. Sobald er locker ließ, stieß sie ihren Ellbogen zurück, den sie ihm direkt ins Auge rammte.

„Du Gott verdammte Schla… au!"

Luna verpasste ihm einen Bauchtritt. Während sie sich

nach vorn beugte, rammte sie beide Hände nach unten, die auf seinen Hinterkopf trafen. Der Mann fiel zu Boden, seine Glieder reglos, während er stöhnte.

„Was zum ... Teufel auch, Luna", rief Chad hinter ihr, seine Stimme war ehrfürchtig.

„Offensichtlich sind Pflegehäuser zumindest für eines gut", sagte sie, während sie sich umdrehte und den schwach beleuchteten Raum nach Levi absuchte. Er presste sich an ein Lagerregal, Blut lief über eine Seite seines Gesichts, und seine Augen flackerten vor Angst, während er panisch versuchte, eine Manschette zu öffnen, die um seinen Arm gelegt war. Ihre Augen wurden groß, als sie eine fallengelassene Nadel auf dem Boden erspähte.

Sie lief zu ihm. „Verdammt, Levi. Was hast du genommen?"

„Nichts", rief er, warf die Gummimanschette von sich, während er von den Drogenutensilien abrückte. „Er hat versucht, mich gegen meinen Willen unter Drogen zu setzen. Bringt mich hier raus!"

Ohne ein Wort trat Chad vor und hob den jungen Mann mühelos in seine Arme, schmiegte ihn an seine Brust. „Ist schon gut, Levi. Ich habe dich."

Levi war starr vor Angst, die ihm mehr oder weniger aus jeder Pore quoll.

„Ist schon gut, Levi", sagte Luna leise, legte ihm eine Hand auf den Arm. „Chad ist jemand, dem man vertrauen kann. Ich verspreche es."

Levi kniff seine ängstlichen braunen Augen zu, und nach einem Augenblick ließ er zu, dass er sich an Chads breiter Brust entspannte.

„Wir müssen hier raus", sagte Chad. „Bevor dieser Schwachkopf aufwacht."

Luna marschierte hinüber zu der fallengelassenen Nadel

und zermalmte sie unter ihrem Stiefelabsatz, ehe sie Chad aus dem Gebäude folgte.

Der Parkplatz war immer noch übervoll mit Autos, und Chad hatte sich neben dem Bereich mit den Mülltonnen in zweiter Reihe hingestellt. Bis sie wieder in ihrem Fahrzeug saßen, hatte sich schon eine Schlange aus Autos gebildet, die um seinen nicht vorhandenen Parkplatz buhlten.

„Was für ein Schlamassel", sagte Luna. Sie saß in der Mitte zwischen Chad und Levi. Aber ihre ganze Aufmerksamkeit lag auf dem Jungen. Lautlose Tränen liefen sein Gesicht hinab. An seinem Nacken waren frische blaue Flecken, und verblasste auf seinen Oberarmen, die aussahen wie Fingerabdrücke, wo ihn jemand gepackt hatte. Sie nahm sanft seine Hand in ihre und ließ die Finger leicht über seinen Arm gleiten, schickte ihm ein wenig Heilmagie über die Haut. „Versuch einfach, dich zu entspannen. Wir werden dich ins Krankenhaus bringen, damit man deinen Kopf untersuchen kann."

„Keine Krankenhäuser!", rief er, riss seine Hand aus ihrer und wollte nach dem Türgriff greifen.

„Hui, Levi." Sie nahm seine beiden Hände in ihre und drehte ihn, damit sie ihm in die Augen schauen konnte. „Es kommt alles in Ordnung. Ich verspreche es. Wir werden dich nichts tun lassen, was du nicht tun willst. Wir wollen nur sichergehen, dass deine Verletzungen nichts Ernstes sind."

„Mir geht's schon gut", sagte er, noch während er eine Hand wegzog und sich die Handfläche auf den Kopf drückte. Er zuckte zusammen und schnitt eine Grimasse, als er sie wegnahm und Blut daran klebte.

„Dir geht es nicht gut. Ich glaube, du hast dir den Kopf angestoßen. Vielleicht musst du genäht werden, und es besteht die Möglichkeit, dass du eine Gehirnerschütterung hast. Du brauchst ärztliche Hilfe. Was ist denn mit Krankenhäusern, dass du gleich ausflippst?"

„Krankenhäuser sind nicht sicher", flüsterte er.

Luna warf einen Blick zu Chad. Sie schauten einander in die Augen, beide besorgt.

„Wie ist es mit einem Heiler?", versuchte es Luna. „In Keating Hollow gibt es ein Paar. Die beiden sind verheiratet. Sie sind hoch angesehen."

„Ich weiß nicht", erwiderte er und kniff wieder die Augen zusammen. „Ich will nicht wieder zurück ins System."

Luna brach es beinahe das Herz. Sie wusste, wie es war, niemandem in ihrem Leben zu vertrauen. „Fahr nach Keating Hollow", sagte sie zu Chad. „Wir werden herausfinden, was wir tun, nachdem er bei den Whipples war."

„Das ist bereits meine Richtung." Chad ließ eine Hand auf ihren Oberschenkel fallen, um sie zu beruhigen.

Luna drückte ihre Hand auf seinen Handrücken, nur um die Verbindung zu schaffen. Dann schickte sie eine Nachricht an die Whipples, um sie wissen zu lassen, dass sie jemanden vorbeibrachten. In der Antwort hieß es, dass sie sie in der Praxis treffen würden.

Mit einem erleichterten Seufzen wandte Luna ihre Aufmerksamkeit wieder Levi zu. „Mach dir keine Sorgen, um nichts, Levi. Du bist sicher bei uns. Niemand schickt dich irgendwohin, verstehst du das?"

„Okay", murmelte er.

Sie war sich nicht sicher, ob er tatsächlich gehört hatte, was sie gesagt hatte, aber er hatte zumindest keine Panik mehr, und das reichte ihr.

„Luna?", fragte Levi, seine Augen öffneten sich ganz kurz flackernd.

„Ja?"

„Kannst du dieses Ding wieder machen, was du mit deinen Fingern getan hast? Das hat sich schön angefühlt."

„Natürlich." Sie ließ ihre Finger über seinen Arm hinabgleiten, während eine zarte Spur ihrer Magie über seine Haut tänzelte.

Ein winziger Schauer lief durch ihn hindurch, aber dann entspannten sich seine Schultern, und die Verhärtung rund um seinen Mund ließ nach.

„Das war es", beruhigte sie ihn. „Geht es dir etwas besser?"

Er nickte.

„Gut. Das freut mich."

Alle waren still, während Chad über den Highway fuhr, der zurück nach Keating Hollow führte. Luna schaute aus dem Fenster auf das Mondlicht, das sich auf dem Fluss neben der Straße spiegelte, und hielt weiterhin Levis Hand, wünschte sich, sie könne ihm seinen ganzen Schmerz nehmen. Aber er brauchte einen Profi, der sich seinen Kopf ansah. Sobald bestätigt war, dass er sonst in Ordnung war, würde sie sich darum kümmern, ob sie ihm mit den bestimmt heftigen Kopfschmerzen helfen konnte.

„Ich nehme keine Drogen oder Tränke", sagte Levi in die Stille hinein.

Verblüfft von seiner plötzlichen Ansage, tätschelte sie ihm einfach nur die Hand. „Das ist eine gute Entscheidung."

„Mein Onkel wollte, dass ich für ihn arbeite. Als ich mich geweigert habe, hat er mich verprügelt, und ich bin abgehauen. Normalerweise folgt er mir nicht, aber dieses Mal schon, und er fand mich, wie ich mich an das Gebäude von *Pies, Pies and More Pies* lehnte, während ich auf Chad wartete."

„Was ist passiert, als er dich gefunden hat?", fragte Luna, nur um ihn am Reden zu halten. Sie konnte sich die Ereignisse dieses Abends durchaus vorstellen.

„Er hat mich geschlagen und um das Gebäude gezerrt, in diesen Lagerraum. Ich durfte immer auf seiner Couch pennen, aber er hat mir gesagt, wenn ich bleiben will, müsste ich mir meinen Unterhalt verdienen, indem ich ihm bei seinem Geschäft helfe. Als ich Nein gesagt habe, wurde er wütend und hat versucht, mich in dieses Leben zu zwingen. So macht er das nämlich. Macht Jugendliche abhängig von dem Scheiß, und dann rekrutiert sie, um seine Ware zu verticken."

„Das ist schrecklich", sagte Luna, ihre Brust war schwer vor Traurigkeit und Ekel. „Ist er dein echter Onkel?"

„Ja. Der Bruder meines der Dads. Sie reden nicht miteinander." Levi lehnte den Kopf an Lunas Schulter und verschränkte die Arme vor der Brust.

Sie wollte fragen, wo sein Vater war, und weshalb Levi nicht bei ihm war, aber sie behielt ihre Fragen für sich. Jetzt war nicht der richtige Zeitpunkt. Wenn er gezwungen war, mit einem Onkel zu leben, der ihn misshandelte, dann war er dort nicht freiwillig gelandet. Anstatt ihm also weitere Fragen zu stellen, schlang sie ihm einen Arm um die Schultern und hielt ihn fest, als würde sie ihn davon abhalten, auseinanderzufallen.

Wie versprochen war Gerry Whipple bereits in der Praxis, als sie ankamen. Gerry war eine hochgewachsene Frau mit kurzen, grauen Haaren und freundlichen Augen. Sie holte sie an der Tür ab und drängte die drei dann nach hinten in ihr Büro, bedeutete Luna und Chad, sie sollten dort warten, während sie sich Levis Verletzungen ansah.

„Nein!", rief Levi, in seinen Augen stand Panik. „Ich bleibe bei Luna."

Gerry richtete den Blick auf Luna, die Augenbrauen gehoben.

Lautlos erwiderte sie: *Vertrauensprobleme.*

„Wie wäre es, wenn wir Luna mitnehmen?", fragte Gerry.

Er starrte auf den Boden. „In Ordnung."

„Chad, kommst du hier klar, während wir Levi verarzten?", fragte Gerry.

„Ja." Er lehnte sich auf dem Stuhl zurück und schloss die Augen.

Luna drückte ihm eine Hand auf die Schulter, dann stand sie auf, um Levi und Gerry zu folgen.

„Okay, Levi", sagte Gerry, während sie die Tür zum Untersuchungszimmer öffnete. „Hier drin machen wir es. Du musst dich ausziehen und das hier anziehen." Sie reichte ihm einen Krankenhauskittel. „Luna und ich warten draußen, damit du Privatsphäre hast."

Er schluckte schwer und wandte den Blick ab, doch er nickte.

„Nimm dir so viel Zeit, wie du brauchst", sagte Gerry freundlich. Dann drängte sie Luna aus dem Zimmer, und die beiden setzten sich auf zwei Plastikstühle am Ende des Ganges. „Was kannst du mir über das erzählen, was mit ihm passiert ist?"

„Nicht viel. Er wurde von seinem Onkel verprügelt und beinahe mit irgendeiner Droge oder einem Trank abhängig gemacht. Er sagt allerdings, wir wären rechtzeitig gekommen, bevor er die Droge erhalten hat."

„Bist du sicher, dass er nicht süchtig ist?", fragte sie.

Luna schüttelte den Kopf. „Er sagt, er nimmt keine Drogen, aber ehrlich gesagt kennen Chad und ich ihn kaum. Wir haben ihn gestern getroffen, als Chad mir beim Umzug geholfen hat. Es ist offensichtlich, dass er in keiner tollen Lage ist, darum hat Chad ihm eine Visitenkarte gegeben und ihm gesagt, er solle anrufen, falls er was braucht. Heute Abend haben wir den Anruf erhalten und sind losgefahren, um ihn in Eureka abzuholen."

Gerry tippte mit ihrem Stift auf das Klemmbrett. „Müssen wir das Jugendamt anrufen?"

Luna verzog das Gesicht. „Ich will dich nicht in irgendwelche rechtlichen Schwierigkeiten bringen, aber falls es eine Möglichkeit gibt, wie wir das verhindern können, wüsste ich es zu schätzen. Das Kind hat Panik, und ehrlich gesagt, Gerry, hat es dafür auch einen Grund. Ich kenne seine konkreten Umstände nicht, aber oft ist das System nicht gut für Teenager. Ich würde ihm einfach nur gern für diese Nacht einen sicheren Ort zum Schlafen geben und dann versuchen, zu entscheiden, was wir tun."

„Du klingst, als hättest du damit schon Erfahrung", sagte sie und beäugte Luna fragend.

„Das könnte man so sagen." Luna wollte nicht über ihre Vergangenheit reden, obwohl sie es tun würde, wenn sie musste, um Gerry zu überzeugen, niemanden anzurufen. „Hör zu. Schreib doch einfach auf diese Papiere, dass ich seine Tante bin oder so was. Wenn es später ein Problem gibt, nehme ich das Ganze auf meine Kappe."

Gerry tippte noch ein wenig mit dem Stift vor sich hin, dachte nach. „In Ordnung. Aber wenn ich von irgendwelchen verbrecherischen Aktivitäten von seinem Erziehungsberechtigten höre, bin ich verpflichtet, jemanden anzurufen. Verstanden?"

In Lunas Magen brodelte es. Sie wusste nicht, ob Levis Onkel sein Erziehungsberechtigter war oder nicht. Aber die Wahrscheinlichkeit, dass Levi Gerry irgendetwas erzählte, schien bestenfalls gering. Er hatte Recht gehabt mit seiner Angst davor, ins Krankenhaus zu gehen. Dort würde man einen Blick auf seine Verletzungen werfen und dann alle anrufen. Gerry als Heilerin war nicht so stark reguliert, doch sie hatte immer noch Standards und Ethik. Luna bewunderte das an ihr, selbst wenn sie sich wünschte, die Frau würde nur dieses eine Mal ein Auge zudrücken.

„Ich verstehe", sagte Luna. „Ich bitte nur darum, dass du im Auge behältst, dass, selbst wenn alle immer die besten Absichten haben, dieser Anruf manchmal den Jugendlichen zurück in eine gefährliche Lage bringt. Alles, was Chad und ich uns für ihn wünschen, ist ein warmer, sicherer Schlafplatz und die Gelegenheit, aus seiner derzeitigen Hölle zu entkommen."

Gerry lächelte sie traurig an. „Ich verstehe das, meine Liebe. Jetzt komm. Sehen wir, ob wir diesen jungen Mann zusammenflicken können."

KAPITEL 12

*E*rinnerungen an Chads Kindheit stürzten heftig auf
ihn ein. Das Gebrüll, die blauen Flecken. Das Grauen,
das er verspürt hatte, wenn sein Stiefvater betrunken war. Die
Schiene, die er sechs Wochen lang im Sommer getragen hatte,
bevor er dreizehn geworden war. Und die Scham, dass er es so
weit hatte kommen lassen.

Chad hatte seine Mutter mit allem geliebt, ohne Wenn und
Aber. Sie war seine größte Stütze, seine beste Freundin und
der Mensch, den er am meisten bewunderte. Sein Stiefvater
jedoch ... vor diesem Mann hatte ihm gegraut. Er war ein
Meister der Manipulation, der alle hereinlegte. Alle bis auf
Chad.

Hugh Russell war der Typ Mann, dem der Charme aus den
Ohren quoll. Er wirkte aufgeräumt, freundlich und witzig,
wenn er es wollte. Aber wenn er zu viel getrunken hatte, war
er fies, eifersüchtig und geradezu grausam. Da Chads Mutter
Frannie Hughs Besäufnisse nicht guthieß, genehmigte er sich
nie etwas, wenn sie zu Hause war, und darum wartete er, bis

sie ihre Nachtschichten hatte, um sich richtig die Kante zu geben. Und fies zu werden.

Dem Mann war Chads Beziehung zu seiner Mutter ein Dorn im Auge. Eifersüchtiger Bastard. Frannie war immer an jenen Tagen am glücklichsten, in denen sie und Chad Zeit zu zweit miteinander verbringen konnten. Sie sahen zusammen Trash-TV, schrieben sich mehrmals täglich Nachrichten und lachten viel. Hughs ganzes Gelächter ging auf Kosten seiner Mutter, und Chad machte kein Geheimnis daraus, wie sehr er das missbilligte. Im Gegenzug hatte Hugh ihm ein blaues Auge verpasst und ihm gesagt, wenn er jemals auch nur ein Wort herausließ, woher dieser blaue Fleck kam, würde er dafür sorgen, dass Frannie auch eine ganze Sammlung davon bekam.

Mit dreizehn Jahren hatte Chad ihm geglaubt.

Jedes Mal, wenn Hugh Chad wehtat, drohte er, dasselbe mit Frannie anzustellen, und das war ein wirksamer Weg, um Chad unter Kontrolle zu halten. Tatsächlich änderte sich nichts, bis Chad in ein gehobenes Musikprogramm der Stadt aufgenommen wurde und sein Haus verließ, um auf dem Campus zu wohnen. Er hatte einmal versucht, es seiner Mutter zu sagen, doch Hugh war aus heiterem Himmel eingetroffen und hatte ihm eine Heidenangst gemacht. Er hatte niemals wieder darüber gesprochen.

Chad spürte immer noch dieses unfassbare Gefühl der Hilflosigkeit, die er als Kind empfunden hatte, als es ihm nicht möglich gewesen war, irgendetwas wegen seiner Lage zu unternehmen. Er stellte sich vor, dass es Levi ähnlich ging. Chad wollte den Jungen nur auf eine Art und Weise schützen, wie ihn niemand hatte schützen können.

Die Tür ging einen Spalt weit auf, und Luna kam herein. Ihre Augen waren müde, und ihre Schultern leicht vor Erschöpfung zusammengesunken.

„Hey", sagte Chad, der auf den Stuhl neben seinem klopfte. „Nimm Platz."

Luna tat, wie geheißen, und stieß einen tiefen Seufzer aus. „Gerry näht nun seinen Kopf. Sie sagte, er würde zehn bis zwölf Stiche brauchen, und wir müssen auf Symptome einer Gehirnerschütterung achten."

„Autsch." Chad rieb sich vor Mitgefühl über den Kopf.

Ihre Stimme brach, als sie fortfuhr: „Er hat auch ein gezerrtes Handgelenk, eine geprellte Rippe und eine Platzwunde an der Wange. Gerry sagt, dass die ziemlich schnell heilen sollten, aber er wird ein paar Tage lang Schmerzen haben."

„Hat sie ihm einen Trank gegen die Schmerzen verschrieben?", fragte Chad, der dankbar war, dass es schien, als würde Levi wieder in Ordnung kommen. Seine Verletzungen waren schon schlimm genug, aber wenn man bedachte, was sie unterbrochen hatten, hätten die Dinge sehr viel schlimmer enden können.

„Noch nicht. Sie sagte, sie möchte auch sein Blut auf Fremdstoffe untersuchen, um absolut sicherzugehen, dass nichts drin ist." Sie rieb sich über die Schläfen. „Ich weiß, dass sie das tun muss, bevor sie ihm Schmerzmittel anbietet, aber ich hasse es, dass er darin mangelndes Vertrauen sehen wird."

Chad legte eine Hand über ihre geöffnete und verschränkte die Finger in ihren. „Ich bin sicher, auf einer rationalen Ebene versteht er das."

„Ich mache mir eher Sorgen um sein Herz", sagte sie, warf einen Blick zu ihm herüber, Müdigkeit stand in ihrem Gesicht.

Bei den Göttern. Er wusste genau, was sie meinte, und in diesem Augenblick wollte er nur seine Arme um sie legen und ihrer beider Vergangenheit im Hintergrund verschwinden lassen. Einen sicheren Ort beim anderen schaffen, der Platz für einen verängstigten Teenager ließ. Aber er war übereilig, und der Einzige, um den er sich sorgen sollte, war Levi. „Ich auch, Luna. Aber wir können daran arbeiten, ihn zusammen zu schützen, ja?"

„Das hoffe ich wirklich", sagte sie und schaute auf ihre verbundenen Hände hinab.

Er drückte ihre Finger. Sie schaute auf, der Hauch eines Lächelns krümmte ihre Lippen, und sie erwiderte den Druck. Sein Herz flatterte, und er sehnte sich danach, sich vorzubeugen und sie zu küssen. Aber jetzt war nicht der richtige Zeitpunkt und der richtige Ort.

Die Tür ging einen Spalt weit auf, und zu Chads Enttäuschung zog Luna rasch ihre Hand weg und erhob sich.

Gerry führte Levi in das Zimmer. Das Blut war von seinem Kopf und Gesicht gewischt, und er hatte ein Pflaster mit Schmetterlingen auf der Wange, und ein Teil seiner Haare war wegen des Nähens abrasiert.

„Levi ist bereit zum Gehen", sagte Gerry. Sie reichte Luna eine weiße Papiertüte. „Hier sind ein Energietrank und außerdem einer gegen die Schmerzen drin. Falls er morgen weitere Schmerztränke braucht, habe ich ein Rezept in die Tüte gelegt. Man bekommt sie bei *Charming Herbals*."

„Ich schätze, das heißt …" Luna räusperte sich. „Alle Tests waren sauber?"

Levi stieß ein leises Seufzen aus und schaute weg.

Luna zuckte zusammen. „Tut mir leid."

Er zuckte die Schultern, als würde es keine Rolle spielen, aber sie wussten alle, dass das nicht stimmte.

„Levis Blutwerte sind völlig normal", erwiderte Gerry. „Weckt ihn heute Nacht alle paar Stunden auf. Wenn die Kopfschmerzen bis morgen Abend anhalten, ruft mich an.

Ansonsten kommt in zwei Wochen wieder, um die Fäden zu ziehen."

„Zwei Wochen?", sagte Levi.

Gerry tätschelte ihn am Arm. „Mach dir keine Sorgen. Es ist keine große Sache, sie rauszuholen. Sogar schmerzfrei."

Levi schaute Luna und dann Chad an. Es war offensichtlich, dass er sich Sorgen machte, wo er in zwei Wochen sein würde, und nicht, ob die Prozedur ihm wehtun würde.

„Wir sorgen dafür, dass er da ist", sagte Luna. „Danke. Wir wissen wirklich zu schätzen, dass du so spät reingekommen bist, um Levi zu flicken."

„Jederzeit, Luna. Das weißt du doch." Sie ging hinüber zur Tür und hielt sie für sie auf. „Geht heim und ruht euch etwas aus. Ich melde mich irgendwann morgen wieder."

Luna drängte Levi hinaus, und Chad blieb stehen, um Heilerin Whipple die Hand zu schütteln. „Nochmal danke. Können Sie die Rechnung an das Haus meiner Stiefmutter schicken? Barb Garber. Ich kümmere mich darum."

„Klar, Chad. Ich werde es meinen Angestellten so sagen. Jetzt raus mit Ihnen. Ich muss langsam ins Bett."

Er grinste sie an. „Ich auch."

Sobald Chad hinaus zu seinen Truck getreten war, stiegen sie alle ein, und er fuhr zu Lunas neuem Haus. Er stellte den Motor ab, und zum ersten Mal, seit er den Anruf von Levi erhalten hatte, fing er an, sich zu fragen, was als nächstes geschehen würde. Er wohnte in einer Wohnung mit einem Schlafzimmer über der Garage seiner Stiefmutter. Es war nicht so, dass er sich kein Haus in der Stadt leisten oder mieten konnte. Er hatte nur nicht mehr gebraucht ... bis jetzt.

„Ich glaube, Levi sollte hierbleiben", sagte Luna abrupt.

„Was?", fragte Chad überrascht.

Luna stieß den Teenager an und flüsterte: „Warum gehst du nicht vor und wartest auf meiner Veranda. Ich bin gleich da."

Levi zögerte nicht. Er schob die Tür auf, marschierte zur Eingangstür und lehnte sich an das Verandageländer, die Arme vor der Brust verschränkt.

„Ich weiß, dass er heute Abend dich angerufen hat", sagte Luna leise, während sie sich umdrehte, um Chad in die Augen zu schauen. „Aber ich habe das Gefühl, dass er es brauchen könnte, ein wenig bemuttert zu werden. Macht es dir was aus, wenn er hierbleibt?"

„Aber was, wenn du wieder zur Arbeit gehst?", fragte Chad, der nicht wollte, dass der Junge im selben Augenblick weglief, in dem er allein war.

„Ich bringe ihn mit, und du übernimmst, nachdem ich an deiner Hand gearbeitet habe." Sie schaute zu ihm hinüber und stieß die angehaltene Luft aus. „Wow. Das fühlt sich an, als hätten wir ein gemeinsames Sorgerecht oder sowas."

Chad kicherte. „Schon. Aber du hast recht. Wenn ich er wäre, würde ich auch bei dir bleiben wollen." In Wahrheit wollte er ihnen beiden in ihr Haus folgen, hier und jetzt. Es war ein langer Tag gewesen, und der Gedanke, sich neben sie zu legen, sie festzuhalten, während sie beide schliefen, führte dazu, dass er sie anflehen wollte, ihn bleiben zu lassen. „Ich treff dich dann im Spa, wie du gesagt hast, und dann nehme ich ihn mit, um danach ein paar neue Klamotten zu kaufen. Wie klingt das?"

„Perfekt. Solange er da auch mitmacht." Luna drückte ihm ihre Hand auf die Wange und beugte sich vor, um die andere zu küssen. „Du bist ein guter Mann, Chad. Danke dir."

Seine Haut prickelte, wo ihre Lippen sie gestreift hatten. Er musste alles aufbringen, was er hatte, um nicht seine Lippen auf ihre zu drücken und sie richtig ernst zu küssen. Stattdessen drückte er noch einmal ihre Hand und sagte: „Es gibt nichts, wofür du mir danken musst. Du warst doch die ganze Zeit dabei. Jetzt los. Levi wartet. Wir sehen uns dann morgen Vormittag."

„Um halb neun. Ich bringe Kaffee und Scones mit." Sie grinste ihn an und sprang hinaus. Chad wartete, bis die beiden in ihrem Haus verschwunden waren. Dann fuhr er rückwärts aus ihrer Ausfahrt und nach Hause zu seiner einsamen Wohnung.

KAPITEL 13

„Mach's dir gemütlich", sagte Luna zu Levi, während sie ihn in ihr neu gemietetes Haus winkte.

„Das ist deine neue Wohnung?", fragte er und warf einen Blick auf die einsame Couch im Wohnzimmer.

„Ja. Sie ist sehr viel schöner als die andere, oder?" Sie ging in die Küche und direkt zum Kühlschrank. „Bist du hungrig? Möchtest du was trinken?" Als er nicht antwortete, warf sie einen Blick nach hinten und sah ihn mitten im Raum stehen, erstarrt wie ein Reh im Scheinwerferlicht.

„Levi?", rief sie und ging zu ihm hinüber. „Alles in Ordnung?"

Er wandte sich ihr mit glasigen Augen zu. „Warum bin ich hier?"

„Weil du jemanden gebraucht hast, der sich um dich kümmert", sagte sie leise und nahm ihn an der Hand, um ihn in die Küche zu führen.

„Aber warum solltest du das tun?" Er schien ehrlich

verwirrt und fing an, sich umzuschauen. In seinen Augen blitzte eine gewisse Nervosität, und sie fragte sich, ob er bereits seine Flucht plante.

„Hör mal, Levi", setzte sie an, während sie ein Glas aus ihrem Küchenschrank nahm und es mit gefiltertem Wasser aus dem Kühlschrank füllte. Als sie es ihm in die Hand drückte, fuhr sie fort: „Ich möchte jetzt klarstellen, dass du so lange hierbleiben darfst, wie du einen Ort brauchst, den du dein Zuhause nennen kannst. Das meine ich ernst. Okay?"

Er packte das Glas so fest, dass seine Fingerknöchel weiß wurden.

„Nicke, wenn du mich verstehst", sagte sie sanft.

Er nickte ihr einmal knapp zu.

„Gut. Nun, wegen des Grundes, weshalb ich meine Hilfe anbiete, na, wie ich dir bereits gestern erzählt habe, war ich selbst einmal ein Pflegekind. Und bis heute bin ich sicher, dass der einzige Grund, aus dem ich das überlebt habe, der ist, dass jemand auf mich aufgepasst hat und für mich da war, als ich ihn gebraucht habe. Ich gebe das nur weiter."

Sein Gesicht verhärtete sich, während er das Glas behutsam auf dem Tresen abstellte. „Also ist das nur irgendeine Art Rückzahlung fürs Karma für dich. Du denkst, wenn du einem queeren Jugendlichen hilfst, wachsen dir Flügel oder so?"

Sie wollte lachen, schaffte es aber, ihren Humor in Zaum zu halten. „Flügel? Na, das habe ich noch nicht in Betracht gezogen. Ehrlicherweise scheinen sie mir auch ziemlich nutzlos. Ich würde mir etwas Langweiliges suchen, zum Beispiel einen gemütlichen Sessel im Wohnzimmer. Oder vielleicht gepolsterte Barhocker für diesen Tresen."

Er blinzelte sie nur an.

Diesmal lachte sie. „Okay, ich verstehe. Schlechter Scherz.

Hör zu, ich suche nach gar nichts. Ich will nur helfen. Ich weiß, wie es ist, sich allein zu fühlen und Angst zu haben. Wenn ich das für dich ändern kann, reicht mir das. Okay?"

„Und was ist mit Chad? Weshalb hat er seine Nummer in diese Fast-Food-Tüte gesteckt? Was ist sein Motiv?" Eine gewisse Anspannung lag in seiner Frage über Chad, die vorher noch nicht da gewesen war.

Luna runzelte die Stirn. „Weißt du, Levi, ich kann nicht für ihn sprechen oder sagen, weshalb er dir helfen will. Ich kann nur sagen, dass er derjenige ist, von dem ich gesprochen habe, der für mich da war, als ich ihn am allermeisten gebraucht habe. Ich vertraue ihm. Und bei meinem Hintergrund fällt mir das nicht leicht. Niemand erwartet, dass es dir leicht fällt. Aber ich hoffe, du versuchst es."

Skepsis stand überall in seinem Gesicht. Wer hätte es ihm übelnehmen können? Dieser junge Mensch kannte sie oder Chad nicht. Sie konnte die Gefühle nicht nachvollziehen, die er vermutlich durchmachte. Sie hoffte nur, dass Sicherheit eines von ihnen war.

„Hast du Hunger?", fragte sie noch einmal. „Ich habe nicht viel, aber es ist ein wenig Pizza von gestern Abend im Kühlschrank, wenn du sie möchtest."

Seine Augen leuchteten, und sie konnte das Verlangen in seinem Gesicht sehen.

„Ich wärme sie für dich auf", sagte sie und ging an ihm vorbei zum Kühlschrank.

„Das musst du nicht für mich tun", sagte er. „Ich kann es machen."

„Aber ich will. Jetzt mach dich mal sauber. Es dauert ein paar Minuten." Sobald er im unteren kleinen Bad verschwunden war, stellte sie die Zeitschaltuhr auf dem Ofen ein und schob die übrige Pizza auf einem Backblech hinein. Während die Pizza warm wurde, ging sie nach oben, wechselte schnell den Bettbezug auf ihrem Bett und schnappte sich eine zusätzliche Decke und ein paar Wolldecken für das Sofa. Dann lief sie die Stufen herunter und ließ ihre Auswahl auf das Sofa fallen.

„Ist das für mich?", fragte Levi, der herüberkam, um ihr zu helfen, das Sofa herzurichten.

„Nein. Für mich. Du nimmst das Bett. Ich bekomme heute Nacht das Sofa."

„Auf keinen Fall! Das kann ich nicht machen", beharrte er. Aber bei dem Ausbruch zuckte er zusammen, und er drückte sich eine Hand seitlich an den Kopf, gleich unter der genähten Verletzung.

„Kannst du, und wirst du", sagte Luna mit einem sanften Lächeln. „Ich komme hier unten klar. Außerdem tust du mir einen Gefallen, wenn du dich von mir ein wenig bemuttern lässt."

Seine Miene wurde weicher, als ein Teil der Verteidigungshaltung aus seinen argwöhnischen Augen schwand. „Okay", sagte er leise. „Ich glaube, damit komme ich klar."

„Gut. Jetzt verabreichen wir dir ein wenig Pizza." Sie drängte ihn in die Küche, nahm die Pizza aus dem Ofen und gab ihm drei der vier Stücke, eines behielt sie selbst.

Da sie keine Barhocker und keinen Tisch hatte, standen sie beim Essen am Tresen. Levi verschlang zwei Stücke, und als er zum dritten kam, zögerte er. „Bist du sicher, dass du das nicht willst?"

„Ganz sicher. Tatsächlich kannst du auch den Rest von dem haben, wenn du möchtest. Ich bin voll." Sie schob ihm ihr halb gegessenes Stück hin.

Er schüttelte den Kopf. „Auf gar keinen Fall. Ich futtere dir nicht dein Abendessen weg. Du kannst nach einem halben Stück doch nicht satt sein."

„Vertrau mir, das bin ich", sagte sie und klopfte sich auf den Bauch. „Chad und ich hatten Burger, ehe wir deinen Anruf bekamen. Wenn ich noch mehr esse, bin ich unangenehm vollgestopft."

Levi biss von seinem dritten Stück ab, musterte sie dann. „Es tut mir leid, dass ich euer Date unterbrochen habe. Ich denke, so habt ihr euch diesen Abend nicht vorgestellt."

„Das war kein Date", sagte sie mechanisch, doch als sie hörte, wie sie die Worte aussprach, wusste sie, dass es gelogen war. Weshalb war sie so schnell damit gewesen, die Wahrheit zu leugnen?

Er hob die Augenbrauen. „Echt? Sieht für mich doch total danach aus, als würdet ihr aufeinander abfahren."

Nun, sie fuhr auf jeden Fall auf Chad ab, aber sie hatte keine Ahnung, wie er sie sah. „Ich schätze, praktisch war es ein Date", gab sie zu. „Ich habe ihn ausgeführt, um ihm für seine Hilfe beim Umzug gestern zu danken. Was das aufeinander Abfahren angeht, sind wir einfach nur befreundet."

Ein erheitertes Lächeln trat auf seine Lippen, während er kicherte und leicht den Kopf schüttelte. Sein ganzes Gesicht leuchtete, und die Bedrücktheit, die er mit sich herumgeschleppt hatte, schien sich davonzumachen. Er war hübsch, seine braunen Augen glitzerten, sodass sie alles tun wollte, um wieder diesen Ausdruck auf sein Gesicht zu zaubern. „Ich bin nicht gern derjenige, der es dir mitteilt, aber ihr seid nicht einfach nur Freunde. Dafür fliegen zu viele Funken."

„Da gibt es keine Funken", log sie, weil sie nicht wollte, dass er auf den falschen Gedanken kam … oder zulassen wollte, dass er etwas herbeiredete, das unwahrscheinlich war.

Er kicherte. „Doch, die gibt es. Weißt du noch, wie wir davon gesprochen haben, dass ich Vorahnungen habe?"

„Ja." Ihr Herz machte einen großen Satz in ihrer Brust. Was hatte er über sie gesehen? Und wollte sie das überhaupt wissen?

„Ich sehe auch andere Dinge. Wie etwa tatsächliche Funken, wenn zwei Menschen aufeinander stehen oder irgendeine Art körperlichen Kontakt haben. Und wenn Chad dich berührt, gibt es ein Feuerwerk."

Das vermutlich nur auf ihrer Seite, schloss sie. Denn sie hatte genug Gefühle für ihn angestaut, um den Himmel zu erhellen. Sie zuckte einfach nur mit den Schultern und wandte dann ihre Aufmerksamkeit von ihrem sich überschlagenden Herzen ab. „Wenn du so etwas siehst, dann ist es offiziell. Du bist auf jeden Fall eine Geisthexe. Was für andere Fähigkeiten hast du noch, außer den Funken und den Vorahnungen?"

Seine Erheiterung schwand, während seine Miene neutral wurde, und es war an ihm, mit den Schultern zu zucken.

Sie lachte. „Okay, erzähl es mir nicht. Aber ich werde es zu meiner Mission machen, es dir zu entlocken. Nur damit du es weißt."

Ein leichtes Lächeln trat wieder auf seine Lippen. „Kannst du versuchen."

Sie kicherte. „Abgemacht."

Das Gespräch kam zum Erliegen, während Levi den Rest der Pizza aufaß. Als er fertig war, schaute er zu Luna auf, Erschöpfung lag um seine Augen, während er im Stehen zu schwanken schien.

„Okay, die Besuchszeit ist um. Es wird Zeit, dass du ins Bett kommst." Sie drängte ihn die Stufen hinauf und in ihr Schlafzimmer. „Ich habe das Bett neu bezogen und ein altes T-Shirt und eine Jogginghose hingelegt, in denen du schlafen kannst. Es ist gut, dass du so dünn bist, sonst hätte ich nichts, was ich dir leihen könnte." Sie zwinkerte ihm zu. „Mach dir keine Sorgen, es sieht nicht zu sehr nach Mädchen aus."

„Das spielt keine Rolle", murmelte er, während er sich bereits auf das Bett setzte.

Sie kniete sich hin und half ihm aus seinen abgelatschten Schuhen. Das arme Kind brauchte so ziemlich alles. „Ich habe keine übrige Zahnbürste, doch ich habe Zahnpasta und eine neue Seife ins Bad gelegt. Nimm alles andere her, was du findest. Wir kaufen morgen neu ein. Gerry sagte, du musst mindestens vierundzwanzig Stunden warten, ehe du die Stiche nass werden lässt, also pass da lieber auf. Okay?"

Er nickte. „Ich komme klar."

„Da bin ich mir sicher." Sie erhob sich und ging zur Tür. „Ich bin dann in ein paar Stunden wieder da, um dich zu wecken. Hat die Heilerin angeordnet."

„In Ordnung." Seine Stimme war rau, als er sich vom Bett hochschob und ins Bad schlurfte.

Luna wollte warten, um sicherzugehen, dass er es zurück zum Bett schaffte, ehe sie sich nach unten zurückzog, aber sie wollte nicht, dass er sich gebrechlich vorkam, darum schnappte sie sich einen Schlafanzug aus einer Kiste auf dem Boden und zwang sich dazu, zurück ins Wohnzimmer zu gehen. Nach einem kurzen Ausflug in das kleine Bad, um sich bettfertig zu machen, glitt sie unter die Decke ihres Übergangsbetts auf dem Sofa und stellte den Wecker auf ihrem Telefon. Erschöpfung ging ihr bis auf die Knochen, während sie sich hinlegte und wünschte, sie könnte einschlafen. Doch der Schlaf kam nicht. Und als der Wecker losging, war sie immer noch hellwach.

Ohne zu zögern, stieg Luna die Treppen hinauf und stellte fest, dass die Schlafzimmertür leicht angelehnt war, so wie sie sie hinterlassen hatte. Sie klopfte kurz und hörte ein raues: „Ja?"

Sie schob die Tür auf und steckte den Kopf hinein. „Levi? Ist alles in Ordnung?"

„Klar." Er lag auf der Seite, die Decke bis zum Hals hochgezogen, versunken im Bettzeug. In Sicherheit, so wie sie ihn zurückgelassen hatte.

„Hast du überhaupt geschlafen?", fragte sie, während sie in das Zimmer ging. Sie setzte sich auf die Bettkante neben ihn, um ihm in die Augen zu schauen. Sie waren schläfrig, aber er hatte keinen wirren, benebelten Blick. Das war gut.

„Ein wenig. Ich habe gehört, wie du die Stufen heraufgehst."

„Wirklich?" Sie schnaubte. „Und da dachte ich noch, ich wäre leise gewesen."

Er schloss die Augen, und ein leichter Schauer schien ihn durchzurütteln. „Ich schätze, man könnte sagen, ich habe einen leichten Schlaf."

Entsetzen zog sich in ihrem Bauch zusammen. Dieser Schauer hatte nichts mit natürlichen Schlafgewohnheiten zu tun. Dieses Kind war es gewöhnt, mit einem offenen Auge zu schlafen. Ihr Herz brach schon wieder. Sie schluckte schwer. „Das werde ich mir merken. Ist dir schlecht? Schwindlig?"

„Nein", sagte er verschlafen. „Nur ein dumpfer Schmerz bei der Verletzung."

„Okay. Das ist nicht so schlecht. Es klingt nicht, als hättest du eine Gehirnerschütterung, aber ich komme in ein paar Stunden trotzdem noch einmal, um nach dir zu sehen. Schlaf jetzt wieder."

Er murmelte etwas, das sie nicht verstand, und regte sich leicht, ehe er ein zufriedenes Seufzen ausstieß.

Dieses Geräusch traf sie mitten ins Herz. Und als sie sich diesmal unter ihre Decke auf dem Sofa kuschelte, schlief sie sofort ein.

KAPITEL 14

„*M*orgen, Sonnenschein", sagte Luna, als Levi am nächsten Vormittag in die Küche schlurfte, in seiner Jeans vom Vortag und einem alten Rolling-Stones-T-Shirt, das sie in der vorigen Nacht für ihn hingelegt hatte.

Er schaute an sich hinab, zupfte an dem T-Shirt. „Ich hoffe, es ist in Ordnung, wenn ich das ausborge. Auf meinem T-Shirt ist Blut."

„Natürlich", sagte sie, nippte an einer Tasse Kaffee. „Behalt es, wenn du willst. Wo das herkommt, gibt es noch mehr."

„Echt?" Er starrte auf ihre Tasse, ein sehnsüchtiger Blick auf dem Gesicht.

„Bedien dich. In der Kanne da drüben gibt es noch mehr", sagte sie und winkte zur Kaffeemaschine auf ihrem Tresen hin. „Ich mag gern Secondhand-Läden und Konzert-T-Shirts. Das ist meine einzige Schwäche, wenn es darum geht, Geld auszugeben."

„Das ist cool." Er suchte sich eine Tasse und füllte sie mit dem dunklen Gebräu.

„Im Behälter neben der Kanne ist Zucker, und Milch ist im Kühlschrank, falls du möchtest", fuhr sie fort.

Er rührte seinen Kaffee zusammen und lehnte sich an den Tresen, musterte seine Tasse.

„Bist du hungrig? Ich habe nicht viel, aber im Schrank sind Bagels, und Frischkäse ist im Kühlschrank. Oder du wartest, bis wir ins Café kommen, wenn wir auf dem Weg zum Spa sind. Ich nehme mir immer auf dem Weg zur Arbeit was mit."

„Du arbeitest in einem Spa?" Sein Blick hob sich, um sie anzuschauen.

„Ja. Ich bin eine Massagetherapeutin."

„Oh."

Es kam eine unangenehme Stille auf, und weil sie nicht sicher war, was sie sonst tun sollte, richtete ihm Luna einen Bagel her, ob er es nun wollte oder nicht. „Da." Sie reichte ihn ihm. „Du kannst auch später noch was im Café haben."

„Danke." Er nahm den Bagel, doch anstatt ihn zu verdrücken wie ein normaler Teenager, hielt er ihn einfach nur, während er auf der Unterlippe kaute.

„Was ist los, Levi? Brauchst du den Trank gegen die Schmerzen? Du solltest ruhig was essen, bevor …"

„Das ist es nicht." Er schüttelte den Kopf, und ein winziges Zusammenzucken verriet ihn. Er litt vielleicht keine Qualen, aber er war definitiv nicht zu hundert Prozent wiederhergestellt. Nicht, dass sie das erwartet hätte. „Ich frage mich nur … äh, was wird jetzt?"

Luna schaute auf die Uhr. „Nun, in zehn Minuten brechen wir zum Café auf, und dann trifft Chad uns im Spa. Ich werde ein wenig an seiner Hand arbeiten, und dann geht ihr beiden einkaufen, um dich mit dem Notwendigsten auszustatten. Danach … " Sie zuckte mit den Schultern. „Ich schätze, wir hangeln uns einfach von da aus weiter."

„Ihr beiden müsst doch nicht den Babysitter für mich spielen", sagte er mit rauer Stimme. „Ich kümmere mich schon sehr lange um mich selbst."

In seiner Stimme lag so viel Wahrheit, so viel Schmerz, dass in Lunas Augen unvergossene Tränen brannten. Sie blinzelte sie weg und stellte sich neben ihn, lehnte sich auch an den Tresen. „Ich bin sicher, dass das stimmt. Aber wäre es nicht schön, wenn du jemanden hättest, der dir hilft?"

Er stieß ein bellendes Lachen aus. Seine nächsten Worte waren bitter und voller Verachtung. „Das ist für andere Menschen. Menschen mit normalen Familien."

Luna griff nach seiner Hand, hielt sie so fest, wie sie konnte. „Ich verstehe alles, was du im Augenblick denkst und fühlst. Aber erinnere dich daran, als ich dir gesagt habe, dass du gerne so lange bleiben kannst, wie du brauchst."

„Ja", sagte er so leise, dass sie ihn fast nicht verstand.

„Das war die Wahrheit, aber es heißt auch, solange *du* willst. Leute wie wir, wir haben nicht den Luxus, uns auf unsere Blutsverwandten zu verlassen, darum müssen wir unsere eigenen schaffen."

„Ist Chad deine Wahlfamilie?", fragte er.

Die Frage erwischte sie zunächst unvorbereitet. Er war gerade erst in ihr Leben zurückgekehrt, und in ihm einen so nahen Freund zu sehen, dass sie ihn Familie nennen würde, schien übereilt oder voreingenommen. Aber die Wahrheit war, dass er sie besser kannte als jeder andere auf der Welt, und sie wusste ohne Zweifel, wenn sie ihn brauchte, wäre er für sie da. Und war das nicht, was es hieß, eine Familie zu sein? Sie nickte. „Ja, ich schätze schon."

„Du hast Glück, jemanden zu haben", sagte er und vergrub das Gesicht in der Kaffeetasse.

„Damit liegst du richtig. Aber in unserem Kreis ist noch Platz, weißt du?"

Er spannte sich an, und sie beschloss, ihn nicht mehr weiter zu drängen. Sie wollte ihn unbedingt beruhigen, ihm helfen, zu heilen, was seine Familie in ihm zerbrochen hatte, aber das würde nicht über Nacht geschehen. Er brauchte Zeit.

„Komm schon. Holen wir uns ein paar süße Teilchen." Sie schob sich vom Tresen weg. „Ich weiß nicht, wie es dir geht, aber ich könnte jetzt gerade eine große Dosis Zucker brauchen."

Levi stürzte den Rest seines Kaffees hinab, und mit dem Bagel in der Hand folgte er ihr aus dem Zimmer.

„Ich bin gleich wieder da", sagte Luna. „Ich muss mir nur ein paar Socken holen." Sie ließ Levi im Wohnzimmer und joggte nach oben. Ihr Bett war gemacht, und Levis blutiges T-Shirt und die Jogginghose, die sie ihm geliehen hatte, waren in der Ecke ordentlich zusammengelegt. Verdammt, der Junge war so behutsam und respektvoll, genauso wie sie es gewesen war, jedes Mal, wenn ihr jemand in diesem Alter freundlich gekommen war. Ihr Herz brach und schmolz gleichzeitig auch noch dahin. Das war der Augenblick, in dem sie wusste, dass, solange er es wollte, sie alles in ihrer Macht Stehende tun würde, um sicherzustellen, dass der Staat ihm erlaubte, bei ihr zu bleiben.

Nachdem sie sich ein frisches Paar Socken geholt hatte, suchte sie in ihrem Schrank nach einem langen Pulli. Es war oft kühl am Vormittag in Keating Hollow, sogar im späten Frühjahr. Während sie ihren Pulli aus einem der Kartons holte, warf sie unabsichtlich den mit ihrer Schmutzwäsche um. Klamotten flogen überallhin, und sie schob sie rasch zurück.

Als sie fertig war, erspähte sie den Umschlag, der vor ein paar Tagen für sie im Spa angekommen war. Ups. Sie hatte ihn in ihre Jeanstasche geschoben und sofort vergessen. Sie hatte nicht die geringste Ahnung, wer an sie geschrieben oder wie man sie gefunden hatte, aber inzwischen war sie furchtbar neugierig.

Sie riss den Umschlag auf und fand eine Karte mit einem großen roten Herzen darauf. Das war merkwürdig. Als sie die Karte umdrehte, las sie die ersten paar Zeilen.

Liebe Luna, mein Name ist Gia McCormick, und ich bin deine leibliche Mutter.

Luna keuchte auf und überflog den restlichen Brief, ihr Herz donnerte gegen ihre Rippen. Der Brief war von einer Frau, die sich von einer Abhängigkeit von Tränken erholte und behauptete, es wiedergutmachen zu wollen, dass sie Luna zur Adoption freigegeben hatte. Da stand eine Telefonnummer unten auf der Nachricht, und sie war unterschrieben mit *Alles Liebe, Mom.*

Gefühle strömten durch Lunas Körper, und sie war hin- und hergerissen zwischen Brüllen und Weinen. Wie konnte diese Frau es wagen, die Nachricht mit *Alles Liebe, Mom* zu unterschreiben? Für wen zum Teufel hielt sie sich denn? Und zur gleichen Zeit war Luna überwältigt von der Möglichkeit, dass ihre leibliche Mutter sich mit ihr in Verbindung gesetzt hatte.

Nachdem Luna achtzehn geworden und aus dem Jugendknast entlassen worden war, hatte sie sich bei einer dieser Registrierungsseiten eingeschrieben, die darauf ausgelegt war, Adoptierte mit ihren leiblichen Eltern zusammenzubringen. Sie hatte keine Übereinstimmung gefunden, aber ihre Daten dort gelassen, falls irgendein Elternteil nach ihr suchen sollte. Es wäre dieser Frau wohl nicht schwergefallen, sie zu finden, wenn sie wirklich ihre leibliche Mutter war.

Aber sie hatte nicht damit gerechnet, eine ehemalige Süchtige zu treffen. Durch Lunas Vorgeschichte mit ihrer Pflegemutter und den illegalen Tränken, die diese Frau hergestellt hatte, war Luna nicht daran interessiert, mit jemandem zu tun zu haben, der diesen Lebensstil pflegte. Obwohl sie gesagt hatte, dass sie clean wurde. Trotzdem tat sich ein Loch in Lunas Bauch auf, und der Gedanke, sich mit dieser Frau zu treffen, brachte sie dazu, sich übergeben zu wollen.

Doch die Nachricht hatte keinerlei Informationen enthalten, weshalb sie Luna aufgegeben hatte oder warum sie sie treffen wollte. Es hieß dort nur, dass sie sich entschuldigen wollte, denn das gehörte zu ihrem Programm, nicht, weil es ihr leidtat, dass sie ihre Tochter aufgegeben hatte, oder weil sie sie kennenlernen wollte. Und dieser Gedanke brachte Luna dazu, die Karte fest in ihrer Hand zu zerknüllen. Falls Gia McCormick nicht daran interessiert war, ihre Tochter kennenzulernen, dann würde Luna es ihr nicht leicht machen. Sie schob sich die zerknüllte Karte in die Tasche und ging nach unten zu Levi.

KAPITEL 15

*M*it Luna stimmte etwas nicht. Chad war es in dem Augenblick aufgefallen, in dem er den Empfangsbereich des Spa betreten und gesehen hatte, wie sie mit zusammengezogenen Augenbrauen die Stirn runzelte. Und als sie sich zu ihm umdrehte, war ihr Gesicht blass, und sie wirkte irgendwie getrieben.

„Schlechter Vormittag?", fragte er.

„Nein", sagte sie schnell, während sie an ihm vorbei auf jemanden schaute. „Wie kommst du denn darauf?"

„Du wirkst ... verstört."

„Ich bin nur müde", erwiderte sie. „Ich werde schon munter, wenn das Koffein anschlägt."

Chad drehte sich um und sah Levi, der zusammengesunken auf einem der Sessel saß, einen Becher aus dem *Incantation Café* in Hand. „Hey, Mann. Wie geht's dem Kopf?"

„Besser", sagte Levi, doch er musterte Luna, und auch er wirkte besorgt. Als würde er sich um irgendetwas Gedanken machen.

Das war alle Bestätigung, die er brauchte. Es war auf jeden

Fall etwas mit Luna los. War etwas zwischen den beiden vorgefallen?

„Fertig?", fragte ihn Luna.

„Klar." Chad warf einen Blick zurück auf Levi. „Kommst du hier eine Weile klar?"

„Ja."

„Und wie er klar kommt. Er bekommt von mir eine Maniküre", sagte Lena und zwinkerte ihm zu.

Levi schnaubte. „Ach ja? Wer hat das entschieden?"

„Ich." Sie rauschte hinter dem Empfangstresen hervor. „Ich habe Mitleid mit deinen armen Nagelbetten. Aber keine Sorge, wenn du keinen Lack willst, zwinge ich ihn dir nicht auf."

„Hast du auch Blau?", fragte er.

„Mein Lieber, wir haben jede Farbe, die du dir vorstellen kannst. Folge mir." Sie führte ihn zu einem Zimmer gleich neben dem Empfangsbereich. Ehe sie hinter ihm hineinging, warf sie einen Blick zurück zu Luna. „Lasst euch Zeit. Ich päpple ihn ein wenig auf nach allem, was er gestern durchgemacht hat."

„Dankeschön", sagte Luna mit sanfter Miene.

Hmm, dachte Chad. Vielleicht hatte das, was immer ihr Probleme machte, überhaupt nichts mit Levi zu tun. Er hoffte es.

„Komm schon", sagte Luna, die ihn durch den Gang zu den Massagezimmern führte. Während sie eine der Türen für ihn öffnete, fragte sie: „Wie geht es der Hand heute?"

„Sie ist steif." Er hielt sie vor und versuchte, sie zu strecken, doch er konnte nicht einmal die Finger gerade machen.

„Schauen wir mal, ob wir das ändern können." Sobald sie den Raum betreten hatten, sagte sie: „Mach schon und leg dich auf den Rücken."

Er hob eine Augenbraue in Richtung ihres Massagetisches. „Ganz angezogen?"

Sie verdrehte die Augen. „Ja. Wir verrichten hier reine Handarbeit, keine Ganzkörpermassage."

„Reine Handarbeit?", fragte er und prustete vor Erheiterung und einem nicht zu kleinen Anteil Lust. „Das hört sich auf jeden Fall an, als sollte ich mich ausziehen."

„Stopp." Sie lachte.

„Schon besser." Er grinste sie an, begeistert, dass seine Worte einen heiteren Moment für sie ausgelöst hatten.

„Besser als was?" Sie zog einen Hocker herüber zum Massagetisch und setzte sich.

„Als ich hereingekommen bin, hast du ausgesehen, als wäre gerade dein Hund gestorben. Anfangs dachte ich, zwischen dir und Levi wäre etwas Schlimmes vorgefallen, aber nun glaube ich, es ist was anderes. Willst du darüber reden?"

Sie stieß ein tiefes Seufzen aus, und die Falte zwischen ihren Brauen erschien wieder, während sie die Stirn runzelte. „Du hast recht, es hat nichts mit Levi zu tun. Er ist toll. Verängstigt und nicht sicher, ob er uns vertrauen kann, aber das war ja zu erwarten."

Chad nahm seinen Platz auf dem Massagetisch ein. „Nachvollziehbar. Also, was ist passiert?"

Luna rückte ihren Hocker näher, dann nahm sie Chads Hand in ihre. Nachdem sie ein wenig Öl auf ihre Finger geträufelt hatte, fing sie an, an den Muskeln seiner Hand zu arbeiten. „Ich habe einen Brief von meiner leiblichen Mutter erhalten", stieß sie hervor.

„Deiner leiblichen Mutter?", wiederholte er schockiert. Soweit Chad es wusste, hatte Luna keine Ahnung, wer ihre Eltern waren. Wann hatte sich das geändert? „Seit wann hast du denn mit ihr Kontakt?"

„Gar nicht." Sie schluckte. „Das war der Erstkontakt."

„Wow." Er wollte ihr die Hand drücken oder ihr zur Beruhigung eine Hand auf den Arm legen, aber sie arbeitete gerade sehr konzentriert die Anspannung aus seinen Fingern heraus. Stattdessen fing er ihren Blick auf und hielt ihn. „Was stand in dem Brief, und weshalb hat er dich so vor den Kopf gestoßen?"

Sie ging weiter zu seinem Daumenansatz und bohrte tief hinein, sodass er zischte, aber sie achtete nicht auf seine Reaktion und bearbeitete den Bereich weiter. „Weshalb glaubst du, dass er mich vor den Kopf gestoßen hat?"

„Vielleicht wegen der Tatsache, dass du, bevor du dich mit mir unterhalten hast, so blass warst, dass du richtig verstört aussahst."

Sie kniff die Augen zusammen. „Wirklich?"

„Ja. Ich glaube, Levi war auch besorgt", sagte er sanft, wollte ihr bewusst machen, dass, was immer sie durchmachte, vielleicht auch auf ihn abfärbte.

„Verdammt. Ich will nicht, dass er sich um irgendwas Sorgen macht, außer, dass es ihm besser geht." Sie biss sich auf die Unterlippe. „Meine Mom ist angeblich eine Süchtige auf Entzug, die sich treffen will, um Wiedergutmachung zu leisten."

„Verstehe." Chad war klar, dass es ein harter Schlag für Luna war, herauszufinden, dass die Mutter, mit der sie sich schon immer ein Treffen gewünscht hatte, eine Süchtige war. Mit ihrem Hintergrund, was Tränke betraf, darunter auch den Rückfällen ihrer Pflegemutter, würde es Luna schwerfallen, darauf zu vertrauen, dass der Entzug einen bleibenden Einfluss haben würde. „Und wie stehst du dazu? Willst du dich mit ihr treffen?"

„Anfangs schon", gab sie zu, während sie an seinem

Zeigefinger arbeitete. „Aber inzwischen? Ich glaube nicht. Sie ist eine Tränkesüchtige, Chad. Ich kann es einfach nicht."

„Du weißt, dass du es nicht tun musst, oder?", fragte er, seine Stimme sanft. „Denn nur, dass sie dich geboren hat und nun Kontakt mit dir aufnimmt, hat gar nichts zu bedeuten. Sie hat das Recht aufgegeben, in deinem Leben eine Rolle zu spielen, und zwar vor über zwanzig Jahren. Das hast hundertprozentig du zu entscheiden. Jede Entscheidung ist korrekt. Verstanden?"

Ihre Augen füllten sich mit Tränen, während sie nickte.

„Hey." Er zog seine Hand aus ihrer, setzte sich auf, und schlang beide Arme um sie, zog sie zu einer Umarmung heran. „Du bist in Ordnung, Luna. Ich verspreche es."

„Ich weiß", sagte sie in seine Schulter. „Aber danke, dass du es sagst."

„Du brauchst mir nicht zu danken. Darum bin ich doch da." Er zog sich zurück und wischte eine ihrer Tränen ab.

„Du bist ein guter Freund." Ihr Lächeln war verweint, doch dieses hübsche Funkeln, das er so liebte, war in ihre schönen Augen zurückgekehrt.

Freund, dachte er. Er war froh, dass sie ihn als einen solchen betrachtete, doch als er hier auf ihrem Massagetisch saß und sie festhielt, war er sich deutlich bewusst, dass er sehr viel mehr wollte als eine Freundschaft. Er wollte sie. Sein Blick fiel auf ihre rosaroten Lippen, und er musste sich bemühen, seine Atmung ruhig zu halten.

„Chad?"

Sein Name auf ihren Lippen ließ ihn beinahe erschauern. Aber er riss sich zusammen und hob den Blick, um ihr in die Augen zu schauen. „Ja?"

„Du solltest mich weiter an deiner Hand arbeiten lassen."

„Stimmt." Da der Bann gebrochen war, legte er sich wieder hin und ließ sie ihre Magie wirken.

Zwanzig Minuten später legte sie ihm eine warme Hand auf die Schulter und sagte mit leiser Stimme: „Alles fertig. Wie fühlst du dich?"

„Als könnte ich gleich ein Nickerchen machen", sagte er.

Sie lachte. „Das kann ich mir vorstellen. Aber wir haben einen Teenager, der darauf wartet, dass du ihn den ganzen Tag lang unterhältst."

Chad stöhnte. „Aber dieser Tisch hier ist echt gemütlich."

„So soll es auch sein." Sie nahm seine heile Hand und zog ihn hinauf in eine sitzende Position. Er wusste, dass sie so nicht mit einem normalen Massagekunden umspringen würde, aber das war nichts Offizielles, und er bezahlte nicht einmal für die Massage. Sie wedelte mit der Hand, scheuchte ihn zur Tür. „Mach schon. Ich habe Levi gesagt, dass du ihn zum Einkaufen mitnimmst, für Klamotten und ein paar grundlegende Notwendigkeiten. Das arme Kind hat überhaupt nichts dabei."

„Bin dran", sagte er, während er aufstand. „Ich bringe ihn auch bei Barbs Garage vorbei. Sie hat mich gebeten, eine Liste ihrer alten Möbel anzufertigen, damit sie sie allmählich loswerden kann. Ich darf mir als erster was aussuchen, wenn es also etwas gibt, das du für dein Haus brauchst, lass es mich wissen. Ich bringe es dir rüber."

„Das kannst du nicht machen, Chad. Sie sagte, du darfst dir zuerst etwas aussuchen, nicht ich", sagte Luna.

„Natürlich kann ich das. Zum Großteil will sie das Zeug einfach loshaben, und wenn ich es nehme, wird sie begeistert sein, besonders, wenn es für dich ist."

„Warum denn das?", fragte Luna.

„Ich weiß es nicht. Sie mag dich einfach. Sie sagt immer, ich soll dich bitten, mit mir auszugehen." Oh, verdammt. Was hatte er da gerade gesagt? Die Worte waren aus seinem Mund gepurzelt, ehe er bewusst darüber nachgedacht hatte.

Luna starrte ihn einen langen Augenblick an und sagte kein Wort.

„Sie versucht einfach, mich mit allen zu verkuppeln. Interpretiere nicht zu viel hinein", beteuerte Chad.

„Ich interpretiere gar nichts ... hinein. Aber ich glaube schon, dass du mich bitten solltest, mit dir auszugehen." Ihre Wangen wurden rosig, und sie wandte sich ab. „Gestern Abend war witzig ... oder war es zumindest, bevor Levi angerufen hat. Ich dachte nur einfach, dass wir, nun ja, vielleicht sollten wir ...“

Chad drückte ihr einen Finger auf die Lippen, um sie aufzuhalten. „Sag es nicht." Er grinste, fühlte sich innerlich ganz entflammt. „Ich bin dran."

Ihr Lächeln erreichte ihre Augen, und sie sagte: „Okay. Ich warte."

Er lachte. „Lass mich dich am Freitagabend ausführen. Zum Abendessen? Tanzen? Vielleicht diesmal zu einem Mondscheinspaziergang am Strand?"

„Am Strand? Du willst mich zur Küste bringen?"

„Klar, dort wird getanzt", sagte er locker. „Es ist eigentlich eine Spendengala. Cocktails, stille Auktionen, Livemusik. Klingt anstrengend und langweilig, aber ich verspreche, das ist es nicht. Das organisiert der Kunst-Beraterstab, und alle Erlöse gehen an Jugendprogramme in Eureka."

„Und wie bist du da involviert?", fragte Luna.

„Ich habe schon früher für die Organisation Klavier gespielt." Er warf einen Blick hinab auf seine Hand, und ihm wurde klar, dass sie sich zum ersten Mal seit Wochen nicht mehr steif anfühlte. „Hey, meine Hand fühlt sich übrigens toll an. Besser als je zuvor seit der Verletzung."

Sie strahlte ihn an. „Vielleicht habe ich ein bisschen von meiner Heilmagie benutzt. Ich hoffe, dass es dir bei der Genesung hilft, nicht nur dabei, den Schmerz zu lindern."

„Ich auch." Er drückte ihr seine Handfläche an die Wange. „Sag Ja zu Freitag."

„Was ist mit Levi?"

„Er ist ein Teenager. Er kommt ein paar Stunden allein klar." Richtig? Chad stellte sich Levi vor, wie er allein in Lunas Haus herumhing. Gewiss war er fähig, sich um sich selbst zu kümmern, aber was würde passieren, wenn er in seinem eigenen Kopf war? Jugendliche, die ein solches Trauma durchgemacht hatten, waren oft unvorhersehbar. „Wir kriegen schon was auf die Reihe. Ich frage Candy, ob irgendeiner von den Teenagern in der Stadt was veranstaltet."

Candy war Hannas Cousine und arbeitete Teilzeit im Café. Sie war ein offenes, freundliches Mädchen, das sich vermutlich von selbst mit Levi anfreunden würde. Es lag ihr einfach im Wesen. Chad würde sicherstellen, dass sie einander begegneten, während er und Levi Dinge erledigten.

„Das wäre gut", sagte Luna und nickte. „Ich weiß natürlich, dass er alt genug ist, um keine Babysitter zu brauchen, und ich will nicht, dass er das Gefühl bekommt, das wäre nötig, aber ich mache mir Sorgen. Ich weiß, wie es für mich war, wenn ich mich in diesem Alter allein gefühlt habe. Es war nicht schön."

„Er braucht vermutlich jemanden, mit dem er reden kann", sagte Chad.

„Ja. Das sehe ich auch so." Sie warf einen Blick auf die Tür. „Aber erst vereinbare ich einen Termin mit Lorna White, um herauszufinden, was wir für Levi tun können und was nicht."

„Gut. Je eher, desto besser." Lorna White war die örtliche

Anwältin in Keating Hollow. Chad hoffte einfach nur, dass sie einige Erfahrung im Familienrecht hatte. „Lass mich wissen, falls du willst, dass ich mit dir hingehe."

„Mache ich." Sie hob den Blick zu ihm. „Jetzt, wegen Freitag …"

„Ja?", fragte er und hielt fast die Luft an. *Sag Ja*, dachte er. *Lass mich dich festhalten, während wir die ganze Nacht lang tanzen.*

„Die Antwort lautet Ja. Wann kommst du mich abholen?"

Glück strömte in seine Brust, und als er diesmal auf sie hinabschaute, konnte er nicht widerstehen. Er beugte sich vor und streifte mit seinen Lippen ihre. Sie war so weich, so süß, so sehr *die Seine*.

Bei den Göttern. Er hatte sie kaum berührt und beanspruchte sie schon für sich. Er zog sich zurück. „Es ist ein Date. Lass mich wissen, ob du nach irgendwelchen Möbeln suchst, und ich schaue in Barbs Lager nach. Ich schätze, du könntest ein weiteres Bett für Levi brauchen?" Er hielt inne und musterte sie. „Bist du sicher, dass es dir recht ist, wenn er auf unabsehbare Zeit zu dir zieht?"

Sie nickte rasch. „Mehr als sicher."

„Das habe ich mir gedacht, aber ich wollte es nicht vorwegnehmen. Okay, ein Bett für Levi. Sonst noch was?"

Sie kicherte. „Eigentlich einfach alles, Chad. Du hast doch gesehen, wie wenig ich habe. Aber am wichtigsten ist ein zweites Bett, Barhocker oder ein Küchentisch und Stühle, und ein paar Kommoden."

Chad tippte die Liste in sein Telefon. „Das ist ein guter Anfang. Ich schicke dir Bilder von allem, was wir finden, und du kannst Ja oder Nein sagen. Cool?"

„Mehr als cool." Sie schaute zu ihm auf, Verwunderung in den Augen, und er erinnerte sich, dass das derselbe Ausdruck war, den sie aufgehabt hatte, als er ihr gesagt hatte, sie könne sein Gästezimmer benutzen, wenn sie achtzehn wurde. Überraschung, Hoffnung, Vertrauen, es war alles da, gleich an der Oberfläche, und er liebte es, dass er derjenige war, der dafür verantwortlich war, diesen Ausdruck in ihre Augen zu zaubern.

„Gut." Er konnte nicht widerstehen. Er beugte sich hinab und küsste sie noch einmal. Diesmal schob er seine Zunge zwischen ihre Lippen und schmeckte Honig. „Hmm. Perfekt."

Sie lehnte sich an ihn, vertiefte den Kuss und ließ ein leises, wohliges Stöhnen hören.

Himmel. Wenn sie das noch einmal machte, würde er sie hochheben und auf ihren Massagetisch werfen. Widerstrebend zog er sich zurück. „Zu dir kommen vermutlich bald Kunden."

„In zehn Minuten", bestätigte sie.

„Genau. Ich schreibe dir später."

„Mach das lieber mal", sagte sie und öffnete ihm die Tür.

Nachdem er weg war, holte Luna die zerknüllte Karte aus ihrer Tasche, starrte die Telefonnummer an. Dann ging sie hinüber zum Telefon und wählte.

KAPITEL 16

*C*had parkte seinen Truck vor dem *Incantation Café*. „Hast du Hunger?", fragte er Levi.

Der Teenager zuckte mit den Schultern.

Was zum Teufel hieß denn das? „Ich spreche kein Teenager. Willst du das genauer ausführen?"

Levi murmelte vor sich hin, während er den Kopf abwandte und aus dem Fenster schaute.

Chad erkannte, dass er sich geärgert hätte, wenn er nicht so erheitert wäre. Er konnte genau hören, wie seine Mutter ihm sagte, dass er ihre Geduld strapazierte. „Das habe ich nicht ganz verstanden. Willst du es noch einmal versuchen?"

„Ich habe kein Geld", stieß er hervor.

„Ah. Verstehe. Nun, die gute Nachricht ist, du brauchst keins. Heute geht es auf mich." Chad wies mit dem Kopf auf das Café. „Du kannst ein andermal zahlen."

Levi stieß ein ungläubig schnaubendes Lachen aus. „Womit denn, Kumpel?"

Chad zuckte mit den Schultern. „Du gehst zurück zur Schule und bekommst vielleicht einen Job. Ich habe es nicht eilig. Jetzt holen wir was zu essen, und dann geht es in den Laden für ein paar Grundeinkäufe." Ohne auf eine Antwort zu warten, sprang Chad aus dem Truck und marschierte in das Café. Ein paar Augenblicke später schloss Levi sich ihm an.

Candy kam aus dem Hinterzimmer, ihre Haare zu einem dicken, lockigen Pferdeschwanz zurückgebunden. Sie warf einen Blick auf Levi und lächelte ihn keck an. „Na, hallo aber auch. Du bist neu in der Stadt."

Levi wandte ihr seine Aufmerksamkeit zu und nickte leicht. Candy war ein hübsches Mädchen mit makelloser bronzefarbener Haut, großen dunklen Augen und einem schlanken, athletischen Körper. Chad schätzte, dass jeder Teenagerjunge nach ihr verrückt sein würde. Aber Levi schien nicht auf diese Art interessiert. Stattdessen lehnte er sich mit der Hüfte an den Tresen und sagte: „Tolles Make-up."

Sie strahlte, ihr Lächeln erhellte den Raum. „Danke. Ich stehe total auf Make-up-Videos. Diese ganze Zeit muss ja was wert sein. Ich liebe diesen Blauton deines Nagellacks. Wie heißt der?"

Er zuckte mit den Schultern. „Keine Ahnung. Lena drüben im Spa hat das gemacht."

Candy rieb sich aufgeregt die Hände. „Perfekt. Ich werde sie fragen. Nun, was kann ich euch beiden bringen?"

Sie nahm ihre Bestellung auf und sagte, sie würde alles rausbringen, sobald es fertig war.

„Also. Candy", sagte Chad zu Levi, während sie sich setzten. „Was meinst du?"

Levi starrte ihn ausdruckslos an. Dann wurde seine Miene besorgt, während er sagte: „Ich stehe nicht auf Mädchen."

„Stimmt", sagte Chad rasch, weil er ihn beruhigen wollte. Er hatte das ziemlich schnell vermutet, während er ihr Gespräch beobachtet hatte. „Ich habe gemeint, ob du sie als jemanden siehst, mit dem du eine Freundschaft haben könntest?"

„Kumpel", sagte Levi, der verärgert klang. „Warum versuchst du, mich mit jemandem zu verkuppeln, den ich vor einer halben Sekunde getroffen habe?"

Chads Gesicht wurde warm. Dann lachte er. Levi war kein Kleinkind mehr. Er brauchte niemanden, der für ihn Spielkameraden klarmachte. Ehrlichkeit war der beste Weg, richtig? Es war einen Versuch wert. „Die Sache ist die, ich will Luna am Freitag auf ein Date ausführen. Und obwohl sie weiß, dass du auf dich selbst aufpassen kannst, ist sie ein bisschen zögerlich, dich so bald nach deinem ... Unfall allein zu lassen."

„Du meinst, so bald, nachdem mein Onkel mich kurz und klein geschlagen hat", sagte er, bemüht um einen neutralen Tonfall.

„Ja. Das. Tut mir leid, Mann." Chad fuhr sich mit der Hand durch die Haare. „Sie hätte vermutlich einfach ein besseres Gefühl, wenn du ein paar Freunde hättest, mit denen du herumhängen kannst. Das ist alles."

„Freunde", murmelte Levi. „Das ist nicht ... ach, egal."

Chad legte den Kopf schief. „Freunde sind nicht was?"

Levi stieß Luft aus, und Chad konnte beinahe den Augenblick erkennen, als der Junge zu dem gleichen Schluss kam, zu dem Chad erst vor ein paar Augenblicken gefunden hatte. Manchmal war es leichter, einfach die Wahrheit zu sagen. „Ich hatte nur einen Freund, meinen besten Freund, und als seine Eltern vor ein paar Jahren herausfanden, dass ich schwul war, war es das. Kein Kontakt mehr."

Chads Magen drehte sich um. Es gab nichts, was er in der Welt mehr verabscheute als Bigotterie. Besonders, wenn man sie an Kindern auslebte. „Das ist wirklich ein Unding. Es tut mir leid, dass es dazu gekommen ist."

„Mir auch." Er schaute aus dem Fenster.

Heiliger Hexenb... Chad wusste nicht, was er damit anfangen sollte. Alles deutete darauf hin, dass Levi ein anständiges Kind mit freundlichem Herzen war. Er wollte den Jungen in eine riesige Umarmung nehmen und ihm versprechen, dass das Leben besser werden würde. Dass es nicht immer so schlimm sein würde. Aber wer war er denn, dass er so etwas behaupten konnte? Er hatte keine Ahnung, was die Zukunft über die nächsten paar Wochen oder Tage hinaus für ihn bereithielt. „Ich weiß, dass das kitschig ist, und ich klinge wie ein alter Dad oder so was, aber du kannst mich als Freund betrachten, Levi."

Der Junge ließ den Blick zurück zu ihm huschen. „Ich hoffe, das hast du nicht auf die eklige Weise gemeint."

Chad zuckte zurück, überrascht von dem Kommentar. Dann drückte er die Augen zu und schüttelte den Kopf. „Bei den Göttern, Levi. Nein."

„Warum dann?", wollte Levi wissen. „Ich verstehe es nicht. Du und Luna, ihr beiden seid wie Retter, die gerade aus dem Himmel herabgeflogen sind, falls es so einen Ort gibt. Aber das habe ich nicht verdient. Ich bin nicht besonders. Weshalb macht ihr euch eine solche Mühe, außer, wenn ihr etwas von mir wollt?"

Chad lehnte sich mit verschränkten Armen zurück, musterte ihn. „Ich bin hier, weil ich, als ich ein wenig jünger war als du, einen Stiefvater hatte, der ein Arschloch war und mich misshandelt hat, und ich hatte nicht das Gefühl, dass ich mich an irgendjemanden wenden konnte, um mir zu helfen. Ich hatte länger Panik, als ich zugeben möchte, und oft frage ich mich, was gewesen sein könnte, wenn ich es nur einem einzigen Menschen erzählt hätte. Einem Erwachsenen, der vielleicht gewusst hätte, was zu tun oder zu sagen wäre, um die

Dinge für mich zu ändern. Wir sind in einer unterschiedlichen Situation, Levi, aber du hast Hilfe gebraucht, und ich fühle mich gut dabei, dir diese Hilfe anzubieten. Kein Kind sollte allein und verängstigt sein. Darum ist der Grund, dass ich dir helfen will, dass mein vierzehnjähriges Ich sich so sehr gewünscht hat, es möge jemanden geben, an den ich mich damals hätte wenden können. Ich mache das für das Kind, das ich damals war. Oder zumindest habe ich das anfangs getan. Inzwischen tue ich es, weil ich dich mag. Du bist ein cooler Junge, der es mal verdient hat, etwas aufzuatmen. Wenn du Lunas Grund kennen willst, musst du sie fragen."

„Habe ich bereits", sagte er mit großen Augen. „Sie hat etwas sehr ähnliches gesagt. Etwas davon, etwas weiterzugeben."

Interessant. Dieser Junge ließ offensichtlich niemanden leicht an sich heran. Wer hätte es ihm übel nehmen können? Chad hoffte einfach, dass er es geschafft hatte, zumindest eine von Levis vielen Barrieren abzubauen. Sie würden durch die meisten durchbrechen müssen, wenn Levi jemals nach all der Ablehnung, die er in seinem jungen Leben schon erfahren hatte, heilen sollte.

„Hier kommt der Brunch", sagte Candy mit melodischem Tonfall, als sie die Teller auf den Tisch stellte. „Ich bin gleich wieder da. Ich muss euch noch eure Getränke holen. Tut mir leid, dass ihr warten musstet."

Chad beobachtete Levi, während er ihr nachschaute, als sie weg eilte.

„Sie ist wirklich heiß", sagte Levi beinahe sehnsüchtig.

„Ich dachte, du hast gesagt, Mädchen wären nicht dein Ding?", forderte Chad ihn heraus.

Er lachte. „Sind sie nicht. Aber verdammt, ich kann doch den Anblick einer sexy Frau genießen, oder?"

„Guter Punkt", erwiderte Chad.

Sie kicherten immer noch, als Candy mit ihren Getränken zurückkehrte. Dann überraschte Levi Chad, als er Candy fragte: „Hey. Passiert in dieser Stadt irgendwas Interessantes am Freitagabend? Irgendwelche Treffen von Teenagern oder irgendwas, wo man rumhängen kann, von dem ich wissen sollte?"

„Hmm. Nichts Offizielles. Aber wenn du mit jemandem rumhängen willst, habe ich frei. Aber nur als Kumpels. Ich habe einen Freund."

Levi grinste sie an. „Ist er heiß?"

Um ihre Augen zeigten sich Lachfalten. „Aber so wasvon. Warum?"

„Ich habe mich nur gefragt, ob er vielleicht ein Bruder hat, der nicht vergeben ist", sagte er mit einem Schulterzucken.

Candy stieß ein bellendes Lachen aus. „Nein, allerdings …" Sie beäugte ihn von oben bis unten. „Ja, okay, komm am Freitagabend mit uns raus. Es gibt jemanden, den du treffen musst."

„O nein. Bitte nicht verkuppeln." Levi schüttelte den Kopf, sein Gesicht wurde knallrot. „Bei so was stelle ich mich nicht sonderlich toll an."

„Nervös", sagte sie nickend. „Verstehe ich. Aber keine Sorge. Das wird eine Gruppenveranstaltung." Sie zog ihr Telefon aus der Tasche. „Wie lautet deine Nummer? Ich schreibe dir die Einzelheiten."

Levis Mund ging auf und zu, während er den Kopf schüttelte. „Mein Telefon hat sich kürzlich verabschiedet. Ich konnte mir noch kein neues besorgen", murmelte er.

„Oh. Na, lass mich dir meine Nummer geben, und du kannst mir später schreiben", sagte sie, ohne zu zögern. Sie zog sich hinter den Tresen zurück, schrieb ihre Nummer auf, und als sie zurückkehrte, reichte sie sie Levi.

„Ja, okay", sagte er und schob sie in seine Jeanstasche, aber er schaute aus dem Fenster, einen niedergeschlagenen Ausdruck auf dem Gesicht.

Candy warf einen Blick zu Chad, ein besorgter Blick auf ihrem Gesicht, der zu fragen schien: *Was habe ich gesagt?*

Chad schüttelte leicht den Kopf in ihre Richtung, nicht sicher, wie er antworten sollte. Er ahnte, was Levi dachte. Er würde kein Telefon bekommen. Er hatte kaum etwas, und im Augenblick hatte er nicht einmal Kleidung zum Wechseln.

„Es war schön, dich kennenzulernen, Levi", sagte Candy. Als er zu ihr schaute, fügte sie an: „Es ist immer schön, süße, interessante Jungs zu treffen. Wir sehen uns am Freitag."

„Danke, gleichfalls." Er räusperte sich. „Ich freue mich darauf."

Sie winkte und ging zurück hinter den Tresen, um sich mit der Schlange zu befassen, die sich gebildet hatte.

CHAD FÜHRTE Levi über den Bürgersteig der Einkaufsmeile. „Sehen irgendwelche Geschäfte vielversprechend aus?"

Sie waren in Eureka aufgeschlagen, denn in Keating Hollow gab es nicht gerade Klamottenläden, die moderne Teenager ausstatteten. Chad deutete auf einen Old-Navy-Laden. „Wie wäre es mit dem? Oder bei Gap. Die haben gute Jeans, oder?"

Levi verdrehte die Augen. „Ich kann in keinem dieser Läden einkaufen."

„Und warum nicht?" Chad verschränkte die Arme vor der Brust, weil er die Geld-Ausflucht langsam wirklich satthatte.

Levi wollte nichts mit etwas zu tun haben, das Geld kostete. Es war offensichtlich, dass er niemanden ausnutzen und niemandem etwas schulden wollte.

„Ich meine nur …" Levi schob die Hände in die Hosentaschen.

„Nur was?"

„Können wir zu einem Second-Hand-Laden? Wie Buffalo Exchange?", fragte Levi.

„Vintage?" Chads Interesse war geweckt. „Ja. Machen wir das."

Sobald sie im Secondhand-Laden waren, konnte Chad Levi überzeugen, ausreichend Kleidung für mindestens eine Woche zu kaufen. Als Levi darauf beharrte, dass er eine Möglichkeit finden musste, es ihm zurückzuzahlen, sagte Chad: „Mach dir darum keine Gedanken, Mann. Du kannst mir helfen, meinen Laden einzurichten. Wenn du da arbeiten willst, werde ich es von deinem Gehalt abziehen."

Levi drehte sich um und starrte ihn an. „Was?"

„Ich eröffne in Keating Hollow einen Musikladen. Ich brauche dann jemanden, der mir bei den Maler- und Einräumarbeiten hilft. Wäre das was?"

„Aber sowas von!"

„Gut." Chad ließ einen Arm um die Schultern des Jungen gleiten und führte ihn zum Kassentresen. „Kaufen wir das Zeug, und dann auf zu Target für die restlichen Dinge, die du brauchst, ehe wir zurückfahren und Barbs Lager durchgehen. Mit etwas Glück haben wir alles in Lunas Haus gebracht, bevor sie von der Arbeit heimkommt."

Levis fröhliche Miene verzog sich, und er schaute wieder zur Seite.

Chad schluckte ein frustriertes Seufzen. Was jetzt? Die Möbel gab es umsonst. Obwohl er voll und ganz erwartete, dass der Junge der Frage ausweichen würde, fragte er rundheraus: „Levi, was ist los?"

Zu seiner Überraschung wandte Levi seinen besorgten Blick zu ihm und sagte: „Ich glaube, sie hat es sich anders überlegt."

„Was denn?"

„Dass ich hierbleibe. Heute Vormittag war sie echt komisch und still, und ich … ich sollte nicht zu lange bleiben."

Chad packte Levi am Arm und drückte ihn leicht. „Das stimmt überhaupt nicht, Levi. Sie hat heute Morgen Neuigkeiten erhalten, mit denen sie nicht gerechnet hat, und das hat nichts mit dir zu tun. Vertrau mir. Wenn du gehst, weil sie heute Vormittag irgendwas gesagt hat, wird sie untröstlich sein. Sie lässt dich nicht wieder auf der Straße leben, wenn sie da mitzureden hat. Wenn du nicht in Keating Hollow bleiben willst, ist das eine Sache. Wir helfen dir, einen sicheren Wohnort zu finden …"

„Ich will nicht weg", sagte er rasch und schaute zur Seite, als seine Augen glasig wurden.

Chad stieß ein erleichtertes Seufzen aus. „Gut. Das ist gut." Er ließ Levis Arm los und trat einen Schritt zurück. „Bereit für einen Spaziergang durch die Drogerie-Abteilung von Target?"

Levi strich sich mit der Hand durch die Haare, die in unordentlichen Büscheln abstanden. Er verzog das Gesicht und drückte sie platt. „Auf jeden Fall."

Chad hatte so eine Ahnung. Levi hatte ganz klar geduscht, seit Chad ihn am Vorabend gesehen hatte, aber Luna hatte vermutlich kein Deo und keine Zahnbürste doppelt, oder sonst irgendwas vorrätig, was er brauchen würde. „Dann auf dahin."

Es war später Nachmittag, als Chad und Levi das Bett fertig aufstellten, das sie aus Barbs Lager zu Luna gefahren hatten. Es war ein Doppelbett mit einer leicht durchhängenden Matratze, aber Levi strahlte, als er auf das Möbelstück hinabschaute. „Weißt du, wie lange es her ist, dass ich ein eigenes Bett hatte, in dem ich schlafen konnte?"

„Etwa zwölf Stunden?", neckte ihn Chad. „Hat Luna dir letzte Nacht ihres überlassen?" Nach dem Einkauf bei Target hatte sich Levi endlich entspannt und den Rest des Tages lächelnd verbracht. Es war so schön, zu sehen, dass er die Hilfe annahm, die Chad und Luna ihm unbedingt zukommen lassen wollten.

Levi verdrehte die Augen. „Bis auf das. Das habe ich nur angenommen, weil mich mein Kopf umgebracht hat, und mir übel davon wurde, mich mit Luna zu streiten."

„Natürlich", sagte Chad nickend. „Manchmal ist es besser, sich den Frauen einfach zu fügen. Verstehe ich." Er zwinkerte. „Also, wie lange ist es her?"

„Neun oder zehn Jahre", sagte Levi mit einem Schulterzucken. „Ich habe vier Stiefgeschwister bekommen, als mein Dad neu geheiratet hat. Alle waren jünger als ich. Sie haben mein Bett meiner ältesten Schwester gegeben, und ich habe ein Sofa bekommen." In seinen Augen blitzte Zorn auf, während er fortfuhr: „Sie hätten mir ein neues Bett kaufen sollen, aber es kam dann so, dass die Kinder des Stiefmonsters immer etwas anderes dringender brauchten. Und dann, als sie vermuteten, ich könne schwul sein … na, ich hatte wohl Glück, dass sie mich nicht schon eher rausgeworfen haben."

„Verdammt, Levi. Das ist brutal. Tut mir so leid, Mann." Chad schlug ihm auf die Schulter.

„Ja. War es", sagte er einfach. Dann schaute er wieder auf das Bett hinab und strahlte. „Aber dank dir und Barb werde ich das enorm genießen."

„Ja, wirst du", sagte Luna, die ins Zimmer kam. „Leg das drauf, ehe du das Bett beziehst. Das hilft, dass dir der Rücken nicht wehtut." Sie warf eine Schaumstoffauflage auf die Matratze und eilte hinaus, nur um gleich mit Laken, zwei Decken und ein paar Kissen wiederzukommen.

Während er auf das Bettzeug starrte, fragte Levi: „Wo kommt das Zeug denn her?"

Luna zuckte mit den Schultern. „Hat der Schlafzimmerelf gebracht."

In Levis Augen funkelte Erheiterung, während er stammelte: „Schlafzimmerelf? Kriege ich da auch einen? Ist er mein Typ?" Sobald ihm die Worte entwichen waren, stieß er ein Keuchen aus und schlug sich eine Hand vor den Mund, während er murmelte: „Tut mir leid."

Luna lachte nur. „Wenn es sowas wie einen Schlafzimmerelfen gäbe, wäre ich die erste, die sich einen holt."

Levis Augen gingen überrascht auf, während er sie anstarrte. Chad wandte ihr seine Aufmerksamkeit zu und seine Körpertemperatur stieg, als er sich vorstellte, auf das Bett zu steigen und seinen Körper auf ihren zu legen. *Teufel auch,* dachte er, während er wegschaute. *Nicht jetzt, Alter. Nicht jetzt.*

KAPITEL 17

$\mathcal{L}$una entging der Blick nicht, den Chad ihr zuwarf. Und ihr Körper reagierte sofort mit einem flatternden Herzen, gefolgt von einem Prickeln, das über ihre Haut tänzelte. Er hatte sie nicht einmal berührt, und doch fühlte sie sich, als könne sie bereits spüren, wie seine Fingerspitzen über ihre Haut streiften.

„Wow. Ich komme mir vor wie das fünfte Rad am Wagen. Ich gehe einfach mal runter, während ihr beiden, äh, tut, was immer ihr da tun wollt", sagte Levi mit einem Kichern und verzog sich aus dem Zimmer.

Luna schaute ihm entsetzt nach. Ihr Gesicht wurde heiß, und sie wandte den Blick ab.

Chad lachte leise.

„Was ist denn so lustig?", fragte sie ihn mit zusammengekniffenen Augen.

„Wir." Er griff nach ihrer Hand und hielt sie leicht, zog sie näher an sich. „Wir können weiter darum herumschleichen, oder wir können akzeptieren, dass es um uns beide geschehen ist."

Sie blinzelte zu ihm auf. „Ich weiß nicht, wovon du da sprichst. Wir sollten ..."

Chad legte ihr die Finger auf die Lippen, um ihre Worte aufzuhalten. „Doch, weißt du." Statt seine Hand zurückzuziehen, rieb er sanft mit dem Daumen über ihre Unterlippe. „Hast du irgendeine Vorstellung davon, wie sehr ich dich jetzt küssen möchte?"

Luna stockte der Atem. Sie wollte sich mehr als alles andere an ihn schmiegen und ihn noch einmal schmecken. Der Kuss, den sie kürzlich im Spa ausgetauscht hatten, hatte ihr den ganzen Tag versüßt. Sie hätte gelogen, wenn sie so getan hätte, als würde sie ihn nicht auch wollen. Sie stieß ein leises Seufzen aus und beugte sich vor, um zu flüstern: „Wir sollten das vermutlich nicht gerade jetzt machen."

„Vermutlich nicht", pflichtete er ihr bei, doch er legte ihr beide Hände an die Wangen und streifte mit seinen Lippen ihre. „Aber ich wollte das schon seit dem ersten Tag, an dem ich dich am Tresen im Brauereipub sitzen sah."

Sie gab ein wohlwollendes Geräusch von sich und lehnte sich in seinen Kuss, weil sie ihm nicht sagen wollte, wie lange genau sie ihn schon hatte küssen wollen. Er schmeckte nach Schokolade und Kaffee und Heimat. Ihre Arme legten sich um seinen festen Körper, und sie fragte sich, ob sie sich jemals so richtig gefühlt hatte wie in diesem Augenblick. Sie war genau, wo sie sein sollte, mit dem einzigen Mann, den sie je geliebt hatte.

Das Leben fühlte sich geradezu perfekt an.

Sie versteifte sich und zog sich dann zurück, überrascht und mehr als nur ein bisschen panisch. Perfekt war nicht gut. Perfekt hieß, dass es vermutlich bald zur Katastrophe kommen würde. Perfekt war ein flüchtiger Augenblick, und sie war sicher, dass die Blase platzen würde.

„Was ist da eben passiert?", fragte er, musterte ihr Gesicht, sein Blick durchdringend. „Wohin bist du abgebogen?"

„Zurück in die Realität. Hör mal, Chad. Unten ist ein sechzehnjähriger Junge. Ich weiß, du hast mir erzählt, dass ihr einen guten Tag hattet und es ihm gut geht, aber die Art Trauma, die verschwindet nicht einfach so. Ich mache ein Abendessen und bespreche mit ihm die nächsten Schritte. Anstatt hier oben zu bleiben und mit dir herumzuknutschen." Ihr Blick fiel auf seine Lippen, und sie musste sich zum Wegschauen zwingen. „Bist du hier drin fertig?"

„Äh, Ja." Er strich sich mit der Hand durch seine hellen Haare und schnaubte. Dann war sein lockeres Lächeln zurück, während er sagte: „Okay. Du hast ja recht. Machen wir Abendessen."

Ihr Herz wurde vor Enttäuschung schwer. Sie hatte nicht erwartet, dass er so leicht zustimmte. Oder vielleicht hatte sie nur gehofft, dass sie es nicht tun würde. Zu spät. Sie war auf die Bremse getreten, und er hatte ihre Entscheidung respektiert. Natürlich hatte er das. Es war nicht sein Stil, zu drängeln.

„Genau." Sie wirbelte auf dem Absatz herum und bewegte sich zur Tür.

„Luna?"

„Ja?" Sie schaute über die Schulter.

„Wir machen damit am Freitag weiter, nachdem ich dich zu unserem Date abgeholt habe." Er lächelte sie sexy schief an, ehe er an ihr vorbei die Stufen hinabging.

Dreister Bastard, dachte sie, doch während sie sich nach unten in die Küche begab, konnte sie nicht verhindern, dass ihr ein dümmliches Grinsen aufs Gesicht trat oder Schmetterlinge in ihren Bauch einzogen. Er wollte sie, und er sorgte dafür, dass sie es wusste. Sie hoffte einfach, dass sie nicht ins tiefe Wasser sprang, ohne einen Rettungsring dabei zu haben.

Levi war bereits in der Küche und schnitt eine Paprika. Er hatte sich bereits durch eine Zwiebel und eine Tüte Karotten gearbeitet, die sie aus dem Supermarkt mitgebracht hatte. Als sie an ihm vorbeischaute, erspähte sie eine Schüssel mit klein geschnittenen Hühnerbrüsten. „Hey", sagte sie und grinste ihn an. „Sieht so aus, als würdest du dich mit Küchenarbeit auskennen."

Er zuckte mit den Schultern. „Ich bin kein Gourmetkoch oder sowas, aber ich erkenne die Zutaten für ein Pfannengericht, wenn ich sie sehe."

„Willst du Hilfe dabei, oder ..."

„Ich kriege es hin", sagte er und wedelte mit der Hand. Aber dann hielt er inne, der besorgte Ausdruck trat wieder in seine Augen. „Außer, du wolltest das Kochen übernehmen. Ich bin so daran gewöhnt, dass ich mich um mich selbst kümmere, dass ich gar nicht daran gedacht habe, dich zu fragen."

„Levi, du kannst alles kochen, was du willst, zu jedem Zeitpunkt. Du musst nicht fragen. Besonders, wenn du Abendessen für uns kocht."

Erleichterung erfasste ihn, und seine Schultern entspannten sich. „Okay. Cool. Ich koche gerne. Ich übernehme es jederzeit, wenn du möchtest."

„Der Job gehört dir", sagte sie mit einem breiten Lächeln. Die Tatsache, dass er es sich zur Aufgabe gemacht hatte, einfach mit dem Abendessen für sie anzufangen, sorgte dafür, dass Lunas Herz sich zusammenzog. Gah. Er war so ein lieber Kerl. Sie konnte nicht verhindern, dass sie sich schon zum zwanzigsten Mal fragte, wie er obdachlos geworden war. Da er alles unter Kontrolle zu haben schien, setzte sie sich auf ihren neuen Hocker ihm gegenüber und verschränkte die Hände ineinander. „Können wir kurz mal reden?"

Er hielt inne, das Messer schwebte über einer roten Paprika. „Über was?"

Luna holte tief Luft, weil sie ihn nicht in Aufregung versetzen wollte, doch wenn er bleiben sollte, musste sie eine Möglichkeit finden, es offiziell zu machen. Sie wollte nicht, dass er sich einlebte und Verbindungen aufbaute, und dann aus einer Reihe von Gründen, die man hätte verhindern können, aus ihrem Haus fortmusste. „Ich will mit einer Anwältin darüber reden, wie wir von hier aus weitermachen, und ich brauche dazu erst ein paar Informationen."

„Einer Anwältin?" Sein Gesicht war verkniffen, als wäre er besorgt.

„Ja, jemand, der uns helfen kann, herauszubringen, wie wir es legal machen, dass du hierbleibst. Ich muss herausfinden, wie ich dein legaler Vormund werde, damit wir dich wieder zurück an die Schule bringen und dein Onkel nicht einfach vorbeikommen und dir befehlen kann, dass du zurück in deine alte Situation kehrst. Ich wollte vorhin nicht lauschen, aber als ich vor ein paar Minuten nach oben gekommen bin, habe ich mitgehört, wie du gesagt hast, dass dein Dad dich rausgeworfen hat. Gibt es irgendeinen Grund zu glauben, dass er wollen könnte, dass du zurückkommst, jetzt, da ihr ein wenig Abstand hattet?"

Sein Gesicht wurde blass, und er blinzelte rasch, um die Tränen zu verdrängen, die ihm plötzlich in die Augen traten. „Nein. Er ist nicht daran interessiert, zu mir eine ... Beziehung zu haben."

Luna sehnte sich danach, ihn in die Arme zu nehmen und ihn einfach zu halten, bis all seine Wunden geheilt waren. Aber sie wusste, dass das nicht in einer Nacht geschehen würde.

Vermutlich würde nicht einmal ein Leben dafür ausreichen, aber sie wollte es versuchen. „Okay. Es tut mir leid, das zu hören, aber hoffentlich bedeutet das, dass es leichter wird, die rechtlichen Dinge hinzukriegen, damit du hierbleiben kannst. Was hältst du davon, dich mit einer Anwältin zu treffen, damit dein Onkel kein Recht als dein Vormund geltend machen kann?"

Ein sichtlicher Schauer ging über ihn hinweg, während in seinen großen, braunen Augen eine unübersehbare Angst aufblitzte. Er schaute sich um, als wolle er nachsehen, ob sein Onkel bereits in Lunas Haus war und verlangte, dass Levi zurück nach Eureka ging. „Nein. Ich werde nicht mit ihm gehen. Niemals wieder, werde ich nicht", beharrte er.

Luna griff über den Tresen und drückte ihm leicht die Hand. „Das genau will ich verhindern. Vertraue mir, Levi, ich will nicht, dass du in diese Situation gerätst. Darum will ich mich mit jemandem beraten. Damit du geschützt bist."

„Aber was ..." Er schluckte schwer, und seine Augen wurden glasig, während abermals unvergossene Tränen darin standen.

Luna schwieg, während sie darauf wartete, dass er den Mut aufbrachte, zu fragen, was immer ihm durch den Kopf ging.

„Ähm, was, wenn die Anwältin mit jemandem Kontakt aufnehmen muss?" Er wandte den Blick ab, und seine Stimme war kaum mehr als ein Flüstern, während er fragte: „Wie etwa dem ... Jugendamt?"

Ein Ziehen meldete sich in Lunas Bauch. Diese Möglichkeit bestand immer. Aber sie konnte nicht einfach einen Jungen bei sich wohnen lassen, ohne irgendeine Art rechtlichen Schutz für sie beide zu organisieren. „Dann werde ich tun, was immer nötig ist, um sicherzustellen, dass sie dich hierbleiben lassen. Was mich zu meiner nächsten Frage führt."

Er ließ das Kinn auf die Brust sinken und fragte: „Was?"

„Wie stehst du dazu, deinen Onkel zu melden? Ich kenne den Hilfssheriff hier in der Stadt. Man kann ihm vertrauen."

Levis Kopf fuhr hoch, und seine Miene war verhärtet. „Nein. Keine Bullen."

Luna unterdrückte ein Seufzen. Sie hatte geahnt, dass er den Gesetzeshütern vor Ort nicht vertrauen würde. Sie hatte das in seinem Alter auch nicht getan. Alle ihre Interaktionen mit den Bullen hatten damals in einem weiteren beschissenen Pflegeheim geendet, oder damit, dass man sie bedrängt hatte, weil sie ein zielloser Teenager gewesen war, der zu spät in der Stadt unterwegs war und nicht nach Hause gehen wollte. Sie hatte eine Weile gebraucht, um zu merken, dass die meisten ihr eigentlich helfen wollten, aber durch ihre Jobs beschränkt in dem waren, was sie tun konnten. Levi konnte nicht wissen, dass Drew Baker, der Hilfssheriff von Keating Hollow, ein guter Mann war. Drew würde niemals etwas tun, das Levi wieder in Gefahr brachte. Aber Luna wollte Levis Vertrauen nicht unterwandern. „Okay. Also erst mal keine Meldung. Aber behalte im Kopf, je eher du den Vorfall meldest, desto besser. Das Jugendamt wird dich nicht zurück zu deinem Onkel schicken, wenn gegen ihn ermittelt wird."

Eine einzelne Träne lief Levis Wange hinab, während er langsam den Kopf schüttelte. „Ich will einfach nur verschwinden."

Luna zerriss es das Herz. Sie war schon öfter an diesem Punkt gewesen, als sie zählen konnte. „Ich weiß, mein Lieber. Das tue ich wirklich. Und es bringt mich um, dass ich dir keine Versprechungen machen kann, wie das ausgehen wird. Ich kann dir nur versprechen, dass ich immer da sein und mein verdammt nochmal Bestes geben werde, dich nicht zu enttäuschen."

Ein Schluchzen blieb ihm im Halse stecken, während er versuchte, keuchend Luft zu holen.

Das war es. Das war der Augenblick, in dem Luna ihr Herz an den Kleinen verlor. Sie glitt vom Hocker und ging um den Tresen, die Arme weit ausgebreitet.

Levi drehte sich zu ihr herum, vergrub den Kopf an ihrer Schulter, und sie legte ihre Arme um ihn, hielt ihn fest.

„Wir finden einen Weg da durch. Was immer nötig ist, ich bin dabei. Hast du verstanden?"

Er nickte, seine Tränen durchnässten ihr T-Shirt.

Sie standen zusammen in der Küche, Luna flüsterte ihm beruhigende Worte zu, während sie ihn einfach nur festhielt, beinahe, als würde sie tatsächlich versuchen, ihn zusammenzuhalten.

Hinter ihr erklangen Schritte, und sie war überhaupt nicht überrascht, als Chad seine Arme um sie beide legte und sagte: „Zählt auf mich. Was immer wir tun müssen, ich bin dabei."

Levi stieß ein ersticktes Kichern aus. „Ihr beiden seid verrückt."

Chad ließ los, während Luna sich zurückzog und Levi entließ, damit er ihm in die Augen schauen konnte. „Weißt du, du hast vermutlich recht. Aber es ist gut, verrückt zu sein. Ich bin verrückt genug, um in ein kleines Städtchen zu ziehen, wo ich niemanden kenne, und mir ein Leben aufzubauen, eines, zu dem jetzt ein Teenager gehört."

„Und ein Klavierlehrer", fügte Chad mit einem Grinsen hinzu.

Sie warf ihm einem Blick zu, ihre Augenbraue fragend gehoben.

„Was? Du hast doch nicht gedacht, dass du mich loswirst, jetzt, da ich dich wiedergefunden habe, oder?", fragte er.

„Nein. Ich habe nur … Ach, egal." Sie schüttelte leicht den

Kopf, fragte sich, ob sie sich nicht allmählich zu sehr auf ihn einließ. Der Gedanke brachte sie fast zum Lachen. *Allmählich?* Das war doch längst geschehen. Es war schon immer so gewesen.

„Was ist los, Luna?", fragte er, während er sie musterte.

„Nichts. Ich schätze, ich gewöhne mich einfach nur daran, dich wieder in meinem Leben zu haben."

Sein Grinsen war schief, während er ihr zuzwinkerte, sodass sie rot wurde.

Levi stieß ein lautes Seufzen aus, während er sich zurück zum Schneidbrett begab.

„Was ist, Levi?", fragte Luna.

In seinen Augen stand tiefe Zuneigung, während er sagte: „Ihr beiden seid ein beziehungstechnisches Vorbild."

„Ähm, wir sind nur Freunde", beharrte Luna. Freunde, die im oberen Stockwerk beinahe herumgeknutscht hätten.

„Redet euch das nur weiter ein", sagte Levi, der sich zum Herd wandte und Olivenöl in eine Pfanne gab.

Chad legte ihr eine Hand auf den Rücken und küsste sie auf die Wange. „Hör auf den Kleinen. Ich glaube, er weiß, wovon er redet."

Sie verdrehte die Augen, konnte aber nicht anders, als zu ihm hinauf zu grinsen.

Sie sahen einander einen langen Augenblick an. Schließlich trat Chad zurück und holte ein Handy aus seiner Tasche. Er wandte sich an Levi. „Hey, hast du Candys Nummer noch?"

„Ja. Warum?"

„Rück sie rüber", sagte Chad, der einen Code in das Telefon eingab, um es zu entsperren.

Levi warf einen Blick über die Schulter zu Chad. „Warum?"

Chad streckte die Hand aus. „Weil ich ihr was schreiben muss."

Widerstrebend reichte Levi ihm die Nummer. „Du lässt mich aber nicht ganz peinlich dastehen, oder?"

Chad lachte. „Natürlich nicht."

„Warum beruhigt mich das überhaupt nicht?", murmelte Levi.

Luna kicherte, während sie Chad über die Schulter schaute. Die Nachricht lautete:

Hi Candy, hab heute ein neues Telefon bekommen. Hier ist die Nummer. Schreib mir wegen Freitag. Levi.

Er drückte auf Senden und hielt das Telefon dann Levi hin. „Hier. Das habe ich heute für dich geholt."

Levi schaute zu ihm zurück und erstarrte, seine Augen auf das iPhone gerichtet.

Chad trat vor, hielt ihm immer noch das Handy hin. „Bitte widersetze dich mir nicht. Du brauchst ein Telefon. Wir müssen eine Möglichkeit haben, mit dir Kontakt aufzunehmen, und ich habe es bereits zu meinem Vertrag freigeschaltet. Man kann es jetzt nicht mehr abschalten, und ich kann keine zwei Telefone gebrauchen, also kannst du es auch gleich nehmen."

Ein Kloß bildete sich in Lunas Kehle. Passierte das echt? Hatte Chad wirklich den Aufwand auf sich genommen, Levi ein Telefon zu kaufen? Natürlich hatte er das. Sie wusste eigentlich gar nicht, weshalb sie so überrascht war. Er war schon immer großzügig gewesen. „Nimm es, Levi. Ist schon gut, das verspreche ich."

Levi stockte der Atem, während er zögerlich eine Hand ausstreckte und Chad das Telefon behutsam abnahm. „Ich verstehe noch immer nicht, warum ihr so nett zu mir seid."

„Eines Tages wirst du es schon verstehen", erwiderte Chad. „Wenn du älter bist und feststellst, dass du in der Lage bist, jemandem helfen zu können, bin ich mir sicher, das machst du.

Deine Gründe werden nicht genau dieselben sein wie meine, aber sie werden ihnen recht nahekommen."

Levi musterte das Handy mit großäugiger Verwunderung. „Danke, Mann."

Chad schlug ihm auf den Rücken. „Gern geschehen. Der Vertrag ist unbegrenzt, also mach dir keine Sorgen wegen des Datenvolumens. Klingt das gut?"

„Klingt fantastisch." Levi ließ das Abendessen sein und warf die Arme um Chad, drückte ihn fest. „Danke." Er lachte wieder. „Ich werde fünf Jahre lang für dich arbeiten, nur um dir alles zurückzuzahlen. Vielleicht habe ich bis dahin ein wenig Kleingeld in der Tasche."

„Für das Telefon bezahlst du mich nicht, Kleiner. Das habe ich für mich und Luna getan, damit wir uns keine Sorgen machen, weil wir keinen Kontakt mit dir aufnehmen können. Aber glücklicherweise hast du nun Zugang zu all den Dingen, die Teenager machen, die zufällig online stattfinden. Mach nur keine Bezahlspiele oder so was. Alle Extras, die auf der Rechnung auftauchen, gehen auf jeden Fall auf dich."

„Verstanden", sagte Levi und schob sich das Telefon in die Tasche. „Keine Sorge. Ich bin kein Gamer."

Chad nickte einfach und ging dann hinüber zur Couch, während Luna den Kopf schief legte und Levi beäugte. „Du hast am Freitag was vor? Habe ich das richtig verstanden?"

„Klar. Der Chadster da drüben führt dich aus, darum habe ich mir eine neue Freundin gesucht. Sie hat mich am Freitag zum Ausgehen eingeladen, und ich komme mit und sehe mir mal an, wen ich in dieser Stadt noch kennenlernen kann."

„Guter Plan. Du klingst wie ein Jugendlicher, der unbedingt sein Leben wieder ins Rollen bringen möchte", sagte Luna.

„Ich schätze, das bin ich."

„Bedeutet das, dass du einverstanden damit bist, dass ich mich mit der Anwältin treffe?", fragte sie.

Er zögerte, sein Gesicht angespannt. Dann schloss er die Augen und nickte. „Kannst du ... kannst mir einfach alles erzählen, was sie sagt?"

„Natürlich. Eigentlich, warum kommst du denn nicht mit? Ich mache einen Termin für morgen Nachmittag aus. Klingt das gut?"

„Ja. Okay." Er blinzelte mit glasigen Augen und wandte sich wieder der Gemüsepfanne zu.

KAPITEL 18

*L*orna White saß an ihrem Schreibtisch, ihr langes, graues Haar rahmte ihr eckiges Gesicht ein. Blaue Augen musterten Luna, während die Anwältin die Fingerspitzen nachdenklich aneinanderlegte.

Luna warf einen Blick hinüber zu Levi. Der Kleine war in einem Sessel zusammengesunken, befingerte den Saum des Nirvana-T-Shirts, das er trug. Sie wollte ihm die Hand drücken, wusste aber, dass die Geste in diesem Augenblick nicht willkommen sein würde. Levi hatte sich in sich selbst zurückgezogen, seit sie das Büro der Frau betreten hatten.

„Levi", sagte die Anwältin. „Weißt du von irgendwelchen offiziellen Vormundschaftsvereinbarungen zwischen deinen Vater und deinem Onkel? Irgendwelchen Papieren, die beim Staat hinterlegt sein könnten?"

„Nein. Mein Vater hat mich rausgeworfen, und ich bin zwei Tage danach an der Tür meines Onkels gelandet. Ich bin mir nicht sicher, ob mein Dad überhaupt weiß, dass ich dort war."

„Also keine E-Mail-Kommunikation oder Nachrichten irgendeiner Art?", drängte sie.

Levi zuckte mit den Schultern. „Ich schätze, das wäre möglich, aber sie stehen sich nicht nahe. Ich bezweifle es."

„Okay." Sie beugte sich vor und schaute Luna in die Augen. „Anstatt das Jugendamt in die Sache zu involvieren ..."

Levi zuckte zusammen.

Lorna verzog mitfühlend das Gesicht. „Tut mir leid. Ich weiß, das klingt schrecklich, und ich will das verhindern, wenn es überhaupt möglich ist. Verstehst du das?"

Levi nickte ihr zu, sank aber noch tiefer in den Sessel. Luna glaubte, wenn er noch ein paar Zentimeter nachgab, würde er vielleicht einfach herunterrutschen.

„Wie ich sagte", erklärte Lorna Luna, „das beste Vorgehen wäre, Levis Vater dazu zu bringen, ein Dokument zu unterschreiben, dass Ihnen die volle Vormundschaft überträgt. Keine Gerichte, kein Jugendamt, keine Bürokratie." Sie wandte ihre Aufmerksamkeit Levi zu. „Meinst du, er wäre bereit, so etwas zu tun?"

„Solange es ihn kein Geld kostet", stieß Levi hervor.

Nun war es an Luna, zusammenzuzucken. Die Tatsache, dass Levis Vater sich so wenig um seinen eigenen Sohn kümmerte, war keine Überraschung, aber das hieß nicht, dass es Levi weniger wehtat. Und obwohl er ganz nüchtern sprach, wusste Luna ohne Zweifel, dass es ihn betroffen machte. Sie sog tief Luft ein und sagte: „Wird es nicht."

Die Anwältin nickte. Sie hatten bereits besprochen, dass Luna kein Interesse daran hatte, den Mann um Geld zu bitten, und jegliche Gebühren, die in der Sache anfallen konnten, würde sie bezahlen.

„Dann bin ich mir sicher, dass es ihm egal ist." Levi wandte den Kopf ab, wich allen Blicken aus.

„Und deine Mutter? Wo ist sie?", fragte Lorna.

„Sie ist gestorben, als ich ganz klein war", murmelte Levi. „Überdosis."

Luna wollte an seiner Stelle weinen, zwang sich aber dazu, ruhig zu bleiben. Sie wusste aus Erfahrung, dass Mitleid normalerweise alles schlimmer machte.

„Tut mir leid, das zu hören", sagte Lorna. „Okay, eine letzte Frage an dich, Levi."

Der Teenager schaute zu ihr auf, sein Mund zu einer dünnen Linie zusammengekniffen.

„Willst du bei Luna bleiben? Willst du, dass ich diesen Weg weiterverfolge?"

Er stieß ein wenig erheitertes Lachen aus, während er einen Blick auf Luna warf. „Glauben Sie wirklich, dass ich Nein sagen könnte, während sie hier sitzt?"

Luna hielt Levis Blick fest, suchte nach der Wahrheit. Eine Mischung aus Gefühlen stand in seinen Augen: Traurigkeit, Vorsicht, Frust, Niedergeschlagenheit und vielleicht sogar ein kleines bisschen Hoffnung.

„Du kannst ehrlich zu mir sein, Levi", sagte Luna. „Ich hoffe, das weißt du. Ich will nur, was für dich an dieser Stelle am besten ist. Wenn es nicht passt, bei mir zu bleiben, werde ich dir helfen, herauszufinden, wohin du solltest." Obwohl sie diesem Jungen ehrlich gesagt verfallen war. Wenn er einen Rückzieher machte, würde es ihr das Herz brechen. Trotzdem würde sie tun, was nötig war, um dafür zu sorgen, dass er in Sicherheit war.

Tränen standen erneut in Levis Augen, während er den Blick von Luna löste. Er konzentrierte sich auf Lorna und sagte: „Ich will bei Luna bleiben."

Erleichterung durchströmte Luna, und sie stieß Luft aus, von der sie nicht gewusst hatte, dass sie sie angehalten hatte.

„Gut. Ich halte das für eine hervorragende Entscheidung",

sagte die Anwältin. Sie strahlte Levi an, während sie ihm ein paar Formulare reichte. „Wenn du das ausfüllst, können wir mit deinem Vater Kontakt aufnehmen und den Papierkram in die Wege leiten."

~

„SO LEICHT KANN das doch nicht sein", sagte Levi, als sie das Anwaltsbüro verließen und hinaus auf das Kopfsteinpflaster traten.

„Er muss trotzdem noch die Papiere unterschreiben", sagte Luna, weil sie nicht wollte, dass er glaubte, das wäre nur der Form halber. Das könnte so sein, allerdings nur, wenn seinem Vater die Sache wirklich völlig egal war. Aber wenn er sich aus irgendeinem Grund rachsüchtig oder wenig wohlwollend fühlte, könnte er Lorna White genauso mühelos sagen, sich die Papiere in die nächstbeste Körperöffnung zu schieben.

„Wird er. Solange mein Stiefmonster nicht will, dass ich da bin, wird er die leichteste Möglichkeit ergreifen, die er bekommt, um mich loszuwerden. Ich glaube, das funktioniert."

„Komm her." Sie legte ihm einen Arm um die Schultern. „Du verstehst schon, dass ich möchte, dass du hier bei mir bist, oder?" Luna blieb plötzlich stehen und drehte ihn so, dass er gezwungen war, ihr in die Augen zu schauen. „Das du auf keinen Fall entbehrlich bist?"

Tränen traten in seine Augen und liefen lautlos seine Wangen hinab, während er den Kopf schüttelte, Schmerz schrieb sich in sein Gesicht.

„Levi", flüsterte sie und zog ihn in eine Umarmung, um erneut zu sagen: „Du bist nicht entbehrlich."

Er stieß ein Schluchzen aus und klammerte sich an sie.

„Manche Menschen auf dieser Welt wissen nicht, wie man

liebt. Ich gehöre nicht dazu", fügte sie an und schwor sich, diesen Jungen niemals zu enttäuschen. Sie standen noch ein paar Herzschläge länger auf der Straße, bis Levi sich zurückzog und sich über die Augen wischte. Luna drückte ihm den Arm. „Komm schon. Chad wartet am Pub auf dich."

„Was ist mit dir?", fragte er, seine Stimme immer noch belegt von den Tränen.

„Ich … nun, ich muss mich um meine eigene elterliche Krise kümmern." Sie stieß ein nervöses Kichern aus. „Es scheint, als würde meine leibliche Mutter mit mir sprechen wollen. Ich habe zugestimmt, mich heute Abend in Eureka mit ihr zu treffen."

Levi schaute sie durch zusammengekniffene Augen an. Dann schüttelte er den Kopf. „Du solltest nicht allein fahren."

„Warum?", fragte sie, während sie zu ihrem Auto ging und die Tür öffnete.

Er runzelte die Stirn, die Augenbrauen mit besorgter Miene zusammengezogen. „Ich empfinde etwas … Es fühlt sich aufgewühlt an. Sogar chaotisch."

Sie zuckte nur mit den Schultern. „Ich stelle mir vor, dass sich jeder so fühlt, der zum ersten Mal der eigenen Mutter begegnet."

„Das ist nicht …"

„Komm schon. Rein mit dir. Du kannst mir weitererzählen, wie schrecklich es sein wird, während ich dich zum Pub fahre."

Er verdrehte die Augen, stieg aber in das Auto.

Luna rammte ihren Zündschlüssel hinein und drehte ihn. Nichts geschah. Sie versuchte es noch einmal. Gar nichts. „Ach, komm schon. Nicht jetzt."

„Wirkt wie ein Problem mit der Batterie", sagte Levi, der bereits aus dem Auto stieg. Er ging vorne herum und bedeutete Luna, dass sie die Kühlerhaube öffnen sollte. Sie tat, wie geheißen, obwohl sie keinen Schimmer hatte, ob er wusste, was er da tat.

Sie schickte Chad eine Nachricht, um ihn wissen zu lassen, was los war, und stieg aus dem Auto, um zu Levi zu gehen.

„Batterie?", fragte sie.

„Vielleicht. Könnte auch die Lichtmaschine sein. Wir müssen es fremdstarten." Levi ging vom Auto weg und sprach ein älteres Paar an, das gerade auf den Parkplatz neben ihnen gefahren war.

Es dauerte nicht lang, bis der grauhaarige Herr Überbrückungskabel hervorzauberte. Sie richteten alles rasch ein, dann schickten sie Luna zurück auf den Fahrersitz. Als sie den Motor erneut starten wollte, klickte es nicht einmal. Sie stieß ein frustriertes Stöhnen aus.

„Tut mir leid, dass das nicht funktioniert hat. Damit müssen Sie wohl zur Werkstatt." Der Mann packte die Kabel weg, und Luna schüttelte ihm die Hand, um ihm zu danken.

„Hey", sagte Chad irgendwo hinter ihr.

Sie wirbelte herum, schaute in sein gut aussehendes Gesicht und stellte fest, dass er rasch auf sie zukam. „Kein Glück?"

Sie schüttelte den Kopf. „Fremdstarten ging schon mal nicht. Ich bin mir nicht sicher, was das Problem ist."

Chad zog sein Telefon aus der Tasche und wählte. „Ich lasse das einen Abschleppwagen erledigen, und dann fahre ich dich nach Eureka."

„Chad", sagte sie, schüttelte den Kopf, und griff nach ihrem Telefon. „Das musst du nicht tun. Ich muss es einfach neu planen oder so." Er trat zurück, während er mit dem Abschleppdienst sprach. Als er auflegte, sagte er: „Sie sind unterwegs. Es ist keine große Sache, dich raus nach Eureka zu fahren. Levi und ich können was zu Abend essen und dich dann zurückfahren."

„Ich habe ihr bereits gesagt, dass sie sowieso nicht allein fahren sollte", bemerkte Levi, der neben Chad trat.

Ach du liebe Güte. Jetzt taten sie sich einfach gegen sie zusammen. Luna öffnete den Mund, um zu widersprechen, aber Chad kam ihr zuvor.

„Warum denn das?", fragte Chad Levi.

„Zu viele Gefühle. Ich kann es spüren, wie eine Vorahnung." Levi starrte Luna intensiv an, rang die Hände. „Es ist so aufgeladen, dass es mich nervös macht."

„Damit ist es abgemacht." Chad drückte eine Hand auf Lunas Rücken und schob sie in die Richtung seines Trucks ein paar Parkplätze weiter. „Du willst doch Levi keine Sorgen bereiten, oder?"

Luna verdrehte die Augen in seine Richtung und unterdrückte den Drang, sie beide anzulächeln. Es fühlte sich einfach gut an, Leute um sich zu haben, die sich um sie sorgten. Obwohl sie dazu neigte, frustriert zu werden, wenn andere Leute versuchten, die Kontrolle in ihrem Leben zu übernehmen, fühlte sie in diesem Fall nur ein Knäuel aus Wärme in ihrer Brust. Es war schön, wenn sich jemand um einen kümmerte.

Der Abschleppwagen kam, und Chad nahm ihr sanft den Schlüssel aus der Hand und brachte ihn hinüber zum Fahrer. Nach einer kurzen Unterhaltung kam er zurückgejoggt. „Okay. Alles erledigt. Die Werkstatt ruft morgen mit der Diagnose an."

„Okay. Danke." Sie warf einen Blick auf den Fahrer des Abschleppwagens, winkte ihm billigend zu, dann drehte sie sich zu Chads Truck um. „Dann los. Ich will nicht, dass das den ganzen Abend dauert. Rein und wieder raus. Nur lange genug, um Kaffee zu trinken und ein Stück Pie zu essen."

„Pie?", ließ sich Levi vernehmen, ein nervöser Unterton in seiner Stimme.

„Oh, verdammt", sagte Luna, die sich ihr dichtes Haar aus den Augen schob. „Wir treffen uns bei *Pies, Pies and More Pies*, aber ihr beiden könnt woanders hingehen und mich dann abholen kommen, wenn ihr wollt."

„Nein", sagte Levi mit belegter Stimme. „Ist schon gut." Er stieg auf den Rücksitz des Trucks und schloss die Augen, während er den Kopf an das Fenster lehnte.

„Bist du sicher?", fragte Chad von seinem Platz auf dem Fahrersitz aus. „Hängt dein Onkel da rum? Besteht ein Grund zur Annahme, dass wir ihm begegnen?"

„Nein. Er war nur dort, um mich dazu zu zwingen, wieder für ihn zu arbeiten. Er bunkert sich bis später am Abend in seinem winzigen Haus ein, dann erst geht er raus." Levi stieß ein humorloses Lachen aus. „Es ist, als wäre er ein Vampir oder so."

„Die meisten Drogendealer sind so", sagte Luna, ihre Stimme ernst, als hätte sie einen Grund, das zu wissen. Und den hatte sie auch. Aber nun war nicht der richtige Zeitpunkt, über diese Erfahrung zu sprechen.

„Wenn du dir Sorgen machst, können wir dich bei Luna rauslassen", sagte Chad. „Wir können dir was zu essen mitbringen oder so."

Levi schüttelte den Kopf, ein entschlossener Ausdruck trat auf seine Züge. „Nein. Gehen wir und essen wir Pie."

Luna warf einen Blick zu ihm zurück, bewunderte seine Kraft. Er war stark. Das war gut. Er war auch ein Kämpfer, genau wie Luna. Sie hatte ein überwältigendes Gefühl, dass, ganz gleich, was als nächstes geschah, Levi es durchstehen und am Ende besser dastehen würde. Das Gefühl beruhigte sie, und sie lehnte sich an ihren Sitz zurück, ein kleiner Teil der Anspannung, die sie mit sich herumgeschleppt hatte, seit sie die Nachricht ihrer Mutter erhalten hatte, wich von ihr. Wenn Levi die Kraft aufbrachte, so stark zu sein, dann konnte sie das auch.

Als Chad auf den zweispurigen Highway fuhr, nahm er Lunas Hand und hielt sie sanft, während er mit dem Daumen über ihre Handfläche rieb. Es waren keine Worte nötig. Er sagte alles, was sie hören musste. Er war für sie da, und das war alles, worauf es ankam.

una zögerte kurz, ehe sie durch die Tür des Restaurants trat. Ihr Herz schlug schneller, und plötzlich fiel es ihr schwer, zu atmen. Wollte sie das tun? War sie bereit? Ihre Kampf-oder-Flucht-Reflexe machten sich bemerkbar, und alles in ihr rief ihr zu, sie solle weglaufen. Sie wusste, dass sie dieser Frau nichts schuldete, aber sie wusste auch, wenn sie jetzt wegging, würde sie sich für immer Fragen stellen.

Und sie hatte Fragen. So viele Fragen.

„Wir können zurück zum Truck und einfach wegfahren, wenn du willst", flüsterte ihr Chad ins Ohr. Seine Stimme strömte über sie hinweg, beruhigte sie mit seiner verlässlichen Unterstützung. „Was immer du nötig hast."

Sie warf einen Blick über die Schulter und lächelte ihn dankbar an. „Danke, aber ich glaube, ich muss das durchziehen."

„Das habe ich mir schon gedacht. Ich wollte nur, dass du weißt, dass ich dir den Rücken decke." Er drückte ihr die Lippen auf die Schläfen und gab ihr einen sanften Kuss. Durch seine Sanftheit fühlte sie sich warm und sicher, obwohl sie wusste, dass sie geradewegs in etwas hineinlief, das sie vermutlich ins Taumeln bringen würde.

„Ich weiß. Halte dieses Angebot offen, nur für den Fall, dass ich wegmuss", sagte sie.

Seine blauen Augen wurden ernst, während er nickte. „Alles klar."

Levi fiel zurück, musterte den Parkplatz und spähte dann durch das Fenster, um einen Blick in das Restaurant zu erhaschen. „Sie ist bereits da drin." Er wies mit dem Kopf auf eine Nische weit hinten.

Luna folgte seinem Blick und sah eine dünne Frau mit honigblondem Haar, das schlaff um ihr ausgehöhltes Gesicht hing. Sie hatte Züge, die nahelegten, dass sie einst hübsch gewesen war, aber inzwischen wirkte sie ausgemergelt, als hätte sie ein hartes Leben geführt.

Jetzt oder nie, sagte sich Luna. Sie schob die Tür auf und marschierte in das Restaurant.

„Viel Glück", rief Chad leise, während er und Levi ihr nach drinnen folgten.

„Danke", sagte sie, ohne sich umzuschauen. Sie stählte sich, hielt den Kopf hoch erhoben und begab sich hinüber zum Tisch. „Gia?"

Der Kopf der Frau fuhr hoch, und plötzlich füllten Tränen ihre Augen. „Hope? Ich meine, Luna? Bist du das?"

„Ja", erwiderte sie steif. Von dieser Frau strömten so viele Emotionen aus, dass Luna keine Schwierigkeiten hatte, zu verstehen, weshalb Levi sich Sorgen gemacht hatte, wie sie das verkraften würde.

Gia erhob sich und glitt von der Bank, breitete die Arme weit aus. Sie streckte sich nach Luna und keuchte: „Mein Baby!"

Luna trat rasch aus der Reichweite der Frau zurück und hielt eine Hand vor sich, um ihr die universelle Stopp-Geste zu zeigen. „Tut mir leid. Ich kenne Sie nicht."

Gia senkte die Arme sofort und nahm ihren Platz auf der Bank wieder ein. Sie starrte auf die einfache, weiße Kaffeetasse hinab, dann murmelte sie: „Tut mir leid. Das ist keine Situation, auf die man vorbereitet sein kann."

Das konnte man zweimal sagen. Luna ließ ein leises Seufzen hören, dann glitt sie auf die Bank ihr gegenüber. Tiefe Falten zeichneten das Gesicht der Frau vor ihr, mit Krähenfüßen an den Augen und Linien um den Mund, sodass sie älter aussah, als Luna ursprünglich geschätzt hatte. Aber sie wusste genug über Tränke, um zu wissen, dass sie sie vermutlich schneller hatten altern lassen.

„Ich bin sicher, du hast eine Menge Fragen", sagte Gia.

„Ein paar", gab Luna zu. Aber anstatt ihre Mutter irgendetwas zu fragen, saß Luna einfach nur da und schaute sie an. Sie hätte gedacht, dass sie mehr … nun ja, einfach *mehr* spüren würde. Stattdessen fühlte sie sich nur betäubt.

„Okay." Gias Miene zeigte Hoffnung. „Ich werde alles beantworten, was ich beantworten kann."

„Warum?", stieß Luna hervor.

Gias Gesicht wurde rot, und sie drehte nervös ihre Serviette. „Äh, warum ich dich aufgegeben habe?"

„Ja. Warum?" Zorn begann sich in Lunas Bauch zusammenzuziehen, und sie war nicht ganz sicher, weshalb. Sie hatte vor langer Zeit akzeptiert, dass sie zur Adoption freigegeben worden war, und hatte angenommen, dass ihre leibliche Mutter gute Gründe dafür gehabt hatte. Und so, wie sie aussah, hatte Luna richtig gelegen. Eine Tränkesüchtige sollte kein Kind aufziehen.

„Ich war nicht in einer Situation, in der ich mich um dich kümmern konnte", sagte sie ganz leise, schaute Luna nicht an.

„Ich schätze, das ist ziemlich offensichtlich." Bitterkeit lag in Lunas Tonfall.

Gia schnappte nach Luft, es wurde ein Schluchzen daraus.

Luna saß einfach da und wartete, während Abscheu sich tief in ihren Knochen festsetzte. Der Frau zuzuhören, wie sie eine Wahl darlegte, die sie vor über zwanzig Jahren getroffen hatte, frustrierte sie. Luna war diejenige, die verlassen worden war: Sie war diejenige, die aufgeregt sein sollte. Stattdessen fühlte sich einfach nur schuldig, weil sie nicht mehr fühlte.

„Ich muss mich entschuldigen", sagte Gia mit einem Schniefen. „Das gehört zu meinem Programm."

„Stimmt ja. Du bist abhängig?"

Gia nickte. „Von Tränken. Ich bin eine Erdhexe, und ich … Nun, ich hatte ein Talent dafür."

„Und inzwischen bist du clean?", fragte Luna, die sie erneut musterte. Sie sah nicht aus, als wäre sie high, und ihre Gesichtsfarbe war gut, aber es ließ sich nicht leugnen, dass sie im Lauf der Jahre ein hartes Los gehabt hatte.

„Ich bin jetzt clean", erklärte sie strahlend. „Das Programm funktioniert."

„Das ist gut", sagte Luna leise. Sie spürte noch immer nichts, und sie fing an, Levis Geistfähigkeiten infrage zu stellen. Er hatte darauf beharrt, dass das Treffen zu emotional für sie werden würde, aber bis jetzt lag er völlig falsch.

„Ich würde dich gern … äh, nach heute wieder sehen. Vielleicht eine Beziehung aufbauen?", fragte Gia hoffnungsvoll.

Luna versteifte sich. „Ich weiß nicht, wie ich das beantworten soll."

„Ist schon gut, Kleine", sagte Gia und legte ihre Hand auf die von Luna. „Wir können es langsam angehen."

Ein Schatten fiel über den Tisch, und Luna schaute auf, weil sie erwartete, dass die Kellnerin endlich gekommen war, um nachzusehen, ob sie etwas wollte, aber stattdessen schaute sie in das wütende Gesicht von Faith Townsend. „Faith, was ...“

„Was ist hier los?“, spie Faith aus, ihre Augen huschten zwischen Gia und Luna hin und her. „Kennt ihr beiden euch?“

„Faith, ich ...“, setzte Gia an und starrte dann Luna hilflos an.

Luna räusperte sich, sie hatte keine Ahnung, weshalb Faith so verstört war. Doch ihre Chefin war offensichtlich nicht begeistert davon, dass sie bei dieser Frau saß. Vielleicht hatte sie in der Vergangenheit Schwierigkeiten mit Gia gehabt? Luna hatte keine Ahnung, was das Problem war, aber es gab keinen Grund, zu lügen. Luna hatte nicht gewollt, dass man in der Stadt von ihrer Vergangenheit im Jugendknast erfuhr, aber das? Sie hatte nichts zu verbergen. „Faith, Gia ist meine leibliche Mutter, und ...“

„Was?“, schrie Faith, ihre Miene war inzwischen stürmisch, während ihr Blick zwischen ihnen hin und her ging. Dann landete ihr Blick auf Luna, und so etwas wie ein Wiedererkennen leuchtete in ihren Augen. Sie fuhr sich mit einer zittrigen Hand durch die blonden Haare und flüsterte: „Heiliger Hexenbastard. Du siehst ihr sogar ein wenig ähnlich.“ Sie trat einen Schritt zurück, schüttelte den Kopf. „Ich kann das nicht glauben.“

Sie wandte ihre Aufmerksamkeit Gia zu, und ihr Zorn war mit voller Macht zurück. „Du bist ein echtes Miststück, weißt du das? Ruf mich bloß nicht wieder an.“

Faith wirbelte herum und wollte gehen, ihr ganzer Körper bebte.

„Faith, warte!", rief Luna, die aus der Bank glitt und ihr nachlief.

Faith blieb abrupt stehen, wirbelte so rasch herum, dass sie Luna beinahe umstieß. „Wie kannst du es wagen, in mein Spa zu kommen, um mich anzulügen? Ich kann dir nicht glauben. Komm nicht zurück. Du bist gefeuert."

„Gefeuert? Was?" Luna starrte sie verblüfft an. „Aber …"

Faith drehte sich um und lief zur Eingangstür, wo ihr Verlobter Hunter auf sie wartete, sein Kinn vor Stress angespannt. Sie schnappte sich seine Hand, und die beiden verschwanden nach draußen.

Lunas ganzer Körper fing an zu zittern.

„Hey", sagte Chad gleich hinter ihr. „Alles in Ordnung?"

Sie drehte sich um und schaute in sein gut aussehendes Gesicht, ihr Mund bewegte sich, um Worte herauszubringen, aber sie hatte keine Ahnung, was sie sagen sollte. Sie wusste nicht einmal, was gerade geschehen war.

„Hey", sagte er, nahm ihr Gesicht in beide Hände. „Was war denn das mit Faith?"

Luna blinzelte. „Sie hat mich gerade gefeuert."

Er zuckte entsetzt zurück. „Warum?"

„Ich habe keine Ahnung." Luna schaute an ihm vorbei zu Gia, die immer noch auf der Bank saß. Ihre Arme waren auf den Tisch gestützt, der Kopf gesenkt. Das leichte Beben ihrer Schultern legte nahe, dass sie weinte. „Entschuldige mich", sagte sie zu Chad. „Ich bin gleich wieder da."

Sie schob sich an ihm vorbei und glitt wieder auf die Bank. Ihre Stimme war eisig, während sie sagte: „Fang an zu reden. Woher kennst du Faith, und warum ist sie so angepisst?"

Gia hob den Kopf. Ihre Augen waren wässrig, doch die Tränen liefen nicht. Sie schniefte. Und als sie wieder sprach, brach ihr die Stimme. „Faith ist deine Schwester. Mein bürgerlicher Name lautet Gabrielle Townsend."

Lunas ganzer Körper wurde eisig kalt. „Schwester?"

Gia ... Gabrielle nickte.

„Also heißt das, Abby, Yvette, Noel ..."

„Deine Schwestern", bestätigte Gabrielle.

Luna stieß ein lautes Keuchen aus. „Und Lincoln? Ist er mein Vater?"

„Ich ... äh." Gia verzog das Gesicht. „Ich glaube nicht."

„Du glaubst nicht?", schrie Luna, ihre Stimme ging hoch. „Meinst du damit, dass du es nicht richtig weißt?"

Sie schüttelte den Kopf. „Ich war mit jemandem zusammen, bevor ich Lincoln verlassen habe. Dieser andere Mann, er könnte dein Vater sein."

„Wie heißt er?", wollte Luna wissen.

Sie schüttelte wieder den Kopf. „Ich kannte ihn nur als Michael."

Luna drehte sich der Magen um. „Oh, bei den Göttern. Mir wird gleich schlecht." Sie schoss von der Bank und lief zur Damentoilette. Sobald sie in einer der kleinen Kabinen war, stellte sie sich über die Toilette, ihr Mund wurde wässrig, während ihr Magen weiter brodelte. Sie holte tief Luft, immer wieder, bis die Übelkeit verging. Aber das hinderte ihren Kopf nicht daran, dass sich alles drehte.

Sie hatte Schwestern, und vielleicht hatte sie einen Vater gefunden, der ganz gewiss nicht wusste, dass es sie gab. Er hätte Gabrielle nicht eine seiner Töchter weggeben lassen, wenn er es gewusst hätte. Dessen war sie sich sicher. Bei Lincoln Townsend drehte sich alles um Familie. In ihren Augen brannte der Gedanke, dass sie vielleicht als Townsend in Keating Hollow hätte aufwachsen können. Das war wie ein Schlag in den Magen.

„Luna?" In Chads Stimme lag ein Hauch Panik. „Ich komme rein."

Sie wischte sich über die Augen und trat aus der Kabine, gerade rechtzeitig, um zu sehen, wie er durch die Tür kam.

„Hey", sagte er, lief vor und nahm sie in die Arme. „Ich mache mir Sorgen um dich."

Sie drückte ihm den Kopf an die Schulter und hielt sich einfach fest.

„Es tut mir leid, Hope", sagte er. „Du hast nichts davon verdient."

Ihr entging nicht, dass er ihren Geburtsnamen benutzt hatte, doch obwohl sie den Namen vor Jahren hinter sich gelassen hatte, gefiel ihr, wie er auf seinen Lippen klang. Es war der Name, bei dem er sie schon früher genannt hatte, und er war der einzige Mensch in ihrem Leben, dem sie vertraute.

„Bring mich heim", flüsterte sie. „Ich will hier raus."

„Was immer du willst." Er drückte ihr einen Kuss oben auf den Kopf, dann nahm er ihre Hand in seine und führte sie hinaus in das Restaurant.

Gabrielle sprang von ihrer Sitzbank auf, als sie an ihr vorbeikamen. „Luna, warte."

Luna schüttelte den Kopf, und mit Chads starker Hand auf dem Rücken ging sie weiter. Levi hielt ihr die Eingangstür auf, und ohne auch nur einen Blick zurückzuwerfen, floh sie auf den dunklen Parkplatz.

KAPITEL 20

Stille füllte den Truck auf dem ganzen Weg zurück nach Keating Hollow. Luna hatte Chads und Levis Versuche abgewehrt, sie zu fragen, ob es ihr gut ging, und anstatt sie zu bedrängen, hatten sie beide sie in Ruhe gelassen.

Chad konnte sich vorstellen, was ihr durch den Kopf ging. Sie hatte Schwestern. Und vielleicht einen Vater. Und ein Leben, das ihr gestohlen worden war, als ihre Mutter sie zur Adoption freigegeben hatte. Das war sicher ein harter Schlag. Aber was es noch schlimmer machte, war der Streit zwischen ihr und Faith, Lunas Chefin und Freundin. Chad hoffte einfach, nachdem der Schock nachließ, könnten die beiden reden und den Schaden reparieren, den ihre Mutter angerichtet hatte.

„Willst du, dass ich stehen bleibe und was zu essen hole?", fragte Chad, während sie in die Hauptstraße von Keating Hollow einbogen.

Sie schüttelte den Kopf.

„Es ist noch Essen im Kühlschrank. Ich kann ihr was

machen", sagte Levi vom Rücksitz. Seine Stimme war leise und sehr besorgt.

„Ich bin nicht hungrig", erwiderte Luna und drückte den Kopf gegen das Fenster.

Levi antwortete nicht. Im Rückspiegel beobachtete Chad, wie er im Sitz zusammensackte, den Blick gesenkt.

Chad packte das Lenkrad fester und bog rechts ab, dann links, und schließlich fuhr er in Lunas Auffahrt.

Sie stieg aus dem Truck und lief zur Tür des Häuschens, noch ehe er das Fahrzeug in den Parkmodus stellen konnte. Chad beobachtete sie, wie sie hineinstolperte und in der Dunkelheit des Hauses verschwand.

„Sie übergibt sich", sagte Levi mit einem leichten Schauern.

„Weil sie nervös ist?", fragte Chad.

„Ja." Levi schnallte sich ab und stieg aus dem Truck.

Chad schloss sich ihm an, und nebeneinander folgten die beiden Luna in das Haus. Levi begab sich direkt in die Küche, während Chad nach oben in Lunas Schlafzimmer ging. Das Licht war an, aber die Tür zum Bad war geschlossen, das Wasser lief. Nach einem Augenblick schloss er, dass sie in der Dusche war, und ging, um wieder nach Levi zu sehen.

Der Teenager war in der Küche und machte Tomatensuppe warm, dabei arbeitete er auch an einem warmen Käsesandwich. „Ich weiß, dass sie gesagt hat, sie hat keinen Hunger, aber sie sollte versuchen, was zu essen."

Chad grinste ihn an. „Gute Idee."

Er zuckte mit den Schultern. „Meine Mom hat mir immer überbackene Käsesandwiches und Tomatensuppe gemacht, wenn ich krank oder verstört war. Selbst wenn ich sie nicht gegessen habe, habe ich mich ein bisschen besser mit der Tatsache gefühlt, dass sie sich die Mühe gemacht hat, für mich zu kochen."

Chad nahm den Teenager an der Schulter. „Es ist gut, wenn sich hin und wieder jemand um einen kümmert."

Levi nickte ihm zu und machte sich wieder daran, das Sandwich zu beaufsichtigen.

Der angespannte Ausdruck auf Levis Gesicht brachte Chad zu der Frage, wann sich zum letzten Mal jemand um Levi gekümmert hatte. Sicher in der Nacht, in der Luna und er ihn aufgesammelt und zur Heilerin gebracht hatten, aber davor? Er befürchtete, dass es viel zu lange her war.

„Es ist fertig. Bring ihr das nach oben." Levi reichte ihm einen Teller mit einer Schale Suppe und dem Käsesandwich, das in zwei Hälften geschnitten war.

„Mach du es", drängte Chad. „Ich komme gleich hinauf."

Levi kaute auf seiner Unterlippe. „Bist du sicher? Ich habe keine Ahnung, was ich sagen soll."

„Du musst gar nichts sagen. Deine Anwesenheit reicht." Chad öffnete die Küchenschränke und fing an, herumzuwühlen.

„Wonach suchst du?", fragte Levi, während er zur Treppe ging.

Er griff nach oben und schnappte sich einen Behälter mit Kakao. „Ich sammle nur Optionen."

„Nachtisch?", fragte Levi, der eindeutig Chads Gedanken las.

Chad kicherte. „Schokolade ist immer eine gute Idee."

„Da widerspreche ich nicht. Ich bin gleich zurück und helfe dir." Levi verschwand die Stufen hinauf, während Chad ein paar weitere Zutaten zusammensammelte, und nachdem er Barb eine Nachricht geschrieben hatte, um sie nach ihrem Rezept zu fragen, machte er sich an die Arbeit und buk Doppel-Schoko-Cupcakes.

~

„LUNA?", rief Chad aus dem Gang gleich vor dem Schlafzimmer. Die Tür stand einen Spalt breit offen, und ein wenig Licht strömte auf den Parkettboden heraus.

„Ja", erwiderte sie leise.

Er schob die Tür auf und stellte fest, dass sie auf dem Bett saß. Ihre Haare waren unordentlich hochgesteckt, und sie trug ein ausgeblichenes T-Shirt und eine weiche Schlafanzughose. Sie hatte eine Brille auf der Nase, während sie hinab auf ihr Tablet starrte. „Levi und ich haben Cupcakes gemacht."

Ihre Lippen verzogen sich zu einem winzigen Lächeln. „Das ist aber nett von euch."

Er warf einen Blick hinab auf den Teller, den Levi vor über einer Stunde heraufgetragen hatte. Ein paar Bissen fehlten von dem Käsesandwich, aber die Suppe war weg. Gut. Sie hatte es immerhin geschafft, etwas zu essen.

„Hier." Er reichte ihr einen der Cupcakes und stellte einen zweiten auf das Nachtkästchen neben den Teller.

Schritte erklangen hinter ihm, was nahelegte, dass Levi ihm nach oben gefolgt war.

Der Teenager betrat das Zimmer. „Ich hole mir nur das Geschirr vom Abendessen", sagte er. „War es in Ordnung?"

Luna nickte ihm zu. „Vielen Dank. Es war genau das, was ich gebraucht habe."

Levi runzelte die Stirn und strich mit der Hand darüber. „Du bist immer noch ziemlich verstört."

Chad musterte sie. Sie wirkte sehr viel besser als vor einer Stunde. Was sah Levi, was er nicht sah?

„Es ist nur …" Sie wedelte mit der Hand. „Ich habe eine Menge zu verarbeiten."

Levi setzte sich auf die Bettkante. „Ich wünschte, ich

könnte etwas tun, um das zu reparieren. Meine Magie macht, dass ich alles spüre, aber ich kann nichts ändern. Das ist frustrierend! Was hat es denn für einen Sinn, magisch zu sein, wenn ich niemandem helfen kann?"

In Lunas Augen leuchtete Interesse, während sie ihn musterte. „Hast du gewusst, dass ich ein paar Tage in der Woche für eine Heilerin arbeite?"

„Ich erinnere mich, dass du da was erwähnt hast", sagte er.

Luna nahm ihre Brille ab und legte den Kopf schief. „Weshalb kommst du nächstes Mal nicht mit und lernst Heilerin Snow kennen? Sie hat da vielleicht ein paar Ideen."

„Klar. Schon." Sein Stirnrunzeln wurde noch stärker, während er sie beobachtete. „Das hilft dir aber jetzt nicht."

Plötzlich fiel Lunas Maske, und ihre scheinbar normale Miene verflog. Ihre Augen waren misstrauisch, und ihre Haut blass, während sie tief und zittrig Luft holte. „Ich glaube, ich brauche einfach etwas Schlaf. Damit mein Unterbewusstsein sich durch alles durcharbeiten kann." Sie stellte den unberührten Cupcake auf das Nachtkästchen und lehnte sich an das Kopfende des Bettes, die Augen geschlossen. „Ich bin mir sicher, morgen geht es mir besser."

„Also gut", sagte Levi, der sich die Teller vom Abendessen schnappte und vom Bett aufstand. Als er an Chad vorbeikam, drückte er ihm seine freie Hand auf die Brust und flüsterte: „Lass sie nicht allein. Für mich fühlt es sich an, als würde ihr Herz zerreißen."

„Mache ich nicht", erwiderte Chad mechanisch, während der Schmerz schon sein eigenes Herz erfasste.

Sobald Levi verschwunden war, nahm Chad seinen Platz auf dem Bett ein. Er nahm ihre Hand zwischen seine beiden. „Ich frage dich nicht, wie es dir geht. Das sehe ich selbst."

Sie stieß ein wenig erheitertes Lachen aus. „Ist das so offensichtlich?"

Er hob ihre Hand und küsste sie auf die Handfläche. „Jeder wäre davon erschüttert. Machst du dir Sorgen wegen deines Jobs im Spa?"

Luna nickte. „Ich weiß, dass wir reden müssen, aber die Unsicherheit … davon bekomme ich Magenschmerzen. Wenn ich kein regelmäßiges Vollzeitgehalt habe, kann ich nicht hierbleiben. Levi und ich werden uns was Billigeres suchen müssen, bis ich einen neuen Job finde."

„Nun, du hast bereits einen Kunden." Er drückte ihr die Hand. „Du kannst mich drei Tage die Woche buchen. Was immer du da mit meiner Hand anstellst, sie fühlt sich so gut an wie noch nie seit dem Unfall."

„Wirklich?" Sie schloss die Finger um seine verletzte Hand. Das Trauma strahlte noch immer von ihr aus, aber es fühlte sich etwas besser an als damals, als sie ihm die erste Massage gegeben hatte.

„Wirklich." Er drückte ihr einen Kuss auf die Wange. „Vielen Dank."

Sie fing an, mit ihren Fingern über seine zu streichen, ließ ihre Magie über seine Haut gleiten. Ein leichter Schauer lief bei ihrer Berührung durch ihn hindurch, von der Art, die einen von innen nach außen wärmte, eher wegen der Verbindung, die sie gebildet hatten, als dass ihm eine sexuelle Komponente beigewohnt hätte. Er fühlte sich ihr einfach näher, wenn sie sich um ihn kümmerte. Und in diesem Augenblick wollte er derjenige sein, der sich um sie kümmerte, wollte ihr zeigen, dass er ihre Last zusammen mit ihr tragen konnte.

Chad entzog ihr sanft seine Finger und flüsterte: „Das fühlt sich toll an, aber jetzt musst du mal zulassen, dass ich mich um dich kümmere."

„Ich weiß nicht ...“

„Schhh.“ Er drückte ihr einen Finger auf die Lippen und schob ihr eine entflohene Haarsträhne hinters Ohr. „Du bist erschöpft. Lass mich dir helfen, dich zu entspannen, damit du schlafen kannst.“

Sie musterte ihn von oben bis unten und hob dann fragend eine Augenbraue. „Und das willst du wie anstellen?“

Er kicherte, weil er wusste, was sie da fragte. Sie wollte wissen, ob Entspannen ein Codewort für Sex war. War es nicht. „Ich bin kein Profi oder so was, aber wie wäre es, wenn du dich dieses eine Mal von mir massieren lässt? Was sagst du? Ich könnte an deinem Nacken, den Schultern, dem Rücken arbeiten. Ein wenig Anspannung wegnehmen?“

„Nur eine Massage?“, fragte sie.

„Nur eine Massage“, wiederholte er.

Ihre verhaltene Miene verflog, und sie lächelte ihn leicht an. „Das klingt gut.“

„Leg dich auf den Bauch“, sagte er.

Das tat sie, und sie hob die Arme über den Kopf, während er sich rücklings auf sie setzte. Chad drückte ihr die Hände auf den Rücken, ließ sie über ihr T-Shirt gleiten. Ihre Muskeln waren unter seiner Berührung angespannt, und er tat sein Bestes, um die Knoten wegzudrücken.

Nach einer Weile sagte sie: „Chad?“

„Ja?“

„Ich will deine Hände auf meiner bloßen Haut.“

Er wurde reglos, in seinem Körper prickelte bereits die Vorfreude. Es ließ sich nicht verleugnen, dass er sie wollte. Er hatte sie gewollt, seit dem Augenblick, als er sie zum ersten Mal vor ein paar Wochen in Keating Hollow gesehen hatte. Aber er konnte es nicht zulassen. Nicht in dieser Nacht. Nicht nach dem, was im Restaurant vorgefallen war. Ganz zu schweigen davon, dass ein Teenager im Haus war.

Sie nahm ihm diese Entscheidung ab, indem sie sich leicht hochstemmte und ihr T-Shirt auszog, sodass ihr Oberkörper völlig unbekleidet vor ihm lag. Sie legte sich wieder zurück aufs Bett, den Kopf zur Seite gewandt, ein schwaches Lächeln auf den Lippen.

„Hope", sagte er, ihm stockte der Atem.

„Luna", stellte sie richtig, doch ihr Lächeln wurde nur breiter.

„Genau." Ihre Haut war cremig weiß und weich, als er abermals die Hände auf ihren Rücken drückte.

Ihre Augen schlossen sich flatternd. „Das ist wirklich schön."

Er tat nichts anderes, als ihre Haut zu streicheln, aber das schwache Prickeln von Elektrizität funkte unter seinen Fingerspitzen, und er wollte nie wieder aufhören. Er beugte sich über sie, seine Hände strichen von oben nach unten, er erkundete jeden Quadratzentimeter ihrer perfekten Haut. Und als er es nicht mehr aushielt, beugte er sich hinab und drückte ihr einen sanften Kuss auf den Nacken. „Ich sollte gehen."

„Musst du?", fragte sie und schaute mit schläfrigen Augen zu ihm auf.

„Nein. Aber wissen beide, dass ich es sollte."

„Ich schätze schon." Einen Augenblick später griff sie nach ihrem T-Shirt, schob sich auf die Knie, den Rücken immer noch ihm zugewandt, und zog das Kleidungsstück wieder an. Aber anstatt ihm eine gute Nacht zu wünschen, rollte sie sich neben ihm zusammen und zog ihn zu sich herunter. Sie schaute zu ihm auf. „Danke. Das war wunderbar."

„Ich bin mir sicher, an meiner Technik könnte man ziemlich feilen, aber es war ein Versuch."

Sie strich ihm mit der Hand durch die Haare, zog seinen Kopf herab, und drückte ihm, ohne zu zögern, einen weichen Kuss auf die Lippen. „Du könntest eine Laufbahn in der Massagetherapie anfangen. Du bist ein Naturtalent." Ihre Augen glitzerten. „Du hattest recht. Das war genau das, was ich gebraucht habe." Luna gab ein zufriedenes Seufzen von sich. Dann rollte sie sich herum, sodass er sich von hinten an sie schmiegte, und zog an seiner Hand, damit sein Arm auf ihr lag.

Bei den Göttern, sie fühlte sich gut an ihm an. Er war sich nur zu bewusst, dass er zufrieden damit gewesen wäre, für alle Ewigkeit oder solange sie es zuließ, genau hierzubleiben.

Luna rückte näher und sagte flüsternd: „Gute Nacht, Chad."

Er drückte ihr einen weiteren Kuss gleich unters Ohr, atmete ihren Geruch nach frischer Seife ein und sagte: „Gute Nacht, meine Süße."

KAPITEL 21

*L*una erwachte am nächsten Morgen und lag halb über Chads Brust. Er atmete tief und gleichmäßig, was naheliegte, dass er noch schlief. Sie lag da, regte sich nicht, genoss einfach nur, wie er sich unter ihr anfühlte. Jahrelang hatte sie sich danach gesehnt, genauso aufzuwachen. Nur dass sie sich nicht vorgestellt hatte, dass sie dabei angezogen sein würden. Ihre Lippen krümmten sich zu einem Lächeln, und sie lachte fast. Sie war beinahe einundzwanzig Jahre alt, und weil sie hier bei Chad lag, fühlte sie sich wieder wie siebzehn. Zumindest tat sie das, wenn es um all die Gefühle ging, die sich in ihrer Brust drängten.

Der Drang, ihm die Lippen auf den Hals zu drücken und ihn langsam zu wecken, war nur knapp unter der Oberfläche. Alles, was sie tun musste, war, den Kopf zu beugen, und sie hätte Zugang zu seiner warmen Haut. Aber als sie einen Blick auf die Uhr warf, holte sie die Wirklichkeit ein.

Die Nachrichten des letzten Abends hatten ihre Gedanken durcheinandergewirbelt. Sie hatte eine Mutter gefunden, die im besten Fall instabil war, und eine ganze Familie, von der sie niemals etwas geahnt hatte. Eine Familie, die sie bereits bewunderte, und für die sie alles gegeben hätte, um sie beim Aufwachsen um sich zu haben.

Sie hatte bereits beschlossen, ins Spa zu gehen und mit Faith zu reden. Ihre Chefin – Schwester – hatte einen Schock erlebt. Luna auch, was das anging. Sicher konnten sie etwas ausarbeiten. Es war für Luna offensichtlich, dass Faith dachte, sie wäre verraten worden. Luna musste ihre Schwester nur überzeugen, dass sie genauso im Dunkeln getappt war wie jeder andere auch.

Sie passte auf, Chad nicht zu wecken, rollte sich aus dem Bett und verschwand in ihrem Bad. Zwanzig Minuten später kam sie in ihrer Uniform aus schwarzer Yogahose und einem weißen T-Shirt zurück. Sie hatte sich das blonde Haar zu einem Zopf geflochten, der über ihren Rücken hinabfiel, und nur so viel Make-up aufgetragen, um ihre blasse Haut und ihre müden Augen zu verstecken. Sie hatte in der letzten Nacht geschlafen, doch der emotionale Aufruhr hatte sie erschöpft zurückgelassen.

Sie war gerade bis zur Tür gekommen, als sie Chad sagen hörte: „Hey."

Luna drehte sich um und lächelte den schläfrigen Mann in ihrem Bett an. „Guten Morgen."

Er blinzelte und richtete sich auf. Seine Stirn legte sich in Falten, während er sie betrachtete. „Du gehst zur Arbeit?"

„Ja. Faith war verstört. Ich rede mit ihr, ehe ich zulasse, dass sie mich wegen etwas feuert, über das ich keine Kontrolle hatte."

„Gut." Er lächelte sie an, seine verschlafene Stimme war rau, während er anfügte: „Aber komm erst her."

Sie war außerstande, sich davon abzuhalten, und kam schnell an die Seite des Bettes, wo sie sich neben ihn setzte.

Er drückte ihr eine Hand auf die Wange und lehnte sich vor, um ihr einen sanften Kuss auf die Lippen zu geben. „Letzte Nacht war perfekt."

Sie kicherte. „Welcher Teil davon? Dass ich meine Mutter getroffen habe, oder dass ich dir im Schlaf auf die Brust gesabbert habe?"

„Das mit dem Sabbern", erwiderte er, ohne zu zögern. „Steht das Abendessen für morgen noch?"

„Ja", sagte sie, während sie ihm auf die roten Lippen starrte.

„Gut." Sein Blick strich über sie, und seine Hand spannte sich auf ihrem Oberschenkel an, wo sie leicht gelegen hatte. „Levi und ich werden heute mit der Arbeit an meinem Laden anfangen. Wenn du eine Pause hast, komm doch rüber, und wir essen was zu Mittag."

„Wenn ich dann überhaupt noch einen Job habe", erwiderte sie leise.

„Wirst du."

Stille senkte sich herab, während sie einander weiterhin anstarrten.

„Ich sollte gehen", sagte Luna.

„Stimmt." Chad schlang einen Arm um ihre Taille und zog sie an sich, um ihr einen weiteren sanften Kuss zu geben. „Viel Glück."

Ihre Lippen prickelten bei seinen leichten Küssen, und sie konnte gerade eben noch verhindern, dass sie mit ihm ins Bett stieg und vergaß, dass sie mit Faith reden wollte. Die Frau hatte sie gefeuert. Es würde ja keinen Unterschied machen, wenn sie zu spät kam, oder?

„Geh", forderte er sie auf, aber in der Art, wie er sie festhielt, war offensichtlich, dass er es nicht ernst meinte.

Trotzdem drängte sie das Wort zur Tat. „Es ist Zeit, meinen Job zu retten. Wir sehen uns später." Luna marschierte zur Tür und warf einen Blick zurück, nur einen, um den Anblick von Chad, wie er in ihrem Bett lag, zu genießen. Ja, daran konnte sie sich auf jeden Fall gewöhnen.

NERVOSITÄT MACHTE sich in Lunas Bauch breit, während sie darauf wartete, dass Faith im Spa eintraf. Sie saß auf einem der Stühle im vorderen Empfangsbereich, trommelte mit den Fingernägeln auf einem Beistelltisch.

„Erzählst du mir, was los ist?", fragte Lena hinter dem Schreibtisch. Die dunklen Augen der Frau waren zusammengekniffenen, während sie Luna musterte. „Es sind keine frühen Termine eingetragen. Auf wen wartest du?"

„Faith", sagte sie. „Ich muss mit ihr reden, bevor wir den Tag anfangen."

Lena warf ihr einen merkwürdigen Blick zu. „Warum gehst du nicht einfach in ihr Büro?"

„Das passt schon."

„Wenn du es sagst." Lena warf ihr in der nächsten halben Stunde weiterhin fragende Blicke zu, bis die Glocke an der Tür läutete und Faith hereinkam.

„Luna arbeitet nicht mehr hier", sagte Faith zu Lena. „Wir müssen alle ihre Termine neu buchen."

„Was?" Lena runzelte die Stirn. „Aber sie ist …"

„Sie hat mich getäuscht", sagte Faith. „Das ist durch. Wenn ich länger bleiben oder früher reinkommen muss, damit die Neubuchungen klappen, mache ich es. Sag es mir einfach."

Luna, die sich nur zu bewusst war, dass Faith sie nicht bemerkt hatte, als sie hereingekommen war, erhob sich und räusperte sich.

Überrascht ließ Faith den Kopf zu Luna herumschnellen

und zog dann ein finsteres Gesicht. „Du solltest nicht hier sein."

„Wir müssen reden." Luna würde nirgendwo hingehen, bis sie nicht sagen konnte, was sie sagen wollte.

„Das ist nicht nötig." Faith richtete sich auf und begab sich in Richtung ihres Büros.

„Ich habe erst gestern Abend herausgefunden, dass Gia meine Mutter ist", stieß Luna hervor. „Oder vielmehr habe ich sie gestern Abend zum ersten Mal getroffen. Davor hatte ich keine Ahnung, wer sie war, oder dass du ..."

„In Ordnung", keifte Faith und schnitt Luna das Wort ab, vermutlich, damit sie keine persönlichen Informationen vor Lena herauslassen konnte. „Wir können in meinem Büro reden. Aber ich habe nur zehn Minuten vor meinem ersten Termin."

„Ähm, soll ich trotzdem noch Lunas Termine absagen?", fragte Lena.

„Ja", sagte Faith zum selben Zeitpunkt, in dem Luna sagte: „Nein." Die beiden Frauen starrten einander an.

Luna stieß ein Seufzen aus. „Sag sie nicht ab. Ich werde meine Termine heute wahrnehmen. Und nachdem wir gesprochen haben, wenn du immer noch willst, dass ich gehe, dann tue ich das. Aber gib mir erst eine Chance, bitte."

Unsicherheit flackerte über Faiths Gesicht, und Luna erkannte, dass man diese Situation noch retten konnte. Sie musste nur an Faiths Barrieren vorbei. „In Ordnung." Faith wandte ihrem Blick zu Lena. „Luna wird heute arbeiten, aber nimm bis auf Weiteres keine neuen Termine für sie an."

„Verstanden." Lena wartete, bis Faith wieder auf ihr Büro zuging, ehe sie ihr mitleidiges Gesicht Luna zuwandte und lautlos fragte: *Was ist los?*

Luna schüttelte den Kopf und folgte ihrer Schwester durch den Gang.

In dem Augenblick, in dem Faiths Tür geschlossen wurde, fuhr sie zu Luna herum. „Willst du mir wirklich sagen, dass du in Keating Hollow gelandet bist, in meinem Spa arbeitest, und du nicht wusstest, dass wir Schwestern sind?"

„Ja", erwiderte Luna in gleichmütigem Tonfall. „Das ist genau, was ich sage."

„Das ist Mist. Komm schon, Luna. Zufälle wie dieser passieren einfach nicht. Warum lügst du mich an?" Faiths schmaler Körper vibrierte vor Zorn. „Sei einfach ehrlich zu mir."

Luna legte den Kopf schief, um ihre neue Schwester anzusehen, und dann griff sie mit betonter Ruhe in ihre Tasche und zog die Karte heraus, die Gia an das Spa geschickt hatte. Sie hielt sie Faith hin. „Erinnerst du dich an den Brief, der letzte Woche für mich ankam, und auf dem kein Absender stand?"

„Ja."

Luna schob Faith die Nachricht in die Hand. „Das ist er. Lies ihn."

Faith nahm die Karte und warf einen Blick darauf. Was immer sie sah, ließ sie genauer hinschauen, denn sie hob die Karte und musterte sie, eine Hand ging hoch zu ihrem Mund.

„Das war das erste Mal, dass ich von ihr gehört habe. Davor wusste ich über meine leibliche Mutter nur, dass sie aus der Gegend von Eureka kam", sagte Luna.

„Bist du hierhergekommen, um nach ihr zu suchen?", fragte Faith, während sie auf ihre Plüschcouch sank.

Luna, die immer noch mitten im Zimmer stand, schüttelte den Kopf. „Eigentlich bin ich wegen meiner Arbeit für Heilerin Snow nach Eureka gekommen. Auf den Job bei dir habe ich mich beworben, weil ich eine ausgebildete Massagetherapeutin bin, und du Mitarbeiter gesucht hast. Ich hab gar nichts gewusst, Faith. Ich bin nicht unter falschen Vorwänden hierhergekommen. Das schwöre ich."

Faith lehnte sich auf ihrer Couch zurück und stieß einen langen Atemzug aus. Sie schloss die Augen, als hätte sie Schmerzen. Schließlich fragte sie: „Wenn das stimmt, woher wusste Gabby, dass sie hier nach dir suchen soll?"

Luna zuckte mit den Schultern. „Ich habe Papiere beim Adoptionszentrum eingereicht, auf denen stand, dass ich offen dafür wäre, meine leiblichen Eltern zu treffen. Ich habe sie mit meinen Kontaktdaten auf dem neuesten Stand gehalten. Es wäre für sie nicht so schwer gewesen, mich zu finden."

Faith starrte auf ihre Hände, ihr Körper völlig reglos. „Es tut mir leid, dass ich versucht habe, dich zu feuern."

Erleichterung strömte durch Lunas Adern, als sie die Worte verarbeitete. *Versucht habe, dich zu feuern.* Das bedeutete, dass sie ihren Job nicht verloren hatte. Den Göttern sei es gedankt. „Vielen Dank dafür. Ich kann es mir nicht wirklich leisten, arbeitslos zu sein."

Faith nickte. „Das kann ich mir vorstellen." Sie hob den Blick und schaute Luna in die Augen. „Aber ich bin nicht bereit, um …" Sie wedelte mit der Hand zwischen ihnen. „Ich brauche Zeit, um das zu verarbeiten. Ich bin mir sicher, du hast Fragen zu unserer Familie, doch ich …"

„Schon in Ordnung", sagte Luna, die sie vom Haken ließ. „Wir müssen sowieso beide an die Arbeit. Wir können uns später um die Tatsache kümmern, dass wir verwandt sind. Hast du es deinen Schwestern erzählt?"

Faith nickte. „Sie sind auch deine Schwestern, weißt du?"

Wie hatte es Luna geschafft, über Nacht vier Schwestern zu bekommen? Und flippten sie alle genauso aus wie Faith? Falls ja, dann war sie auf keinen Fall zu begierig darauf, mit einer von ihnen Zeit verbringen. Derjenige, mit dem sie jedoch unbedingt sprechen wollte, war Lincoln Townsend. Aber das würde warten müssen. „Ich weiß", sagte sie einfach. „Aber ich bin mir sicher, sie brauchen auch Zeit, um sich daran zu gewöhnen."

Faith stieß ein bellendes Lachen aus. „Das trifft auf mich und Noel zu. Aber pass bloß auf Abby und Yvette auf. Sie gehen die Dinge gern direkt an. Und mein Dad fragt bereits danach, ob er dich treffen kann." Sie griff in ihre Tasche und zog eine Visitenkarte heraus. Nachdem sie eine Nummer auf die Rückseite geschrieben hatte, reichte sie sie Luna. „Ruf ihn an, wenn du bereit bist."

Luna starrte die Karte an, sowohl dankbar als auch panisch. Sie wollte Lincoln Townsend unbedingt als Vater haben. Sie konnte sich nicht vorstellen, dass er sie abweisen würde. Aber wenn er es nicht war, wer war es dann? Irgendein Tränkesüchtiger? Ihr Herz verwandelte sich bei dem Gedanken zu Eis.

Ein Klopfen erklang an der Tür. „Faith?", fragte Lena. „Dein Termin ist da."

„Ach ja." Sie sprang von der Couch und ging zur Tür. Kurz bevor sie öffnete, warf sie einen Blick zurück über die Schulter und sagte: „Ich sage ihr, sie soll deine Termine wieder buchen."

Luna nickte einfach. Sie war von der Sorge um ihren Job dazu übergegangen, sich einen riesigen Stress wegen Lincoln Townsend zu machen.

Aber ein paar Minuten später, als Lena wieder hereinschaute, war es Zeit für die Arbeit. Luna steckte sich die Karte in die Hosentasche und schob ihr kompliziertes Familienschlamassel beiseite, damit sie sich auf ihre Kunden konzentrieren konnte. Es funktionierte nicht sonderlich gut.

Bis zum Mittagessen hatte sie sich ein Dutzend verschiedener Szenarien ausgedacht, bei denen sie in der Townsend-Familie willkommen geheißen wurde, und doppelt so viele, in denen sie sie alle ablehnten. Irgendwo tief im Inneren wusste sie, dass ihre Ängste irrational waren. Die Townsends waren gute Leute. Doch Luna hatte niemals eine Familie gehabt, die sie geliebt hatte. Diese ständige Enttäuschung machte etwas mit einem Menschen. Und zwar nichts Gutes.

KAPITEL 22

*B*äume säumten die lange Auffahrt zum Townsend-Haus, das am Rande der Stadt stand. Das Townsend-Grundstück breitete sich am Fuß der Hügel aus und wirkte wie aus einem Märchen. Leuchtende Blumen in beinahe jeder Farbe blühten, die Wiesen waren grün, und als Luna um die letzte Kurve der Straße bog, beleuchtete die Sonne ein großes Haus im Stil einer Holzhütte.

Es war herrlich. Wie wäre es wohl gewesen, dort aufzuwachsen? Hätte sie zu schätzen gewusst, was sie hatte? Sie schüttelte den Kopf. Was brachte es, sich diese Frage zu stellen? Ihre erste Erinnerung an ein Zuhause war ein kleines Haus mit zwei Zimmern bei ihrer Adoptivmutter. Es waren nur sie beide gewesen, nachdem ihr Adoptivvater sie verlassen hatte, als Luna erst zwei gewesen war. Luna erinnerte sich an eine glückliche Zeit. Ihre Mutter war eine liebenswürdige Frau gewesen, die die meiste Zeit in ihrem Garten verbrachte oder Luna etwas vorlas. Sie konnte sich nicht erinnern, dass an ihrem Leben irgendetwas vornehm gewesen wäre, aber es war der einzige Ort, an dem sie ein eigenes Zimmer gehabt hatte, bis sie an ihrem achtzehnten Geburtstag aus dem Jugendknast entlassen worden war.

Nachdem ihre Adoptivmutter gestorben war, als Luna erst fünf gewesen war, hatte sie auf Sofas geschlafen, in Räumen mit drei Hochbetten, und in Wohnungen, in denen kaum genug Platz für zwei Menschen war, schon gar nicht für fünf. Im letzten Haus, mit ihrer Pflegemutter Pam, hatte sie drei Pflegebrüder und eine Pflegeschwester gehabt. Das bedeutete, dass Luna eine Zimmergenossin hatte, während die Jungs zu dritt gewesen waren. Und sie alle hatten es dort verabscheut. Pam scherte sich um nichts bis auf ihr Geschäft mit den Tränken und ihren zwielichtigen Freund Leo. Die Kinder waren für Pam nur ein monatlicher Scheck oder vielleicht eine Deckung für verbrecherische Drogengeschäfte. Offen gesagt, war es Luna egal gewesen. Sie hatte nur dort herauskommen wollen.

Aber dieses Leben? Das in Keating Hollow? Es war, wovon sie als Kind immer geträumt hatte. Würde die Familie, die sie sich immer gewünscht hatte, sie willkommen heißen, oder würde sie immer die Außenseiterin sein, die Gabrielle Townsend weggeworfen hatte?

Es gab nur eine Art, das herauszufinden. Luna hielt vor dem hübschen Haus an, stellte das Auto auf Parken und holte tief Luft. Sie konnte das schaffen. Noch wichtiger, sie wollte es schaffen, ganz gleich, wie nervenaufreibend es sich entwickeln mochte. Mit leicht bebenden Händen zog Luna den Schlüssel heraus und stieg aus dem Auto. Ehe sie es sich versah, war sie auf der Veranda und klopfte an der Tür.

Die Tür schwang auf, und der Mann, von dem sie betete, er möge ihr Vater sein, lächelte sie an. „Du hast es geschafft." Lincoln Townsend öffnete die Tür weiter für sie. „Komm herein. Ich hole uns was zu trinken."

Luna folgte ihm und musterte den älteren Mann. Er war hochgewachsen mit ordentlich gestutztem, grauem Haar, und er hatte Augen in der Farbe von Stahl. Er hatte ein wenig zugenommen, seit sie ihn zum letzten Mal gesehen hatte, was ein gutes Zeichen dafür war, dass es ihm besser ging. Sie hatte gehört, dass er gegen den Krebs kämpfte, der aber kürzlich in Remission gegangen war.

Sie betraten ein großes Wohnzimmer, und Luna hielt inne, um den Raum zu betrachten. Das plüschige Sofa war sichtlich abgewetzt, aber trotzdem einladend. Ein fünfzackiger Stern aus Metall hing über dem Kamin, der einzige Hinweis darauf, dass hier Hexen lebten. Und an der hinteren Seite des Raums war eine offene Küche. Lincoln war dort beschäftigt, holte Zutaten herab, um etwas zuzubereiten, obwohl sie nicht sicher war, was es war. Und sie stellte fest, dass es egal war, sobald sie einmal einen Blick auf die Rückseite des Grundstücks durch die breiten Terrassentüren erhalten hatte. Die große Lichtung war wunderschön, mit einer steinernen Terrasse, in die sogar eine Feuergrube eingebaut war. Das schien der perfekte Platz für ein Familientreffen. Eines, bei dem sie unbedingt dabei sein wollte.

„Hier", sagte Lin sanft, während er ihr eine warme Tasse in die Hand drückte. „Willst du eine Tour über das Grundstück, während wir reden?"

„Ja", sagte Luna, durch die Erleichterung hindurchströmte. Es war immer einfacher, die harten Dinge zu besprechen, wenn man sich auf etwas anderes konzentrieren konnte.

„Hier entlang."

Immer noch mit der Tasse in der Hand folgte Luna Lin durch den Gang in die Garage. Er wedelte mit der Hand zu dem Viersitzer-Golfmobil. „Willst du fahren?", fragte er.

Luna lachte. „Vielleicht später. Ich würde wirklich einfach nur gern dein wunderschönes Grundstück sehen."

„Ganz, wie du willst." Er stieg auf den Fahrersitz, wartete, bis sie sich neben ihm eingerichtet hatte, und dann fuhr er rückwärts aus der Garage und bog mit dem Auto um die Rückseite des Hauses zum Apfelhain der Familie. Er sah geradeaus durch die Windschutzscheibe, als er sagte: „Ich wette, du hast einen Haufen Fragen."

„Ich … ähm, ja, aber es gibt eigentlich nur eines, was ich wissen muss." Ihr Gesicht war heiß, und sie war sich sicher, dass ihre Wangen leuchtend rot geworden waren.

„Ich glaube, wir sind beide sehr erpicht darauf, die Antwort auf diese Frage zu erfahren." Er bog auf einen Pfad ab, der durch den Obsthain führte. „Wie alt bist du, Luna?"

Luna schluckte schwer. „In ein paar Monaten werde ich einundzwanzig."

Lincoln wandte sich ihr zu, seine Augen voller Hoffnung und Bedauern und etwas anderem, das sie nicht ganz einordnen konnte. „Dann ist es möglich."

Die Worte schossen ihr direkt ins Herz, schickten Wellen aus Freude und reinem Schmerz durch sie. Sie wollte das. Sie wollte, dass dieser Mann ihr Vater war. Es spielte keine Rolle, dass sie ihn kaum kannte. Sie kannte ihn bereits genug, um zu wissen, dass er sie niemals ausgeschlossen hätte. Lunas Stimme zitterte, während sie sagte: „Ich will mir keine großen Hoffnungen machen."

Lin blieb still, und Luna hatte Angst, ihn anzuschauen. Aber dann griff er herüber und nahm ihre Hand in seine, um zu sagen: „Wie immer das ausgeht, du gehörst jetzt zur Familie. Ob du den Namen benutzt oder denjenigen wählst, mit dem du aufgewachsen bist, du bist jetzt eine Townsend. Du hast vier Schwestern und einen Mann, der sich von ganzem Herzen wünscht, dass er von dir gewusst hätte und dass er für dich da gewesen wäre, während du aufgewachsen bist."

Heiße Tränen liefen Luna über die Wangen. Seine Worte waren zu schön, um wahr zu sein. Niemand hatte sie jemals zuvor so bedingungslos akzeptiert.

Nun, niemand außer Chad.

„Vielen Dank", sagte Luna, die sich über die Wangen fuhr. „Aber das musst du nicht sagen. Gia, äh, Gabrielle, sagt, dass sie ziemlich sicher ist, dass du nicht mein ... Nun, das ist der Grund, dass sie mich überhaupt erst aufgegeben hat."

Lins Hand um Lunas wurde fester. „Meine Liebe, wenn Gabby nicht weggelaufen wäre, selbst wenn sie mir gesagt hätte, dass du nicht vor mir bist, hätte ich dich aufgezogen, als wärst du es. Das steht überhaupt nicht zur Debatte."

Luna drehte sich, um ihn anzuschauen, ihr Mund bewegte sich, brachte aber nichts heraus. Schließlich zwang sie hervor: „Aber warum?"

Er stieß ein sarkastisches Lachen aus, aber als er ihrem Blick begegnete, stand darin nichts als Aufrichtigkeit. „Ich habe sie geliebt. Sie war die Mutter meiner Kinder, und bevor sie abhängig von den Tränken wurde, war sie eine wunderbare Partnerin. Wenn sie zu mir gekommen und mich um Hilfe gebeten hätte, hätte ich Himmel und Erde in Bewegung gesetzt, um ihr zu helfen, clean zu werden. Am Ende hat sie ihre Wahl getroffen. Und das ist etwas, mit dem wir alle leben mussten. Ich glaube, dass du das Schlimmste abbekommen hast."

Das ließ sich nicht leugnen. Wenn Lunas Adoptivmutter nicht so jung verstorben wäre, hätte Luna vielleicht anders empfunden. Es war schwer zu sagen. Aber sie hatte ihre Mutter geliebt und erinnerte sich gern an ihre frühe Kindheit. Es war nach dem Tod ihrer Mutter gewesen, dass die Dinge

sich zum Schlechten gewendet hatten. Aber Luna sagte nur:
„Ich habe jetzt ein gutes Leben."

„Du hast keine Ahnung, wie glücklich mich das macht",
sagte Lin mit einem Lächeln. „Nun, wir werden den DNA-Test
machen, weil es richtig erscheint. Geheimnisse lösen niemals
etwas, aber um ehrlich zu sein, ist es egal, was der Test besagt.
Du bist eine Townsend. Du bist eine von uns, und wenn du
mich lässt, wäre ich gerne dein Dad."

Seine Worte hatten sie völlig aus dem Tritt gebracht.
Weshalb war Lincoln Townsend so nett zu ihr? Und weshalb
war er bereit, sie zu akzeptieren, noch bevor der DNA-Test
kam? Sie waren sich schon begegnet, ein paar Mal in der
Brauerei und bei ein paar gesellschaftlichen Anlässen in der
Stadt, aber sie kannten einander nicht wirklich. Oder
zumindest nicht genug, dass dieser Mann sie so rasch in die
Arme schließen konnte, ohne eine Frage zu stellen.

„Luna?", fragte er nach.

„Ja?"

„Wäre das für dich in Ordnung?" Der freundliche,
hoffnungsvolle Ausdruck auf seinem Gesicht ließ ihre Tränen
wieder laufen. Sie schaffte ein Nicken, brachte aber keine
Worte hervor.

Lin ließ das Golfmobil anhalten, sprang heraus und lief
herum zur anderen Seite. Nachdem er sie vom Sitz gezogen
hatte, schlang er die Arme um sie. „Es tut mir so leid, Luna. Du
hast keine Ahnung, wie leid es mir tut."

Er redete, als würde er ihre Vergangenheit kennen, und sie
fragte sich, wer es ihm erzählt hatte. Es gab nur eine Person,
die das getan haben könnte. Vom Verrat wurde ihr ganz
schwindlig, und als der Zorn an die Oberfläche kam,
trockneten ihre Tränen. Sie zog sich zurück, löste sich
behutsam aus Lins Umarmung. „Was hat dir Chad erzählt?"

„Chad?", fragte er und wirkte verwirrt. „Der Stiefsohn von Barb?"

„Ja. Dieser Chad. Was hat er über mich erzählt?" Ihr ganzer Körper wurde heiß, und der ganze Stress, dass sie von ihren leiblichen Eltern erfahren hatte, kam an die Oberfläche. „Er hatte nicht das Recht, dir oder sonst wem etwas aus meinem Leben zu erzählen, bevor ich nach Keating Hollow kam."

„Luna", sagte er sanft. „Ich habe nicht mit Chad geredet. Ich habe mit Faith geredet."

„Sie ist nicht sehr begeistert von dieser neuen Entwicklung", wandte Luna ein.

Lin holte tief Luft. „Sie ist nicht begeistert von ihrer Mutter. Faith braucht Zeit, um es zu verarbeiten. Ich kenne mein Mädchen, und sie wird es sich überlegen. Und sobald sie das tut, ist sie mit Herz und Seele dabei. Du wirst schon sehen."

Luna nickte und war überrascht, wie sehr sie sich das wünschte. Nach Faiths erster Reaktion hatte sie sich mit der Tatsache abgefunden, dass ihre Schwestern sie vielleicht niemals ganz akzeptieren würden. Es war etwas, auf das sie vorbereitet war. Tatsächlich war es das Einzige, auf das sie vorbereitet war. Den Traum von einer glücklichen Familie zuzulassen, war einfach zu riskant. Ihr Herz könnte mit der Abweisung nicht fertig werden, falls sie es sich gestattete, sich nach der einen Sache zu sehnen, die sie sich immer gewünscht hatte – Familie – nur, um den Traum scheitern zu sehen.

Aber Faith hatte sofort mit Lincoln über sie gesprochen. Sie hatte ihm wohl nichts allzu Abschätziges gesagt, wenn er eine Beziehung zu ihr aufbauen wollte. Luna sortierte ihre Gedanken, bedachte alles, was sie je zu der Frau gesagt hatte. Sie hatte aufgepasst, die Einzelheiten aus ihrer Vergangenheit vage zu halten, hatte nichts über die Pflegehäuser oder den frühen Tod ihrer Adoptivmutter gesagt, oder auch nur, wie sie klargekommen war, nachdem sie achtzehn geworden war. Das alles waren für sie schmerzliche Erinnerungen, nichts, über das sie reden wollte.

„Sie hat mir erzählt, du hast gesagt, du hättest keine Familie, und dass du gehofft hast, Keating Hollow wäre ein Ort, an dem du Wurzeln schlagen kannst, denn so etwas hast du nie zuvor gehabt."

Okay, das hatte sie gesagt. Na und? Das war nicht tragisch. Nur eine Wahrheit des Lebens. „Das muss dir nicht leidtun", sagte sie leise.

Lin schob sich die Hände in die Taschen und schaute auf seinen Obsthain hinaus. „Vielleicht nicht, aber mir tut es trotzdem leid. Wenn die Sache mit Gabby nicht so völlig schiefgelaufen wäre, hätte alles vielleicht ganz anders sein können. Vielleicht, wenn ich für ihre Probleme offener gewesen wäre, oder wenn sie mir früher aufgefallen wären, oder wenn ich darauf bestanden hätte, dass ich ihr helfe …" Er runzelte die Stirn und ließ den Kopf hängen, beinahe, als wäre er geschlagen. „Am meisten tut es mir leid, dass du nicht die Gelegenheit hattest, hier mit deinen Schwestern aufzuwachsen." Er hob den Kopf und schaute Luna in die Augen. „Das hätte mir sehr gefallen."

Luna wusste nicht, was sie sagen oder auch nur empfinden sollte. Also erwiderte sie stattdessen: „Erzähl mir von deinem Obsthain."

Lin warf ihr ein Lächeln zu, ging wieder zurück um das Golfmobil und stieg ein. Nachdem sie das auch getan hatte, sagte er: „Lass mich dir den ersten Bereich zeigen, den wir angepflanzt haben."

KAPITEL 23

C had parkte den Truck auf einem Parkplatz vor dem
Incantation Café und stellte das Fahrzeug in den
Parkmodus. Er drehte sich, um einen Blick zurück zu Levi zu
werfen. Der Junge trug eine zerrissene Jeans und ein altes
Stones-T-Shirt und hatte sich irgendetwas in die Haare
geschmiert, dass seine Locken dauerhaft feucht wirken ließ.
Und war das etwa Eyeliner? Chad lächelte vor sich hin. Auf
dem Gesicht des Teenagers stand der Hauch eines Lächelns,
und zum ersten Mal, seit sie einander begegnet waren, wirkte
er glücklich.

„Nimm das." Luna hielt ihm etwas Bargeld hin.

Levi schüttelte den Kopf. „Nein, Luna. Das kann ich nicht
annehmen."

„Doch. Kannst du." Sie streckte sich nach hinten und
stopfte es ihm in die Hand. „Stell es dir als Taschengeld vor
oder so was."

Levi starrte auf die Scheine hinab. „Aber ich habe nichts
getan, was ein Taschengeld rechtfertigen würde."

Luna zuckte mit den Schultern. „Du hast, seit du

eingezogen bist, immer das Abendessen gemacht und die Küche geputzt. Wenn du dich damit besser fühlst, kannst du auch für den Garten verantwortlich sein. Rasenmähen, Unkraut jäten, Laub rechen und so weiter. Abgemacht?"

„Du nimmst das besser an, Levi", sagte Chad. „Sonst sind wir den ganzen Abend hier, und du bist dafür verantwortlich, mein Date ruiniert zu haben." Er zwinkerte dem Jungen zu. „Tu mir den Gefallen und steig aus, ja?"

Levi verdrehte die Augen, stopfte sich das Geld aber in die Tasche und schob die Tür auf. „Danke, Luna", sagte er leise.

„Gern geschehen", erwiderte sie. „Habt heute Abend eine schöne Zeit. Ruf an, wenn du etwas brauchst. Egal was. Oder wenn du eine Fahrt nach Hause brauchst. Okay?"

„Ich komme klar", sagte Levi.

„Aber natürlich." Luna nickte. „Trotzdem sind wir nur einen Anruf weit weg, wenn irgendwas schiefgeht. Verstanden?"

Er lachte leise, und in seinen Augen funkelte allmählich Erheiterung. „Ich verstehe. Und ich melde mich, wenn ich etwas brauche. Jetzt los. Genießt euren Abend in Eureka. Und verpasst nicht die Sperrstunde. Ich habe gehört, die ist um elf."

„Halb zwölf", sagte Luna.

Levi lachte. „Wollt ihr etwa nicht schneller wieder heim?"

Lunas Gesicht färbte sich auf hübsche Weise rosa.

Chad grinste, genoss ihren Schlagabtausch und Lunas leichte Verlegenheit. „Mach schon", sagte Chad. „Mach dein Teenager-Zeug. Wir haben was vor."

„Lasst euch von mir nicht aufhalten", erwiderte Levi, der einen Schritt vom Truck wegmachte und auf das Kopfsteinpflaster trat.

Chad legte den Rückwärtsgang ein, während Luna winkte.

Und gerade als sie losfuhren, rief ihnen Levi nach: „Vergesst die Kondome nicht!"

Luna starrte den Teenager mit offenem Mund an. Chad lachte nur.

„Kannst du glauben, dass er das gerade gesagt hat?", fragte sie.

Chad hob eine Augenbraue. „Die größere Frage ist, warum du so schockiert bist? Er ist ein Teenager, der schon eine Menge Scheiß gesehen hat, kein behütetes Kind."

Luna lehnte sich an den Sitz zurück und schloss die Augen. „Gah. Ich weiß, dass du recht hast. Die Dinge, die ich in seinem Alter zu Leuten gesagt habe …" Ihre Stimme verklang, und sie schaute Chad an, die Augen zusammengekniffen. „Ist es seltsam, dass du mich kanntest, als ich in seinem Alter war?"

„Nein", sagte er. „Überhaupt nicht." Chad bog auf den zweispurigen Highway ab, der nach Eureka führte. „In Wahrheit habe ich in dir niemals etwas anderes gesehen als eine Jugendliche, die Hilfe brauchte, um damals wieder auf die Beine zu kommen. Das hier?" Er wedelte mit der Hand zwischen ihnen. „Was jetzt los ist, ist für mich völlig neu. Und du, Luna Scott, bist jetzt alles andere als ein Kind."

Die Röte auf ihren Wangen leuchtete noch mehr. „Ich, äh … ich war früher in dich verliebt."

Etwas wogte in Chads Brust hoch. Er hatte sich das schon gedacht, hatte diese Möglichkeit aber aus einer Reihe von Gründen niemals akzeptieren wollen. Erstens hatte er damals nicht genauso empfunden. Und zweitens war ihm klar gewesen, wenn sie mit dem Plan weitermachen wollten, dass sie in sein Haus einzog, sobald sie achtzehn wurde, würden sie klare Grenzen brauchen.

„Du wusstest das, oder nicht?", warf sie ihm vor.

Chad nickte. „Ich habe es vermutet. Aber obwohl es mir

ziemlich wichtig war, was mit dir passieren würde, sobald du erwachsen wurdest und aus dem System herausfällst, war das nicht der Grund dafür. Ich war nicht darauf aus, mit dir zusammenzukommen. Ich wollte dir einfach nur eine Chance geben, es in der Welt zu schaffen, sobald du auf eigenen Füßen stehst."

„Und was ist mit jetzt, Chad?", fragte sie, ihre Stimme so tief und rauchig, dass es wie eine Liebkosung seiner Sinne klang.

„Jetzt?" Er lachte leise. „Darauf kennst du die Antwort bereits. Die Chemie, die uns beide immer wieder zusammenbringt, lässt sich nicht leugnen." Er nahm ihre Hand und zog sie herüber.

Luna strich mit dem Daumen über die Rückseite seiner Hand, ließ ein Prickeln über seine Haut gehen, bei dem er ein leises Stöhnen ausstieß.

„Das fühlt sich wirklich gut an", sagte er.

Sie warf einen Blick zu ihm empor und runzelte die Stirn, während sie anfing, seine Hand mit den Fingern zu betasten. „Deine Sehnen sind wieder angespannt. Verkrampft sich deine Hand immer so schnell wieder? Es ist nur ein paar Tage her seit der letzten Massage."

„Nein. Ich habe es wohl heute mit dem Musikladen übertrieben." Er drückte ihr die Hand, um ihr zu zeigen, dass es nicht so schlimm war, und musste sich ein Zusammenzucken verkneifen. Heiliger Hexenb … was hatte er sich angetan? „Ist schon gut", sagte er.

„Willst du mir jemals erzählen, wie es dazu gekommen ist?", fragte sie. „Was wirklich passiert ist, meine ich?"

Ach, zum Teufel. Er hatte vorgehabt, reinen Tisch mit ihr zu machen, wegen jenes Abends vor drei Monaten. Des Abends, der seine Laufbahn beendet und ihn auf einen völlig anderen Weg hatte trudeln lassen. Er wollte es nur nicht direkt vor ihrem ersten Date machen. Aber vielleicht wusste er, dass er das tun musste. Wenn er sie vertröstete, würde sie sich vermutlich verraten fühlen. „Ich hatte eigentlich vor, es dir eher zu sagen", setzte er an. „Aber wir wurden unterbrochen, und ..." Er zuckte mit den Schultern. „Es war ein bisschen hektisch."

„Da hast du recht." Lunas mächtige Berührung glitt über seine Haut, ihre Magie lockerte langsam, aber sicher die Anspannung in seiner Hand. „Aber jetzt sind wir hier, und ich höre zu."

„Okay." Er stählte sich. Jener Abend, an dem er ihr von seinem Anruf bei den Bullen erzählt hatte, der letztlich dazu geführt hatte, dass sie im Gefängnis gelandet war, war der Abend gewesen, an dem er den ganzen Rest hätte erzählen sollen. Aber dann hatte Levi angerufen, und seine Prioritäten hatten sich sofort verlagert. „Du weißt noch, wie du mir erzählt hast, dass Pam dir gesagt hat, sie würde dir dein Schulgeld zurückgeben, nachdem du die Tränke dem Dealer überbracht hast?"

„Ja. Aber was hat das denn mit deiner Hand zu tun?"

„Sie hatte niemals die Absicht, dir das Geld zurückzugeben", fuhr Chad fort. „Sie hat es ausgegeben, für ..."

„Sie hat es mir zurückgegeben, als ich aus dem Jugendknast entlassen wurde", sagte Luna. „Eine Kurierin hat mich vor den Toren aufgesucht, mit einer Kiste, und es war alles drin. Tatsächlich waren sogar ein paar Hunderter extra drin. Ich habe mir immer gedacht, dass sie sich schuldig an dem gefühlt hat, was passiert ist, und dass das ihre Art war, es wiedergutzumachen." Lunas Tonfall war verbittert, während sie die Worte ausspuckte. „Als könnten zweihundert Dollar mir Monate meines Lebens zurückgeben. Wie armselig."

„Luna", sagte Chad, der seine Hand aus ihrer zog, während

er nach Eureka abbog. „Pam hat dir dieses Geld nicht geschickt oder die Übergangsmiete eingerichtet. Das war ich." Er konnte ihr Gesicht nicht sehen; er war zu sehr auf die Straße konzentriert. Aber er hörte ihr überraschtes Keuchen. Dann Stille. Chad warf einen Blick zu ihr hinüber. Sie starrte ihn mit aufgerissenen Augen an. „Hey", sagte er leise. „Sag doch was."

„Ich ... was zum Teufel, Chad?", brüllte sie. „Ernsthaft? Du hast dir einfach ein paar tausend Dollar rauswachsen lassen und es mir nicht einmal gesagt? Ich habe die ganze Zeit gedacht, dass Pam zumindest den Hauch einer Seele besaß, aber jetzt stellt sich raus, dass ich anfangs doch richtig lag. Meiner Pflegemutter ging es nur um sich selbst, und du hast beschlossen, den Retter zu spielen, mir das aber vorenthalten. Warum? Warum hast du es mir nicht gleich gesagt? Warum hast du mir keine Nachricht zusammen mit der Mietvereinbarung geschickt? Und um Himmelswillen, was hat irgendwas davon mit deiner Hand zu tun?"

Er zuckte zusammen. Er hatte gewusst, dass er es ihr hätte früher erzählen sollen. Aber er hatte nicht erwartet, dass sie so wütend wurde. „Ich war derjenige, der dafür verantwortlich war, dich ins Gefängnis zu bringen", sagte er. „Es waren nur ein paar Monate, doch meine Schuld hatte sich aufgetürmt zu ... Naja, das kann man gar nicht ausdrücken. Ich habe keine Nachricht hinterlassen, weil ich nicht der Ansicht war, dass ich es verdient hätte, mir das anzurechnen. Verstehst du nicht, Hope? Ich habe mich sehr, sehr lange dafür schuldig gefühlt. Ich habe das Geld geschickt, weil ich einfach nur wollte, dass du eine Chance bekommst."

„Du hast es geschickt, weil du dich schuldig gefühlt hast", fuhr sie ihn an. „Na, Wunsch erfüllt. Ich spreche dich frei. Dein Gewissen ist rein."

Das Feuer in ihrem Blick verriet ihm, dass es nichts gab,

was er in diesem Augenblick sagen konnte, um die Dinge zwischen ihnen richtigzustellen. Sie war zu wütend und brauchte Zeit, um es zu verarbeiten. Aber er konnte es nicht einfach fallen lassen. Es gab noch etwas, was sie wissen musste. „Mein Gewissen ist nicht rein. Ich bezweifle, dass es das jemals sein wird."

Sie stieß ein verärgertes Schnauben aus. „Ich bin nicht, und ich war auch niemals dein Problem, das du reparieren musst, Chad."

„Ich weiß." Das wusste er wirklich. Trotzdem hatte er niemals aufgehört, zu versuchen, sie zu schützen. Sie war ihm einfach zu wichtig. Und er verabscheute es, dass er jemals an etwas beteiligt gewesen war, das ihr geschadet hatte. „Leo hatte Pläne, dich zurück zu Pam zu holen, nachdem du aus dem Gefängnis entlassen wurdest."

Luna blinzelte ihn an. Dann schnappte sie nach Luft und sagte: „Was?"

Chad bog auf den Parkplatz des großen viktorianischen Hauses ab, wo die Abendveranstaltung stattfand. Nachdem er den Motor abgestellt hatte, drehte er sich um und schaute sie an. „Nachdem du verhaftet wurdest, ging ich zu dir nach Hause, um herauszufinden, was passiert ist. Leo war besoffen und hat davon gesprochen, wie du, wenn du rauskommen würdest, keine Wahl haben würdest, als für ihn zu arbeiten. Wir gerieten aneinander. Fäuste flogen, und die Bullen wurden gerufen. Er verschwand, noch bevor sie kamen."

„Als ob ich jemals in dieses Haus zurückgegangen wäre", schnaubte Luna.

„Ich wusste, solange du die Mittel hast, würdest du das niemals tun", sagte er mit einem Nicken. „Darum habe ich drei Wochen vor deiner Freilassung Pam angerufen. Ich wollte sie dazu überreden, dir das Geld zu geben, das sie dir gestohlen hat, aber natürlich war es längst weg. Sie sprach davon, dass du es dir in kürzester Zeit verdienen würdest, sobald du zu ihnen zurückgekrochen kämst. Leo plante bereits, ein Auge auf dich zu haben. Pam sagte, sie wusste, dass du das nicht wollen würdest, aber wenn die Zeiten hart genug waren, würde Leo dich zurücklocken."

Luna drückte sich eine Hand auf dem Bauch und schüttelte den Kopf. „Niemals."

Chad wollte sie unbedingt berühren, aber er behielt seine Hände bei sich. Jetzt war nicht der richtige Zeitpunkt „Wenn das Ensemble, bei dem ich arbeitete, nicht auf Tournee gewesen wäre, wäre ich dort gewesen, um dich abzuholen, als du freigelassen wurdest. Aber da ich zu diesem Zeitpunkt in Europa war, habe ich jemanden angeheuert, um dir das Geld persönlich zu überbringen. Es war das Einzige, was mir einfallen wollte, um sicherzustellen, dass du hattest, was du brauchtest, damit Leo dich nicht manipulieren konnte, um ins Drogengeschäft einzusteigen … oder Schlimmeres."

Mit zusammengekniffenen Augen musterte sie ihn. Ihr völliger Trotz zwar spürbar, als sie fragte: „Glaubst du wirklich, dass ich zugelassen hätte, dass er seine Klauen in mich schlägt?"

„Nein. Nicht, solange du etwas dagegen tun konntest", sagte Chad sanft. „Aber du warst achtzehn, frisch aus dem Gefängnis entlassen und hattest keine Familie, auf die du dich verlassen konntest, darum habe ich das Einzige getan, was ich konnte, um zu versuchen, dir zu helfen."

„Alles, ohne eine Nachricht zu hinterlassen oder auch nur eine Telefonnummer. Teufel, Chad. Was, wenn das mit dem Geld nicht funktioniert hätte? Was, wenn Leo trotzdem zu mir durchgekommen wäre? Was hättest du dann getan?"

Er spürte, wie seine Wangen heiß wurden, und er schaute

zur Seite, während er fortfuhr: „Weißt du noch, die Frau, die mit dem Geld auf dich gewartet hat?"

„Ja", stieß sie mehr oder weniger bellend hervor.

„Sie hat dich auch im Auge behalten. Sie ist eine private Ermittlerin. Ich habe sie gebeten, immer wieder mal bei dir vorbeizuschauen, nur um sicherzustellen, dass du in Sicherheit bist."

Weiteres Schweigen füllte das Fahrzeug.

Chad starrte geradeaus, er wusste, dass er mehrere Grenzen überschritten hatte. Er hätte es ihr sagen sollen. Hätte ihr seine Telefonnummer geben sollen und sie bitten, mit ihm in Verbindung zu bleiben. Sie wissen lassen sollen, dass er hinter dem Geld stand. Aber er hatte sich so schuldig gefühlt und war gar nicht verfügbar gewesen, während sie durch Europa getourt waren. Falls sie Schwierigkeiten gehabt hätte, war es ja nicht so, als hätte er ins Auto springen und Leo in den Hintern treten können.

„Du hast mir hinterherspionieren lassen." Ihre Stimme war eisig kalt.

„Nicht hinterherspionieren. Eher schon behüten", sagte er.

„Nenn es, wie du willst, aber du hättest es mir sagen können. Hättest es mir sagen sollen."

„Du hast recht. Das hätte ich."

Luna stieß ein frustriertes Seufzen aus. „So habe ich mir diesen Abend nicht vorgestellt."

„Ich weiß." Chad schloss die Augen. „Ich würde dich nach Hause bringen, aber ich muss ein paar Lieder spielen, und zwar nach dem Abendessen. Wenn du willst, kannst du meinen Truck nehmen. Ich bringe schon irgendwas raus, wie ich zurück nach Keating Hollow komme."

Sie stieß ein tiefes Seufzen aus. „Nein, Chad. Ich nehme nicht deinen Truck. Ich bin frustriert und verärgert, aber ich fahre nicht und lasse dich hier zurück. Gehen wir einfach rein."

„Bist du sicher?", fragte er. Ihre Miene war ausdruckslos, aber ihr ganzer Körper war angespannt, und das Letzte, was er wollte, war, sie einer Wohltäterschar auszusetzen. „Jeder wird fragen, woher wir einander kennen und wird Smalltalk machen wollen. Bist du dazu bereit?"

Ihr stählerner Blick taxierte ihn gleichmütig. „Ist in Ordnung. Ich komme mit etwas Smalltalk klar."

„Aber natürlich", setzte er an, doch ehe er den Rest der Worte aussprechen konnte, war sie bereits aus dem Truck gestiegen und unterwegs zum Haus.

KAPITEL 24

*L*una marschierte in das große Zimmer des viktorianischen Hauses, bereit, Feuer zu spucken. Für wen hielt sich Chad Garber denn eigentlich? In nur fünf Minuten hatte er es geschafft, einen hoffnungsvollen Abend in einen zu verwandeln, von dem sie sich wünschte, sie könnte ihn für immer vergessen. Er hatte sie ausspioniert. Sie angelogen. Und sie behandelt wie ... was?

Als wäre sie hilflos? Nein. Das hatte er definitiv nicht getan. Wenn er gedacht hätte, sie wäre hilflos, hätte er weitaus mehr getan als ihr nur einen Stapel Bargeld zu überreichen. Nein, er hatte sie wie jemanden behandelt, der ein wenig Hilfe brauchte. Was sie auch getan hatte.

Sie konnte sich immer noch an die puren, ungefilterten Gefühle des Tages erinnern, an dem sie aus dem Jugendknast gekommen war. Mit achtzehn Jahren war sie frei vom Gefängnis und der Pflege gewesen, mit ein paar hundert Dollar in der Tasche und einer Adresse für ein Gruppenheim, falls sie es brauchte. Sie hatte definitiv vorgehabt, zu dem Gruppenheim zu gehen, nur bis sie sich einen Job suchen und eine bessere Wohnsituation austüfteln konnte. Aber dann war die Frau mit den langen schwarzen Haaren und den Ohrringen, die ein ganzes Ohr säumten, aus dem Nichts aufgetaucht, und hatte behauptet, eine Privatkurierin mit einer Lieferung für sie zu sein.

Luna hatte die Kiste genommen und das Bargeld gefunden. Es waren genau zweihundert Dollar mehr gewesen als der Betrag, den Pam ihr abgenommen hatte.

Es hatte gar nicht zur Debatte gestanden, was sie als nächstes tun sollte. Sie war Richtung Norden aufgebrochen, hatte sich ein Zimmer zur Miete gesucht, nachdem die Übergangsmiete vorbei war, und ging in einem anderen Café zur Arbeit. Es hatte niemals einen Grund gegeben, zurückzuschauen. Leo und Pam waren zu Menschen aus ihrer Vergangenheit geworden, die nach einer Weile beinahe unwirklich schien.

Hatte Chad ihr dieses Geschenk gemacht? Das Geld, das er ihr an diesem Tag überlassen hatte, hatte ihr Leben auf jeden Fall verändert. Sollte sie ihm nicht danken, dass er auf sie aufgepasst hatte, anstatt ihm die kalte Schulter zeigen? Rational wusste ihr Kopf, dass sie von ihm das vermutlich größte Geschenk ihres Lebens erhalten hatte. Aber ihr Herz? Es fühlte sich gebrochen an, weil er es schweigend getan hatte. Ihr Stolz war angeschlagen, und sie war peinlich berührt, dass er gewusst hatte, wie erbärmlich ihr Leben tatsächlich gewesen war. Dass er sie im Auge behalten, sich aber niemals bei ihr gemeldet hatte. Warum?

Hatte er gewusst, dass sie nach Eureka gezogen war, ehe er zurück nach Keating Hollow gegangen war? Eine seltsame Mischung aus Aufregung und Entsetzen überkam sie bei diesem Gedanken. Gah! Was war mit ihr los? Warum machte sie der Gedanke ganz aufgeregt, dass er für sie dorthin gezogen war, während sie gleichzeitig davon angepisst war, dass er sie vielleicht in den letzten drei Jahren in jedem Augenblick beobachtet hatte?

„Guten Abend", sagte eine Frau in einem langen, schwarzen Samtkleid. „Willkommen zur Lost-Coast-Jugendgala."

„Guten Abend", sagte Luna, die der Frau ihre Aufmerksamkeit zuwandte.

„Sind Sie bereits einem Tisch zugewiesen?"

„Luna ist mit mir hier", meldete Chad sich hinter ihr zu Wort. Er blieb stehen und hielt der Frau eine Hand hin. „Wie geht's, Fiona? Sieht aus, als würde es gut laufen."

„Oh, Chad. Hallo." Fiona schüttelte ihm die Hand und wandte sich dann an Luna. „Es ist wunderbar, Sie kennenzulernen."

„Sie auch", murmelte Luna und beobachtete, wie Fiona zu Chad aufflächelte, in ihren Augen glitzerte Interesse.

„Alle sind schon ganz gespannt, Sie spielen zu hören, Chad", sagte Fiona, die sich so hinstellte, dass sie sich bei ihm unterhaken konnte. Sie drängte sich dicht an ihn und legte ihm den Kopf auf die Schulter. „Vielen Dank, dass Sie das machen. Sie haben keine Ahnung, wie sehr ich das zu schätzen weiß."

„Das mache ich doch gerne", erwiderte er und warf einen Blick hinüber zu Luna.

Luna hatte das heftige Verlangen, Chad von dieser wunderbaren Frau loszureißen. Stattdessen schlang sie die Arme um ihren Körper, nur damit sie keine Szene machen würde.

„Hier entlang, Chad", sagte Fiona. „Ich will, dass Sie ein paar Leute kennenlernen."

Chad biss die Zähne aufeinander, und Luna hatte den deutlichen Eindruck, dass er diese Frau nicht sonderlich mochte. „Nur einen Augenblick." Er streckte Luna eine Hand hin.

Sie starrte sie einen Augenblick an.

Chads tiefblauer Blick begegnete ihrem, und sie sah eine ganze Reihe von Gefühlen darin, darunter ein starkes Bedauern.

Verdammt. Sie wollte nicht, dass er dieses Gefühl hatte. Luna kannte sich selbst gut genug, um zu verstehen, dass der Großteil ihrer Gefühle etwas mit ihren eigenen Unsicherheiten zu tun hatte, und Chad verdiente es nicht, verachtet zu werden, nur weil er versucht hatte, ihr zu helfen, eine schreckliche Zeit ihres Lebens zu überwinden ... selbst wenn er sich bedeckt gehalten hatte. Es war nicht, wie es ihr am liebsten gewesen wäre, und sie würden sich genau über Transparenz und Vertrauen unterhalten müssen, wenn sie weiter zusammen sein wollten, aber es war ja nicht so, als hätte er sie verraten. Eigentlich war, bis sie Lincoln Townsend begegnet war, Chad der einzige Mensch in ihrem Leben gewesen, der sie bedingungslos gemocht hatte, seit sie vor fünfzehn Jahren ihre Adoptivmutter verloren hatte.

Sie zwang sich dazu, sich zu entspannen, und ließ seine Hand in ihre gleiten. Chads Finger legten sich sofort um ihre, und er zog sie dicht an sich, während er sich von Fiona losmachte.

„Okay, gehen Sie voran, Fiona. Wen sollen wir denn treffen?", fragte Chad.

Die Gastgeberin des Events runzelte die Stirn und wirkte, als hätte man sie auf dem falschen Fuß erwischt, aber dann fing sie sich beinahe sofort wieder und setzte ein Lächeln auf. „Hier entlang. Die Dantons haben der Stiftung einen erheblichen Betrag gespendet. Ihre einzige Bitte war, dass sie den Mann mit den magischen Fingern treffen dürfen. Die Frau ist ein großer Fan klassischer Musik. Sie hat Sie mehrmals spielen gehört."

Chad lachte die Frau höflich an, drückte aber Luna die Hand. Ihr entging die Nervosität nicht, die in seinen Augen aufblitzte. Magische Finger also. Sie fragte sich, was für Schmerzen er durchmachen würde, wenn er den Auftritt hinter sich bringen wollte. Da sie ihn kannte, wusste sie, dass er alles geben und am Ende wieder eine Klauenhand haben würde. Sie erwiderte den Druck und konzentrierte sich auf die Muskeln seiner Handfläche, schickte ein wenig von ihrer Magie über seine Haut.

Er stieß ein leises, zufriedenes Seufzen aus und sagte lautlos: *Danke.*

Sie trat näher an ihn und flüsterte: „Gern geschehen."

Fiona führte sie durch den Raum, wollte Chad unbedingt allen reichen Spendern vorstellen, die da waren, um das Jugendzentrum zu unterstützen. Sie war charmant und geistreich bei allen Gästen, der perfekte Mensch, um die Leute dazu bringen, ihre Geldbörsen zu öffnen. Das Einzige, womit sie sich nicht gut anstellte, war es, sich Lunas Namen zu merken. Fiona stellte sie als Lana vor, als Linette, und einmal sogar als Nora. Nach einer Weile fand Luna es amüsant, doch als sie zum vierten Mal Lunas Namen verhunzte, verlor Chad die Fassung.

„Sie heißt Luna", stieß er hervor, legte einen Arm um ihre Schultern und zog sie dicht an sich. Er roch nach Seife und Mammutbäumen und Sonnenlicht. Luna atmete tief ein und spürte, wie der letzte Zorn auf ihn verflog.

„Oh, tut mir leid. Ich stelle mich manchmal so dumm an mit Namen", sagte Fiona mit einem gespielten Lachen.

„Nicht, wenn ein vierstelliger Scheck dranhängt", murmelte er. Aber dann setzte er ein Lächeln auf, schüttelte die Hand des

Mannes, dem sie gerade vorgestellt worden waren, und dann sagte er: „Es war schön, Sie wiederzutreffen, Mr. Xing. Wenn Sie uns entschuldigen, ich muss nun Luna an ihren Platz bringen und mich dann für den Auftritt aufwärmen."

„Natürlich. Wir freuen uns darauf, Sie wieder spielen zu hören, Mr. Garber."

„Hier entlang", sagte Chad, der Luna durch die Menge führte. Er hielt ihre Hand ganz fest, ließ nicht einmal los, als sie sich in ein kleines Büro begaben. Chad setzte sich auf einen Sessel und zog sie neben sich herab, um sich seitlich auf seinen Schoß zu setzen.

„Musst du nicht bald spielen?", fragte sie und lachte, während sie sich an seine Brust schmiegte.

„Ja, aber ich habe einfach einen Augenblick gebraucht, um Fiona und ihren allzu wichtigen Freunden zu entkommen." Er legte den Kopf nach hinten und schloss die Augen. „Es tut mir leid, Fiona kann ganz schön versnobt sein."

„Ich weiß nicht, ob es versnobt war, dass sie sich aufgeführt hat, als wäre ich eine Bürgerin zweiter Klasse", sagte sie leise, ihre freie Hand sehnte sich danach, sein maskulines Kinn zu berühren „Sie steht irgendwie auf den Pianisten des Abends."

Seine Augen gingen sofort auf. „Nein, tut sie nicht."

„Doch, tut sie." Luna wusste, dass sie reden mussten, dass sie ein paar Dinge geraderücken mussten, aber sie konnte nicht anders. Sie starrte seine Lippen an, wollte sie unbedingt schmecken. „Aber leider, leider bist du bereits vergeben."

Überraschung blitzte in seinen wunderbaren Augen auf, während er ihr Gesicht musterte, sie in sich aufnahm, als könne er nicht ganz glauben, was sie gerade gesagt hatte. „Bin ich?"

„Ja, bist du", sagte sie leise und beugte sich vor. Seine Lippen waren weich und warm unter ihren, während eine seiner Hände sich auf ihre Hüfte legte. Seine Berührung war alles. Sie wollte ihr Gewicht verschieben, sich auf ihn setzen, die Hände auf seine Wangen drücken und ihn küssen, als ginge es um alles. Aber dafür würde später Zeit sein. Genau in diesem Augenblick gab es Dinge, die gesagt werden mussten. Sie zog sich zurück, brachte ein wenig Abstand zwischen sie.

„Ich werde nicht sagen, dass ich begeistert davon bin, wie du es angestellt hast, mir vor drei Jahren zu helfen, aber ich bedanke mich. Dein Handeln hat mich vermutlich vor einem Leben gerettet, dem ich unbedingt entfliehen wollte, und ich habe keine Ahnung, wie ich dir das zurückzahlen kann, aber ich werde es tun."

„Es mir zurückzahlen?", fragte er überrascht. Dann wurde seine Miene ernst, während er fortfuhr: „Nein, Luna. Es gibt keinen Grund, mir irgendetwas zurückzuzahlen. Was du gerade für Levi machst, ist alles, worum ich dich bitten könnte."

„Es weitergeben, was?" Sie strich ihm mit den Fingern übers Kinn, gab der Versuchung letztlich nach.

„Ja. Und das ist genau das, was auch ich getan habe." Er schlang die Arme fester um sie und zog sie näher an sich, streifte mit den Lippen ihre Wange. „Es ist kein Geheimnis, weshalb es mich so dazu gedrängt hat, dir damals zu helfen, Luna. Mein Familienleben mit meinem Stiefvater war ... nicht gut. Meine Mom hat sich geweigert, das zu sehen, und der einzige Grund, weshalb ich dort rauskam, liegt an einem Lehrer, der sich für mich eingesetzt hat und mir half, an eine Schule zu kommen, die mich aus dieser Situation herausholte."

Luna drehte sich der Magen um. „Dein Stiefvater hat dich misshandelt?"

Er nickte. „Meine Mutter hatte das volle Sorgerecht, und obwohl ich die Erlaubnis hatte, meinen Vater zu besuchen, waren er und Barb damals nicht wirklich in einer stabilen Situation. Er war ein Musiker und sie eine Künstlerin. Sie sind oft umgezogen. Es war keine einfache Lösung, bei ihnen zu wohnen, obwohl ich mir sicher bin, wenn ich den Mut gehabt hätte, meinem Dad zu sagen, was los war, hätte er Himmel und Erde in Bewegung gesetzt, um mich dort rauszuholen. Es ist nur …" Er schüttelte den Kopf. „Kinder denken nicht immer vernünftig über solche Sachen nach."

„Es ist nicht deine Schuld", sagte Luna mit ernster Stimme. „Hörst du mich, Chad. Es war niemals deine Schuld."

Er nickte. „Logisch weiß ich das auch. Aber ich wünschte mir nur, ich hätte damals gewusst, was ich jetzt weiß."

Sie legte die Arme und ihn und hielt ihn fest. „Du warst noch jung."

„Ja." Er drückte das Gesicht an ihren Hals und gab ihr einen leichten Kuss gleich unters Ohr. „Genau wie du."

Luna spürte, wie Tränen weit hinten in ihren Augen brannten. Sie wollte um Chad weinen, um sich selbst, um Levi, um all die Kinder, die litten, weil die Erwachsenen in ihrem Leben beschissene Menschen waren. Aber stattdessen sagte sie nur: „Danke, dass du für mich da warst, als ich dich gebraucht habe, dass du getan hast, was du getan hast, selbst wenn es meinen Stolz verletzt, und dafür, etwas zu tun, als es sonst keiner tun wollte."

„Ich würde alles für dich tun, Luna", sagte er. „Damals und jetzt. Immer."

Ein leises Schluchzen blieb ihr in der Kehle stecken, während sie herauszwang: „Nenn mich Hope."

Er zog sich zurück und starrte ihr in die Augen. „Bist du sicher?"

„Ja."

Er beugte sich vor, seine Lippen streiften ihre ganz leicht, während er sagte: „Du hast keine Ahnung, wie glücklich mich das macht, Hope."

Sie küsste ihn leicht und zog ihn näher, um ihn noch einmal lang zu umarmen. Und als sie sich schließlich voneinander lösten, nahm sie seine verletzte Hand in ihre und fing eine Massage an, schickte ihre Magie zu all seinen Schmerzen.

„Verdammt, das fühlt sich unfassbar an", sagte Chad, der leise stöhnte. „Danke."

Sie grinste ihn an. „Wenn du all diese reichen Spender umhauen willst, damit sie ihre Geldbörsen öffnen, dann solltest du besser topfit sein."

KAPITEL 25

*C*had saß am Klavier, seine Hände glitten mühelos über die Tasten. Die Massage, die Hope ihm gegeben hatte, kombiniert mit ihrer heilenden Berührung, war reine Magie gewesen. Seine verletzte Hand fühlte sich beinahe genauso an wie vor seiner Auseinandersetzung mit Leo. Es gab eine leichte Anspannung, aber nichts, was ihn gehindert hätte, als er die zwei Stücke spielte, die er den Organisatoren versprochen hatte. Das erste war ein schnelles, witziges Lied, bei dem die Gäste stampften und klatschten. Das zweite war bezaubernd und voller Emotionen. Die Musik strömte durch ihn hindurch, nahm ihn für sich ein, während er an den Ort glitt, an dem nichts eine Rolle spielte. Nur die Musik.

Bis die letzte Note erklang, vibrierte Chad in einem Hochgefühl. Er hatte nicht erwartet, sich jemals wieder so zu fühlen, wenn er spielte, nicht, nachdem seine Hand so im Eimer gewesen war. Aber er hatte seine Verletzung ganz vergessen, und die Tatsache, dass er nicht mehr bei einem Ensemble spielte, oder dass sein Leben eine dramatische Wendung genommen hatte. Die Freude an der Musik war in voller Macht zurückgekehrt, und er hatte das nur einem Menschen zu verdanken – Hope.

Er saß am Klavier, musterte die Menge, suchte nach der einen Frau, die ihm wichtig war. Die Spender drängten sich um das Klavier, klatschten bereits, als er am Höhepunkt des Stückes ankam. Seine Finger hämmerten auf die Tasten, sorgten für ein dramatisches Ende. Die Menge brach in Pfiffe und Jubelrufe aus. Chad erhob sich, reckte den Hals, um einen Blick auf Hope zu erhaschen. Wo war sie? Fiona trat vor, ihre Arme streckten sich nach ihm, aber dann summte sein Telefon in der Tasche. Er schnappte es sich rasch und sah eine Nachricht von Hope.

Levi ist in Schwierigkeiten. Ich muss jetzt los. Ich rufe ein Taxi. Tut mir leid. Du warst toll.

„Chad, Sie waren atemberaubend!", sagte Fiona, die ihn schließlich einholte und die Arme um ihn schlang.

Er trat rasch aus der Umarmung zurück. „Entschuldigen Sie mich." Chad wandte sich um und ging direkt zur Tür, während er bereits eine Nachricht eintippte.

„Chad! Warten Sie!" Fiona lief hinter ihm her. „Sie können nicht weg. Die Spender wollen Ihnen zu Ihrem epischen Auftritt gratulieren."

Er warf ihr kaum einen Blick zu, während er sagte: „Tut mir leid, Fiona. Ein Familiennotfall. Ich muss los."

„Aber ..."

Chad wartete nicht ab, um herauszufinden, was sie sagen wollte. Nachdem er seine Nachricht an Hope abgeschickt hatte, fing er an zu laufen und begab sich direkt zu seinem Truck. Er atmete erleichtert aus, als er feststellte, dass Hope bereits neben dem Fahrzeug stand. Ihr Gesicht war verkniffen und voller Sorge. Er zog sie in eine rasche Umarmung. „Was ist passiert?"

Hopes Arme spannten sich um ihn an, doch sie ließ rasch los. „Ich erzähle es dir unterwegs. Fahren wir."

Chad drückte auf den Schlüssel, um das Auto zu entsperren, und lief herum zur Fahrerseite. Sobald sie unterwegs waren, warf er einen Blick zu ihr hinüber. „Ist mit Levi alles in Ordnung?"

„Körperlich schon, denke ich." Sie drückte auf einen Knopf auf ihrem Telefon und runzelte die Stirn. „Sein Onkel ist heute Abend aufgetaucht, um nach ihm zu suchen."

„In Keating Hollow?", fragte Chad, sein Griff um das Lenkrad wurde fester.

„Ja. Sagte, er würde ihn brauchen, um für ihn zu arbeiten, und wenn er das nicht täte, würde er ihn als weggelaufen melden."

„Dieser Bastard", knurrte Chad.

„Genau das." Hope drückte sich eine zittrige Hand an die Kehle. „Der Streit ist unten am Fluss passiert. Levi sagte, Shannon wäre dort gewesen und hätte mit ihrer Magie seinen Onkel auf den Hintern gesetzt, sodass sie genug Zeit hatten, zu entkommen. Sie sind bei ihrem Haus und warten auf uns."

„Er hat sich auch mit Shannon angelegt?", fragte Chad, der die Zähne aufeinanderbiss.

„Offensichtlich. Brian Knox war auch dabei und hatte eine körperliche Außenansetzung mit Levis Onkel, als er Levi nicht in Ruhe lassen wollte. Shannon hat es gestoppt", sagte Hope, die auf ihrem Telefon eine Nachricht tippte. „Levi hat nur wenige Details herausgerückt. Viel mehr als das weiß ich nicht."

„Brian Knox ist nochmal wer?", sagte Chad mit gerunzelter Stirn, während er versuchte, den Mann einzuordnen.

„Er ist ein Freund von Jacob Burton. Jacob und Yvette Townsend sind verlobt."

Chad drückte fest aufs Gaspedal, wurde schneller. Der Gedanke, dass jemand an dem einen Abend, an dem sie die Stadt verlassen hatten, zu Levi gekommen war, ließ übelerregende Wogen durch seinen Magen brodeln. Er schluckte schwer. „Verstanden. Was ein Glück, dass sie da waren, um zu helfen."

„Ja."

Während der übrigen dreißigminütigen Fahrt, bis sie zur Stadt kamen, und Hope ihn zu Shannons Haus dirigierte, waren sie beide still. Sie wohnte in einem kleinen weißen Häuschen, vor dem ein wildwuchernder Garten war. Mondlicht beleuchtete die Blumenbeete, zeigte eine beeindruckende Auswahl an Blüten. Chad ging den gebogenen Weg zur Eingangstür hinauf, aber ehe er klopfen konnte, schwang die Tür auf und ein großgewachsener, dunkelhaariger Mann trat heraus, der hinter sich die Tür schloss.

„Brian!", rief Hope, die sich an Chad vorbeidrängte, um zu dem Mann zu kommen. „Was ist passiert?"

Der Mann schob sich die Hände in die Taschen und schnaubte. Das Licht auf der Veranda ging plötzlich an, und es ließ sich nicht verhehlen, dass Brian ein geschwollenes blaues Auge hatte.

„Levi geht es gut", sagte Brian. „Ist ein bisschen zerschrammt, aber nicht zu Ernstes. Die jungen Leute, die bei ihm waren, sind unbeschadet."

„Ein wenig zerschrammt?" Hope warf einen Blick auf das Fenster, es drängte sie eindeutig danach, hineinzulaufen.

Chad berührte sein eigenes Auge. „Hat das Levis Onkel getan?"

Brian nickte. „Shannon und ich waren gerade spazieren, als wir den Mann gesehen haben, der Levi in eine Ecke drängte."

Er warf einen Blick auf Hope. „Levi sagt, es wäre sein Onkel, und dass er nicht gerade ein aufrechter Bürger ist."

„Das stimmt", sagte Hope. „Was hat er gemacht?"

„Als wir uns ihnen genähert haben, hatte der Onkel Levi an einen Baum gedrängt, eine Hand an seiner Kehle. Er hat ihm gedroht ... äh, sich an Candy und Axel zu vergehen, wenn Levi nicht mitkommt."

Hopes Gesicht wurde blass. „Aber du und Shannon habt ihn vertrieben?"

„Wir haben ihn festgehalten, bis Drew herkommen konnte, aber nachdem er ihm die Handschellen angelegt hatte, hat es der Typ trotzdem noch geschafft, aus den Fesseln zu entkommen, und ist durch die Bäume verschwunden. Drew hat eine Suche gestartet, aber sie haben ihn noch nicht gefunden."

„Drew weiß Bescheid?" Hope warf Chad einen panischen Blick zu, und er wusste, dass sie sich Sorgen machte, was jetzt mit Levi passieren würde. Würde Drew das Jugendamt anrufen? Wenn ja, konnte Lorna hoffentlich dafür sorgen, dass er nicht irgendwo anders hingeschickt wurde.

„Ich muss Levi sehen", sagte Hope. „Gibt es sonst noch etwas, das ich wissen muss?" Brian schüttelte den Kopf, und Hope huschte ins Haus.

„Danke, Mann. Ich bin Chad Garber, der Neue, der in der Stadt einen Musikladen eröffnet", sagte Chad, der eine Hand ausstreckte. „Wir wissen deine Hilfe zu schätzen."

„Jederzeit, und schön dich kennenzulernen. Brian Knox." Brian warf ihm einen abschätzenden Blick zu. „Wohnt Levi nicht bei Luna?"

„Ja, aber wir behalten ihn beide im Auge", bestätigte Chad.

„Verstehe." Brian warf einen Blick zurück zur Tür und dann wieder zu Chad. „Bist du mit Luna ...?"

Chad wusste nicht genau, wie er das beantworten sollte. Sie hatten noch gar nichts festgelegt, doch noch während er diese Tatsache vor sich eingestand, nickte er. „Wir sind zusammen."

„Glückspilz." Brian schlug Chad auf den Rücken, dann warf er einen Blick zurück zum Haus. „Die jungen Leute sind ein wenig aufgewühlt, aber ansonsten in Ordnung. Ich habe bereits eine Aussage bei Drew gemacht, aber lass mich wissen, falls ihr noch irgendetwas braucht, okay?"

„Du gehst?", fragte Chad.

Brians Stirn legte sich in Falten, und seine Lippen drückten sich zu einer dünnen Linie zusammen, während er auf die Eingangstür starrte. „Ich muss nach Hause. Ich glaube, Shannon hat bestimmt genug von mir, und außerdem habe ich morgen ganz früh ein Date mit Skye."

„Skye?", fragte Chad. Der Name klang vertraut, aber er konnte kein Gesicht dazu aufrufen. „Wer ist das? Jemand aus Eureka?"

Brian kicherte. „Nein. Skye ist die Tochter meines Kumpels Jacob. Er und Yvette haben etwas vor, darum habe ich das Vergnügen, auf Teepartys zu gehen und vielleicht auch eine Schlagzeugstunde zu geben."

„Schlagzeugstunde?", fragte Chad mit einem bellenden Lachen. „Ich wette, das liebt Jacob."

Brian schnaubte. „Womöglich habe ich Morddrohungen erhalten, aber ich will es riskieren. Skye ist noch nicht wirklich alt genug, um etwas anderes zu tun, als Lärm zu fabrizieren, aber ihr Gesicht wirkt fröhlich, wenn sie auf ihrem kleinen Schlagzeug herumhämmert. Außerdem steht das Instrument in meinem Haus, darum können sie eigentlich gar nichts dagegen haben."

„Klingt nach Kopfschmerzen", sagte Chad, der immer noch lächelte.

„Nö. Ich habe mein ganzes Leben lang Schlagzeug gespielt. Stört mich nicht." Brian winkte, während er sich zur Straße begab, wo sein SUV wartete.

Chad sah dem Mann nach und fragte sich, was er gemeint hatte, als er gesagt hatte, dass Shannon bestimmt genug von ihm hatte. War ihm da irgendwas entgangen? Er schüttelte den Kopf und trat in das kleine Haus. Er fand Hope, die an einem kleinen Esstisch mit Levi, Candy und einem weiteren Jungen in ungefähr ihrem Alter saß.

Levis Gesicht war rot und seine Augen glühten, während er über seinen Onkel redete und darüber, wie der Mann seine neuen Freunde bedroht hatte. „Es ist eines, mich zu verfolgen, aber Candy und Axel sind tabu. Wenn Brian und Shannon nicht genau zum richtigen Zeitpunkt aufgetaucht wären ..." Ein Schauer lief durch seinen dürren Körper.

„Ich glaube, Levi hätte ihm den Kopf abgerissen", sagte Candy, die ihren neuen Freund mit einer Mischung aus Ehrfurcht und Angst anstarrte. „Er war wirklich, wirklich angepisst."

„Ja, war er", sagte der Junge, der wohl Axel war. Er hatte blonde Locken und eine Miene aufgesetzt, die eher stolz wirkte. „Ich wünschte, ich hätte ein solches Selbstvertrauen, wenn man mich herumschubst." Axel drückte Levi kurz die Hand, ehe er sich wieder zurückzog.

Chad entging das winzige Lächeln nicht, dass nur einen Sekundenbruchteil lang Levis Gesicht erhellte, ehe es wieder verschwand. Aha, also war Axel der Junge, mit dem Candy ihn hatte verkuppeln wollen. Nun, dieser Teil des Abends schien zumindest nach Plan gelaufen zu sein.

„Sind alle hier in Ordnung?", fragte Chad, sein Blick landete auf Hope.

Sie nickte ihm ganz leicht zu.

„Uns geht's gut", sagten Candy und Axel gleichzeitig.

„Ich hasse diesen Bastard!", rief Levi, der sich erhob und die Hände in seinen Haaren vergrub. „Weshalb kann er mich nicht einfach in Ruhe lassen?"

Weil du eine besondere magische Gabe hast, die wertvoll ist, dachte Chad. Aber er sagte es nicht. „Wird er", versprach Chad. „Wir treffen uns mit Lorna, damit sie eine einstweilige Verfügung erwirkt. Bis dann ist es wohl besser, wenn du bei jemandem zu Hause chillst, nur um sicherzugehen."

„Eine einstweilige Verfügung wird ihn nicht abhalten", zwang Levi hervor, ihm stockte bei den Worten der Atem. Seine Augen waren rot und glasig vor Tränen.

Hope stand auf und legte ihm einen Arm um die Schultern, zog ihn von den anderen beiden weg. Sie flüsterten leise, während Hope ihr Bestes tat, um ihn zu beruhigen.

„Shannon", sagte Chad, der in ihre Küche ging, wo sie am Tresen lehnte. „Vielen Dank für das, was Brian und du heute Abend getan habt."

„Es gibt nichts, wofür du mir danken musst. Dieses Arschloch verdient es, ins Gefängnis zu gehen. Ich hoffe, Drew spürt ihn auf und lässt ihn leiden."

Candy und Axel nickten.

Levi erstarrte.

Hope flüsterte ihm etwas zu, und er schüttelte den Kopf. Sie seufzte und drehte sich um. „Ich denke, es ist an der Zeit, den Abend zu beenden. Candy, Axel, können wir euch irgendwohin bringen?"

Sie schauten einander an, aber ehe sie ein Wort herausbrachten, sagte Shannon: „Ich muss zurück in die Stadt fahren. Ich nehme sie mit."

„In Ordnung." Hope warf einen Blick auf Levi. „Bereit?"

Er nickte und wandte sich an seine neuen Freunde. „Heute

Abend tut mir wirklich leid. Das ist nicht ..." Er holte tief Luft. „Ich wollte einfach nur chillen und euch besser kennenlernen."

„Wissen wir", sagte Candy. „Es ist nicht deine Schuld. Wir können uns in ein paar Tagen treffen, wenn du magst."

„Am Sonntag?", ließ Axel sich vernehmen. „Meine Oma hat einen Pool. Wir könnten dort rüber gehen."

„Das klingt gut", sagte Candy.

Levi warf einen Blick auf Hope. „Wäre das in Ordnung?"

„Natürlich", sagte sie. „Jetzt gehen wir nach Hause, und ich sehe nach, was ich wegen dieser blauen Flecken tun kann."

Levi drückte sich eine Hand auf den Hals, Wut blitzte in seinen dunklen Augen. „Arschloch."

Chad musste zustimmen, und er wusste, falls er dem Mann begegnen würde, der sich Levis Onkel schimpfte, würde es ihm vermutlich schwerfallen, sich davon abzuhalten, seine andere Hand in das Gesicht des Mannes zu schlagen.

KAPITEL 26

*H*ope beobachtete, wie Levi durch das Wohnzimmer ihres Häuschens tigerte. Er hatte Panik. Ein anderes Wort gab es dafür nicht. Sie waren erst eine halbe Stunde zu Hause gewesen, als Drew, der Hilfssheriff der Stadt, bei ihnen an der Tür aufgetaucht war. Levis Onkel, Frank Kelley, hatten sie nicht gefunden, doch ein angeschlagener, ausgeblichener blauer Truck war gesehen worden, wie er aus der Stadt in Richtung Berge davonraste.

„Das ist er", sagte Levi. „Er ist ständig unterwegs zu dem Haus eines seiner Kumpels draußen in der Provinz. Er verschwindet immer aufs Land, wenn die ihn Polizei sucht."

Drew machte sich eine Notiz. „Kennst du seine Kumpels oder weißt du, wo sie wohnen?"

Levi schüttelte den Kopf, und er ging weiter auf und ab, seine Bewegungen waren abgehackt. „Ich kann Ihnen die Adresse des Hauses geben, in dem wir in Eureka gewohnt haben. Das gehört aber nicht ihm."

Der Hilfssheriff schrieb sich die Adresse auf.

„Drew", sagte Chad. „Lorna ist auf dem Weg hierher. Wir

müssen eine einstweilige Verfügung erwirken, damit es außer Frage steht, dass dieser Frank sich in Levis Nähe aufhält."

Drew lehnte sich an seinen Sessel und musterte sie. „Klar. Das können wir machen. Aber ich muss fragen, wer hat das Sorgerecht?"

„Daran arbeiten wir", sagte Hope rasch. „Lorna White ist ..."

„Ich habe keinen rechtlichen Vormund", spuckte Levi aus. „Mein Dad hat mich vor sechs Monaten rausgeworfen. Ich bin zu meinem Onkel gezogen, aber sie reden nicht miteinander, und mein Onkel ... Nun, er hat gerade versucht, mich dazu zu zwingen, ein Kurier für seine Geschäfte mit illegalen Tränken zu werden. Darum ... bin ich hier. Luna hat mir eine Bleibe angeboten, und ich ..." Seine Stimme brach, und Tränen liefen offen sein Gesicht hinab.

Hope brach an Ort und Stelle das Herz. Schmerz ging durch sie hindurch, und ohne einen weiteren Gedanken trat sie hinüber zu Levi und legte die Arme um ihn. Sein Körper schüttelte sich, während er das Gesicht in ihrer Schulter vergrub.

„Okay. Verstanden." Drew erhob sich und warf einen Blick auf Chad. „Du sagst, Lorna ist unterwegs?"

Doch noch ehe Chad antworten konnte, erklang ein lautes Klopfen an der Tür. Als er öffnete, kam Lorna herein. Sie trug Jeans und ein T-Shirt, doch die weißhaarige Frau war ganz geschäftlich, während sie ihren Aktenkoffer auf Hopes Tisch legte und Papiere herausholte, die bereits vorbereitet waren. „Im Staat Kalifornien kann jede Person, die älter als zwölf Jahre ist, ein gerichtliches Kontaktverbot beantragen. Levi, du musst nur hier unterschreiben, und wir lassen es von da an Drew übernehmen, in Ordnung?"

Levi ließ Hope los und nickte. Nachdem er sich die Tränen

abgewischt hatte, nahm er den Stift und unterschrieb. „Ist das alles, was Sie von mir brauchen?"

„Von mir ist es alles", sagte Lorna.

„Ich habe noch ein paar Fragen", erwiderte Drew.

Levi sandte Hope einen bettelnden Blick. Sie wusste, dass er Panik hatte, aber sie wusste auch, dass Drew alles in seiner Macht Stehende tun würde, um ihm zu helfen. „Ich glaube, du solltest mit Drew reden. Er will nur helfen."

Levis Gesicht war weiß, als er widerstrebend nickte.

„Gehen wir ins Wohnzimmer", sagte Drew und bedeutete Levi, dass er ihm vorausgehen sollte. Levi war offensichtlich unglücklich mit der Situation, doch er schlurfte in den anderen Raum, Drew direkt hinter ihm.

Hope wandte sich an Lorna. „Was heißt das? Wird Drew das Jugendamt auf den Plan rufen müssen?"

„Nicht unbedingt", sagte die ältere Frau. „Ich habe die Bestätigung erhalten, dass Levis Vater Mike für den Brief unterschrieben hat, den wir ihm gestern zugestellt haben. Er hat noch nicht geantwortet, aber die Tatsache, dass er weiß, wo sein Kind ist, und noch nicht einmal zum Telefon gegriffen hat, wird Ihre Bestrebungen nur unterstützen. Wenn es zum Schlimmsten kommt, können wir Drew anrufen lassen, damit er mit Levis Dad redet und eine mündliche Bestätigung erhält."

Hopes Mund wurde trocken. „Was, wenn er Nein sagt?"

„Weshalb sollte er das tun?", fragte Chad. „Er hat doch bereits klargemacht, dass er Levi nicht in seinem Haus will."

„Du weißt genauso gut wie ich, dass Menschen ganz ohne Grund böse sein können, Chad", erwiderte Hope leise. „Ich will einfach niemandem mehr die Gelegenheit geben, Levi wieder wehzutun."

„Der Anruf könnte aber unsere beste Option sein", sagte

Lorna. „Weshalb warten wir nicht einfach ab und sehen, was Drew sagt?"

Hope verzog sich in die Küche und machte heiße Schokolade, während Chad und Lorna still am Tisch saßen. Es dauerte nicht lang, bis Levi und Drew zurück ins Esszimmer kamen.

Levi eilte in die Küche und stellte sich neben Hope.

Sie griff nach seiner Hand. „Bist du in Ordnung?"

„Ich glaube schon. Er will meinen Dad anrufen."

Hope schloss die Augen und sprach ein leises Gebet. „Warum?"

„Um sicherzustellen, dass meine Geschichte stimmt, schätze ich. Ich habe ihm die Festnetznummer gegeben."

Lorna verbrachte die nächsten paar Minuten damit, Drew über den Brief aufzuklären, den sie an Levis Vater geschickt hatte.

Drew nickte und entschuldigte sich.

„Hast du Hunger?", fragte Hope.

Levi schüttelte den Kopf. „Ich habe allerdings Kopfschmerzen."

„Da." Sie strich ihm sanft mit den Fingern über die Schläfe. Ihre Magie erwachte flackernd, und es dauerte nicht lang, bis er ein Seufzen ausstieß.

„Danke." Er lehnte sich an ihre Schultern und schloss die Augen.

Hope legte die Arme um ihn, hielt ihn einfach fest. „Ich kümmere mich um dich, Levi. Mach dir keine Sorgen."

Ein leichtes Beben lief durch ihn hindurch, und er hielt sich fest wie ein kleines Kind. Hope fragte sich, ob er jemals jemanden gehabt hatte, der ihn so gehalten hatte. Der Gedanke ließ ihr Tränen die Augen treten, als ihr klar wurde, dass auch sie niemanden gehabt hatte.

Die Tür öffnete sich, und Schritte erklangen im Wohnzimmer, während Drew wieder hereinkam. „Ich habe Neuigkeiten."

Levis Körper versteifte sich, und er fing an zu zittern.

„Ist schon in Ordnung. Was immer es ist, wir werden damit fertig", murmelte Hope.

„Ich habe Mr. Mike Kelley gerade jetzt am Telefon gehabt. Levis Vater", sagte Drew. „Er hat zugestimmt, Luna vorübergehend das Sorgerecht zu überlassen."

Hope stieß die angehaltene Luft aus. „Den Göttern sei es gedankt."

Levis Körper zitterte noch mehr, und er stieß ein leises Schluchzen aus. Tränen tränkten Hopes T-Shirt, doch es war ihr egal. Sie würde ihn so lange festhalten, wie er es brauchte. Sie konnte sich nicht einmal vorstellen, wie schwer es sein musste, zu hören, wie der eigene Vater einer komplett Fremden das Sorgerecht überließ. Es war vermutlich nicht schwerer, als rausgeworfen zu werden, einfach nur, weil man schwul war, aber es hatte den Schorf dieser Wunde bestimmt aufgerissen, sodass sie sich erneut öffnete.

„Vielen Dank, Drew", sagte Hope, die immer noch Levi festhielt.

„Ich mache nur meinen Job", sagte er. „Ihr müsst das trotzdem noch bei Gericht einreichen, aber da ich die mündliche Zusage aufgezeichnet habe, und ihr bereits mit den Papieren angefangen habt, sollte das kein Thema sein. Zögert nicht, mich anzurufen, wenn es weitere Schwierigkeiten gibt. In der Zwischenzeit wird Frank Kelley immer noch aktiv gesucht. Wir melden uns, wenn wir ihn finden."

Hope nickte. „Wir sind da."

„Gut." Er tippte sich an den imaginären Hut, wirbelte herum und ließ sie mit den Nachwehen des Abends allein.

Lorna erhob sich, sammelte ihre Papiere auf und sagte: „Das sind tolle Neuigkeiten. Ich beginne morgen mit der Arbeit am dauerhaften Sorgerecht und den Papieren dafür." Sie blieb in der Nähe von Hope und Levi stehen, ihr Gesicht voller Mitgefühl. „Mach dir keine Sorgen, junger Mann. Bei Luna und Chad bist du in guten Händen, aber sie sind nicht die Einzigen, die sich um dich kümmern. Ich würde sogar sagen, dass die ganze Stadt Keating Hollow über dich wachen wird, wenn sie hören, was heute Abend vorgefallen ist. Und ein Dorf voller Hexen ist keine Gruppe, mit der man sich anlegen sollte. Außer, man sehnt sich nach dem Tod."

Levi hob den Kopf von Hopes Schulter und warf einen Blick auf die Anwältin. „Die ganze Stadt?"

Auf ihren Lippen breitete sich ein Grinsen aus. „Du bist jetzt einer von uns. Es wird Zeit, dass du dich daran gewöhnst." Sie tätschelte ihm leicht den Arm. „Ruh dich aus. Wir reden bald wieder."

Levi nickte und wischte sich über die Augen.

Lorna winkte Hope zu und sagte lautlos: *Rufen Sie mich morgen an.*

„Mache ich", erwiderte Hope leise.

Einen Augenblick später hörte sie, wie sich die Eingangstür schloss, gefolgt vom Dröhnen von Lornas Motor. Da die Anwältin weg war, blieben nur noch sie drei übrig – Chad, Hope und Levi.

Chad kam zu ihnen herüber, schlang die Arme um sie beide und hielt sie einfach nur fest. „Das war das letzte Mal, dass so etwas einem von euch passiert", sagte er mit tiefer, fast schon knurrender Stimme. „Das garantiere ich."

Hope schloss die Augen, ließ die Worte über sich hinweggehen und betete, dass er recht hatte.

KAPITEL 27

*D*as Wochenende blieb ruhig, während Chad, Hope und Levi den Samstag in Lunas Haus verbrachten. Hope versuchte, Levis Gedanken von einem Onkel fernzuhalten, indem sie eine Reihe Actionfilme auslieh und sich auf etwas einrichtete, das sie im Grunde als Kumpeltag bezeichnete. Chad hatte eine alte Playstation mitgebracht, und die beiden zockten ein paar Stunden lang ein altes Tony-Hawk-Skateboardgame, während Hope Cupcakes buk und ein wenig Unkraut in ihrem kleinen Garten jätete, den sie vor ein paar Wochen angelegt hatte. Am Sonntag ging Levi rüber zu Candy und verbrachte den Nachmittag mit ihr und Axel beim Schwimmen, während Hope und Chad sich damit beschäftigt hielten, das Inventar für seinen Musikladen zu bestellen.

Bis es Montagmorgen wurde, fühlte das Leben sich allmählich wieder normal an. Levis Kopf war zum Großteil verheilt, und in ein paar Tagen würden die Fäden gezogen werden. Er schien sich eingerichtet zu haben und fing sogar an, davon zu reden, im Herbst wieder in die Schule gehen zu wollen. Er hatte ein ganzes Semester verpasst, nachdem er aus dem Haus seines Dads geflogen war. Hope nahm sich vor, mit der Schule zu reden, um herauszubekommen, wie er den Unterricht nachholen könnte.

„Wir könnten über eine Sommerschule nachdenken. Ich glaube, die hat noch nicht angefangen", sagte Hope, während sie zum *Incantation Café* spazierten. „Was meinst du?"

Levi senkte den Blick auf seine Füße und schob die Hände in die Tasche.

„Was? Bist du dafür nicht bereit?"

„Nein, ich …"

Er fuhr sich mit der Hand durch die dunklen Locken. „Ich schätze, ich dachte einfach, wir müssen warten, bis etwas abgeschlossen wird, ehe ich anfangen kann …" Levi zuckte mit den Schultern. „Ich weiß auch nicht. Ich fühle mich, als wäre ich in einer Übergangszone."

„Bevor du anfangen kannst, mit deinem Leben weiterzumachen?", riet Hope.

„Ja."

Sie drückte ihm die Hand. „Ich verstehe das. An diesem Punkt war ich auch schon. Es ist schlimmer, wenn man anfängt, sich einzuleben, und dann wird einem der Boden unter den Füßen weggerissen. Es liegt bei dir, und das meine ich ernst. Aber ich glaube wirklich, dass wir eigentlich kein Problem haben werden, und es sieht für den Richter vermutlich besser aus, wenn wir zeigen, dass wir es ernst meinen. Dich in der Schule einzuschreiben ist ein ziemlich nachhaltiger Schritt."

„Meinst du?", fragte er, in seinen Augen funkelte Hoffnung.

„Schon. Schule gefällt dir doch, oder?", sagte sie mit schiefgelegtem Kopf.

„Das hätte ich früher nicht gedacht", erwiderte er, und diesmal schaute er ihr in die Augen. „Aber sobald ich auf einmal nicht mehr hingehen konnte, wurde mir klar, dass das immer mein Ausweg gewesen ist."

„Aus dem Haus deines Dads?", fragte sie.

„Aus allem. Seinem Haus. Der winzigen Stadt, in der er wohnt. Den Kleingeistern, die dort leben. Ich wollte einfach nicht irgendwo hängen bleiben."

„Das verstehe ich", sagte Hope mit einem zufriedenen Lächeln. „Eine Ausbildung ist etwas Mächtiges. Und es gibt eine große Welt außerhalb von Keating Hollow."

„Das habe ich nicht gemeint", sagte Levi mit einem Stirnrunzeln. „Ich will hier nicht weg. Zumindest nicht jetzt."

Sie legte ihm sanft eine Hand auf den Arm. „Ich weiß, Levi. Mach dir deswegen keine Sorgen. Ich will, dass du eine Ausbildung und Wahlmöglichkeiten hast. Das hast du verdient."

Einen Augenblick lang war es still, dann schenkte er ihr ein Lächeln. „Danke."

„Es gibt nichts zu danken", versicherte sie ihm, ehe sie ihn in eine feste Umarmung zog.

Sobald sie ihren Kaffee und ein paar süße Teilchen in der Hand hielten, trafen sich Hope und Levi mit Chad draußen auf dem Bürgersteig.

„Guten Morgen, meine zwei Lieblingsmenschen", sagte Chad, der zu ihnen herüber kam, gutaussehend wie immer. Sein helles Haar war ein bisschen zu lang, eine Strähne fiel ihm über die Augen, und seine blauen Augen glitzerten schelmisch.

„Guten Morgen auch", sagte Hope, die sich zu einem raschen Kuss vorbeugte.

Levi nickte ihm zu und nahm einen Schluck von seinem Kaffee.

„Heute ist ein großer Tag", sagte Chad. „Levi, meinst du, du kannst mir heute mit dem Ladenschild helfen? Es ist bereit, aufgehängt zu werden."

„Natürlich", sagte Levi, der besorgte Ausdruck in seinen Augen verschwand. Es schien, dass jedes Mal, wenn Chad eine körperliche Arbeit für sie beide vorschlug, Levi seine Sorgen fallenlassen konnte, wenn auch nur vorübergehend.

„Toll. Komm mit mir. Wir lassen Hope zur Arbeit gehen." Er wandte sich an sie. „Steht das Abendessen noch?"

„Um sieben Uhr. Punkt sieben", bestätigte sie. Die letzten beiden Male, als sie ihn eingeladen hatte, hatte er sich hoffnungslos verspätet, weil er nicht auf die Zeit geachtet hatte, während er daran gearbeitet hatte, seinen Laden einzurichten. „Lass mich diesmal nicht auf mein Abendessen warten."

Chad war offen genug für Kritik, dass ihre Aussage ihn schuldig dreinblicken ließ. Er nickte schwach. „Ja. Okay. Verstanden."

Hope salutierte mit ihrem Kaffee und lachte. „Wir werden sehen."

„Zähl drauf", versprach Chad, während er einen Arm um Levis Schultern legte und den Jungen hinüber zu seinem Musikladen führte.

Sie sah den beiden Männern in ihrem Leben nach. Erst vor ein paar Wochen hatte sie alle ihre Beziehungen auf einer Armeslänge Abstand gehalten. Nun hatte sie einen Teenager, dem sie bereits verfallen war und den Mann, den sie sich immer gewünscht hatte. Die Dinge waren ein wenig stressig, da Levis Sorgerecht immer noch in den Sternen stand, aber sie würde auf keinen Fall etwas verändern wollen. Ihr Herz war voll, und zum ersten Mal in ihrem Leben hatte sie Leute, die sie mit der Liebe überschütten konnte, die tief aus ihrem Inneren kam. Es fühlte sich gut an. Besser als gut. Es fühlte sich geradezu perfekt an.

Vor sich hinlächelnd ging Hope die Straße entlang, arbeitete bereits am Menü des Abends. Levi hatte sich als Fass ohne Boden erwiesen, wie es bei den meisten Teenagern der Fall war. Das war auch perfekt so. Es verschaffte ihr eine Ausrede, um all ihre Lieblingsnudelgerichte zu machen. Heute Abend, beschloss sie, würde es Manicotti geben. Ihr wurde der Mund wässrig, wenn sie nur daran dachte. Sie wollte gerade nach der Tür zum Spa greifen, als ein Mann hinter ihr sagte: „Na, wenn das mal nicht Hope Scott ist."

Hope erstarrte, ein Schauer lief ihr das Rückgrat hinab. Diese Stimme. Sie hätte sie überall erkannt. Was machte denn Leo in Keating Hollow? Sie drehte sich um und funkelte den Freund ihrer ehemaligen Pflegemutter an. Ein vertrautes Ziehen in den Eingeweiden bescherte ihr regelrecht Schmerzen, während sie sein strähniges Haar und die dunklen Ringe um seine Augen betrachtete.

„Diese Stadt ist ein wenig edel für deinesgleichen, oder?", forderte er sie heraus.

Dieser Zorn, den sie all die Jahre, die sie in Pams Haus verbracht hatte, kaum in Schach gehalten hatte, kam brodelnd an die Oberfläche, doch sie schaffte es, sich davon abzuhalten, auszuholen und dem verbrecherischen Taugenichts eine zu verpassen. „Was willst du, Leo?"

„Levi. Du hast dich da nicht einzumischen, indem du dem Jungen einen Wohnort bietest. Er gehört zu seinem Onkel, seiner Familie", sagte er. „Nicht zu einem trotzigen Mädchen, das nicht mal weiß, wie man sich aus dem Gefängnis fernhält."

Trotz des Blitzstrahls aus reinem Zorn, der ihren Verstand erfasste, reagierte Hope nicht auf seine Herausforderungen, die darauf abzielten, sie zu entwaffnen. Stattdessen konzentrierte sie sich auf das, was am wichtigsten war – Levi. „Woher kennst du Levi und seinen Onkel?"

Leo machte ein missbilligendes Geräusch. „Nicht, dass es dich etwas angeht, du undankbare Hexe, aber Frank ist ein Geschäftspartner von mir. Er will, dass sein Neffe nach Hause kommt. Rück ihn raus, und ich gehe ohne ein weiteres Wort."

„Oder was?", fragte sie, kniff die Augen noch fester zusammen. Es stand außer Frage, dass er bereits einen Plan hatte, um ihr das Leben zur Hölle zu machen. Sie musste nur herausfinden, wie er das anstellen wollte.

Leos Gesicht verdüsterte sich und wurde dunkelrot, während er zu ihr herübermarschierte. „Schau mich nicht so an, Hope. Als wäre ich etwas, das es nicht einmal wert ist, an deiner Stiefelspitze zu kleben. Ich kenne deine Geschichte. Denk dran. Ich weiß alles. Was, glaubst du denn, sagt deine Chefin, wenn sie herausfindet, dass du ein Ex-Knasti bist?"

„Ihre Chefin sagt Ihnen, dass Sie verdammt noch mal von ihrem Privatgrundstück verschwinden sollen", ließ Faith sich vernehmen, die hinter Leo aus dem Nichts erschienen war.

Panik kam in Hopes Brust auf, während sie sich fragte, wie viel genau Faith mitgehört hatte? Hatte sie gehört, wie er gesagt hatte, dass sie im Jugendknast gewesen war?

Faith verschränkte die Arme vor der Brust, und ihre grünen Augen blitzten gefährlich. „Ich weiß nicht, wer Sie sind, Mister, aber ich reagiere nicht freundlich, wenn ein fieser alter Knacker meine Schwester bedroht. Ich schlage vor, dass Sie verschwinden, bevor unsere Schwester Yvette beschließt, Ihnen Feuer unterm Hintern zu machen."

Hope warf einen Blick über Faiths Schulter und sah ihre älteste Schwester Yvette. Die Frau hatte die Hände erhoben, und Flammen tanzten über ihre Handflächen.

„Zieh ab, Arschloch", befahl Yvette und warf ihre langen

kastanienbraunen Haare über die Schulter. „Am allerbesten, noch bevor Noel herkommt. Sie ist nicht annähernd so zurückhaltend wie Faith und ich. Es besteht die Chance, dass sie Sie auf den Hintern setzt und Sie dort festnagelt, bis ihr Mann, der Hilfssheriff, Ihren Hintern ins Gefängnis befördert."

Er schnaubte. „Wofür genau? Dafür, dass ich mich mit meiner Tochter unterhalte?"

„Tochter?", knurrte Hope, seine Worte rissen sie aus dem Schock, dass ihre beiden Schwestern ihr zur Hilfe gekommen waren. „Hast du den Verstand verloren? Ich bin nicht, noch war ich je deine Tochter. Du hast nur mit meiner Pflegemutter geschlafen. Du bist für mich gar nichts. Nichts als eine schlechte Erinnerung."

„Weg hier. Jetzt", sagte Yvette, die einen Feuerball vor die Füße des Mannes schleuderte.

Er sprang zurück, schaute sie finster an, dann wandte er sich an Hope. „Wenn du Levi nicht in den nächsten zwei Tagen zurück zu seinem Onkel schickst, hat das Konsequenzen. Sei dir da sicher."

„Ich glaube nicht, dass du mich bedrohen kannst, Leo", sagte Hope durch zusammengebissene Zähne. „Ich schicke Levi niemals irgendwohin, wo er nicht hinwill. Also tu, was immer du zu tun drohst. Mir ist es egal, um ehrlich zu sein."

„Frech", murmelte er tonlos. „Dann sehen wir uns doch mal an, was dein neuer Freund zu alldem zu sagen hat."

Chad? Sie stieß ein wildes Lachen aus. Es spielte überhaupt keine Rolle, was dieser Loser zu Chad sagen würde. Er kannte bereits all ihre Geheimnisse. Nichts, was Leo zu ihm sagen könnte, wäre wichtig.

Leo war bereits gute zehn Meter weg, während er einen Blick zurückwarf und sagte: „Lach jetzt nur. Du wirst es nicht mehr für witzig halten, wenn er im Gefängnis landet. Aber ich schätze, damit hast du nicht so ein großes Problem, wenn man bedenkt, dass du genau weißt, wie das ist, nicht wahr, Hope?"

Sie ballte die Hände zu Fäusten, vibrierte vor Frust und Zorn. Sie bezweifelte nicht, dass Leo Probleme verursachen würde. So eine Art Mensch war er eben. Wenn er keinen echten Schmutz benutzen konnte, würde er sich einfach etwas ausdenken. Dessen war sie sich sicher. Aber Chad konnte sich um sich selbst kümmern, und es gab keinen Grund auf der Erde, außer einer Kontaktsperre, die sie überzeugen würde, Levi zurück zu seinem Onkel zu schicken. „Raus mit dir, Leo. Ich lasse mich niemals wieder von dir einschüchtern."

Yvette ließ einen weiteren Feuerball los, der diesmal gefährlich nahe daran kam, Leos zerrissene Jeans anzusengen.

Er schaute sie finster an. „Dich bring ich auch hinter Gitter."

Yvette lachte. „Das würde ich nur zu gerne sehen."

Leo zeigte ihnen den Mittelfinger und huschte die Straße entlang zu einem hellblauen Pick-up. Hatte Levis Onkel nicht einen blauen Truck gefahren? Hope zog ihr Telefon heraus und rief Drew an. Sie wurde direkt auf die Sprach-Nachrichten weitergeleitet. „Verdammt", murmelte sie, während sie auf den Signalton wartete. Nachdem sie ihm eine Nachricht hinterlassen hatte, wandte sie sich an ihre Schwestern. „Vielen Dank dafür."

„Kein Dank nötig. Dieser Kerl ist eine richtige Flachpfeife", sagte Yvette, die sich neben Hope stellte. Sie legte der jüngeren Frau die Arme um die Schultern und zog sie seitlich in eine Umarmung. „Er hat Glück, dass ich ihm nicht die Eier weggebrannt habe."

Faith kicherte, während sie die Tür zum Spa aufzog. „Das hätte ich nur zu gern gesehen. Gebratene Nüsse auf der Hauptstraße von Keating Hollow."

„Da hätte auf jeden Fall jeder ein gutes Gesprächsthema."

Yvette grinste Hope an. „Ganz zu schweigen von der enormen Befriedigung, zu wissen, dass sich so ein Arschloch nicht mehr fortpflanzt."

Hope wusste, dass ihre älteste Schwester versuchte, die Stimmung aufzuhellen, doch sie war auf die Tatsache fixiert, dass die Einwohner Keating Hollows auf jeden Fall etwas anderes haben würden, über das sie reden konnten. Es bestand nicht die Möglichkeit, dass der kleine Streit heute Morgen mit Leo niemandem aufgefallen war. Außerdem würden Faith und Yvette es sicher der restlichen Familie und ihren jeweiligen Partnern erzählen. Sie würde in kürzester Zeit das Stadtgespräch sein. Es war genau das, was sie zu vermeiden gehofft hatte, aber sie hätte besser wissen sollen als jeder andere, dass sie ihrer Vergangenheit nicht davonlaufen konnte.

„Hört mal", sagte Hope. „Was er da gesagt hat, dass ich im Gefängnis war ..."

„Reden wir in meinem Büro", sagte Faith, die ihr das Wort abschnitt. Sie hielt die Tür auf und winkte die beiden anderen Frauen herein.

„Na, Guten Morgen", sagte Lena. „Ich habe mich schon gefragt, wann ihr endlich rein kommt. Abby und Noel sind bereits in deinem Büro."

„Vielen Dank, Lena", sagte Faith, die bereits zum Gang lief. Sie öffnete die Tür und schaute Hope an. „Nach dir."

Hopes Blick ging zwischen Yvette und Faith hin und her. Was war hier los? Eine Art Einschreiten? Hatten die vier Schwestern sich versammelt, um sie davon zu überzeugen, sich von ihrem Vater fernzuhalten? Oder die Stadt zu verlassen, damit sie ihr perfektes Leben nicht störte? Ihr wurde das Herz schwer, während sie sich das Schlimmste vorstellte. Aber hatte Yvette nicht gerade gedroht, für sie Leo dauerhaft zu

DEANNA CHASE

verstümmeln? Und obwohl Faith keine körperlichen Schäden angedroht hatte, hatte sie sich auf jeden Fall für Hope eingesetzt, wenn es um Leo ging. Vielleicht sprang Hope nur zu falschen Schlüssen. Es würde nicht schaden, sich anzuhören, was sie zu sagen hatten, auch wenn sie lieber eine Art Vorwarnung gehabt hätte, dass sie alle vier Schwestern treffen würde. Zumindest hätte sie sich auf eine Reihe von Szenarien innerlich vorbereiten können. Stattdessen war sie noch ganz aufgewühlt von ihrer Konfrontation mit Leo und fühlte sich von dem Treffen überrumpelt.

„Luna?", fragte Yvette. „Alles in Ordnung?"

Hope holte zur Stärkung Luft. „Ja. Tut mir leid. Ich wollte mich nur gerade von dem Schock erholen, dass Leo nach all den Jahren hier aufgetaucht ist." Sie drängte sich an ihren zwei Schwestern vorbei und ging direkt zu Faiths Büro.

„Da seid ihr beiden ja", sagte Noel, die einen Blick auf Faith und Yvette warf. Obwohl sie die Stirn runzelte, leuchtete sie förmlich und hielt locker ihren beeindruckenden Babybauch. Aus der Gerüchteküche hatte Hope erfahren, dass sie etwa im siebten Monat war. „Ich hatte mich schon gefragt, ob Abby und ich zur falschen Zeit gekommen sind."

Abby verdrehte die Augen. „Bitte, Noel. Sie sind doch nur fünf Minuten zu spät. Mach mal langsam." Sie winkte Hope zu. „Morgen, kleine Schwester."

„Äh, guten Morgen", sagte Hope, die von der lockeren Art, wie sie *kleine Schwester* gesagt hatte, völlig unvorbereitet getroffen wurde.

„Okay, bevor wir anfangen, müssen wir euch von einem Streit erzählen, den wir gerade draußen vor dem Spa hatten", sagte Yvette. „Irgendein Kerl hat Luna bedroht, wollte sie dazu bringen, Levi aufzugeben. Aber ich habe ihn verscheucht."

„Ja, sie hat gedroht, ihm die Eier wegzubrennen", sagte

260

Faith, die auf dem Sofa Platz nahm. Sie wandte ihre Aufmerksamkeit Hope zu. „Mir ist nicht ganz klar, was da passiert ist. Luna, willst du uns aufklären?"

Hope ging im Zimmer auf und ab, in ihrem Inneren brodelte Nervosität. Sie wollte nicht darüber reden, aber ihr blieb eigentlich keine Wahl. Diese Frauen hatten sie gedeckt, und sie verdienten es, zu wissen, in was sie da hineingeraten waren. „Leo ist der Freund meiner ehemaligen Pflegemutter. Sie stellen Tränke her und verkaufen sie, oder zumindest haben sie das getan, während ich noch unter Pams Obhut stand."

„Nein", sagte Abby, deren Hand sich hob, um ihren Mund zu bedecken. „Das ist schrecklich."

„Ja, war es", bestätigte Hope, die nicht ignorieren konnte, wie Faiths Augen sich leicht zusammenzogen. „Auf jeden Fall habe ich keinen von ihnen in den letzten drei Jahren gesehen. Ich hatte bis vor zehn Minuten keine Ahnung, dass er hier in Keating Hollow war, oder auch nur im Bezirk Humboldt. Wir haben in Berkeley gewohnt. Auf jeden Fall ist er gerade aufgetaucht und hat gefordert, dass ich Levi seinem Onkel übergebe, Frank Kelley, was mich zu dem Schluss führt, dass Leo mit Levis Onkel zusammenarbeitet, da auch er in illegale Tränke verwickelt ist."

„Das ist ein ziemlicher Zufall", sagte Faith. „Dass Leo mit Levis Onkel arbeiten sollte, meinst du nicht?"

„Ach komm schon, Faith", sagte Abby, die ihre Schwester mit gerunzelter Stirn betrachtete. „Du weißt, dass der Handel mit illegalen Tränken ziemlich klein ist. Ich wäre eher überrascht, wenn sich die beiden nicht kennen würden." Sie schüttelte den Kopf leicht und wandte sich an Hope. „Was immer du brauchst, lass es mich wissen. Ich stehe hundert Prozent hinter dir, kleine Schwester."

Hopes Herz quoll über, weil Abby sie so komplett annahm, aber sie wusste, dass sie mehr erklären wusste. Wollte sie eine Beziehung zu einer dieser Frauen aufbauen, wollte sie auch, dass alle ihre Geheimnisse offen lagen. „Vielen Dank dafür. Aber es gibt noch etwas, das ihr wissen solltet."

Alle vier Schwestern waren still, während sie darauf warteten, dass sie fortfuhr. Sie waren eine Studie der Gegensätze, und doch hatten sie alle vertraute Züge, die einfach nur *Schwestern* sagten. Noels blonde Haare waren wieder kurz geschnitten, während in Yvettes natürlichen kastanienbraunen Locken blonde Strähnen leuchteten. Obwohl Abby und Faith beide lange blonde Haare hatten, war Faith ordentlich in einen Blumenrock und ein eng anliegendes T-Shirt gekleidet, während Abby eine lockere beige Caprihose und ein fleckiges T-Shirt anhatte. Sie war offensichtlich aus ihrem Tränke-Studio gekommen, wo sie Energietränke und magisch angereicherte edle Seifen und Lotionen herstellte.

Hope schaute weg, und ihre Stimme brach, als sie sagte: „Ich habe fast drei Monate im Jugendknast verbracht, weil ich vor drei Jahren illegale Tränke verkauft habe."

„Als du siebzehn warst?", fragte Noel. In ihrer Stimme lag eine Verletztheit, die Hope dazu brachte, ihrer Schwester die volle Aufmerksamkeit zuzuwenden. Noels Miene war neutral gewesen, aber nun war sie aufgewühlt, während sie ihre blauen Augen fest auf Hope gerichtet hielt. „Hat deine Pflegemutter davon gewusst?"

„Sie war diejenige, die mich dazu gezwungen hat", sagte Hope. „Sie, äh … hat mein Geld gestohlen, das ich fürs College gespart hatte, und sagte, sie würde es mir nur zurückgeben, wenn ich für sie den Kurier spiele und das Geld abhole."

Alle vier Schwestern stießen Protestrufe über eine solche Ungerechtigkeit aus. Die vier drängten sich um sie, umarmten sie, während Faith ihre Mutter Gabby verfluchte, dass sie Luna überhaupt erst in diese Lage gebracht hatte. Hope verbrachte die nächste halbe Stunde damit, sie über ihre Vorgeschichte aufzuklären, fing mit den ersten Jahren und dem Tod ihrer Adoptivmutter an, dann redete sie kurz über die Pflegeheime, in denen sie gewesen war. Als sie bei Chad ankam, weinte Abby leise, und Noel sah aus, als wolle sie jemanden ermorden. Yvette stützte sie, indem sie mit der Hand über Hopes Rücken strich. Aber Faith war zur Seite getreten und ging inzwischen im Büro auf und ab.

„Faith?", fragte Yvette. „Was ist denn in deinem Kopf los?"

Hope war überwältigt von der bedingungslosen Unterstützung, die ihr drei ihrer Schwestern zukommen ließen. Faith hatte sie noch nicht ganz durchschaut, aber sie verstand, dass sie von den vieren die Argwöhnischste war.

Faith hörte auf, hin und her zu laufen. „Ich habe ein paar Fragen. Eine große eigentlich."

„Okay", sagte Hope, die versuchen wollte, die Nervosität in ihrem Magen zu beruhigen. Sie wusste nicht, warum genau sie nervös war. Sie hatte bereits alle ihre Geheimnisse offengelegt. Jetzt wollte sie einfach nur einen Platz in dieser Familie, von der sie nie geträumt hätte, dass sie sie verdient hatte.

„Weshalb hat Leo dich Hope genannt?", fragte sie.

„Oh. Das ist der Name, den unsere Mutter mir gab. Nach dem Jugendknast … habe ich ihn zu Luna geändert. Ihr wisst schon, als Neuanfang. Um mich von dem alten Leben zu distanzieren. Aber in letzter Zeit wurde mir klar, dass ich nicht davor weglaufen kann, wer ich damals war, und ich habe beschlossen, zurück zu Hope zu gehen. Ich weiß, dass es verwirrend ist, aber ihr könnt mich bei jedem der Namen nennen."

„Unsere Mutter hat dich Hope genannt?", fragte sie mit großen Augen.

„Ja", sagte Hope mit einem humorlosen Kichern. „Ironisch, oder?"

„Ich finde, es ist perfekt." Abby legte die Arme um Hope und hielt sie fest. „Er passt zu dir."

Yvette schloss sich der Umarmung an, während Noel zu Faith ging und ihre Hand nahm. „Ich glaube, unsere Fragen wurden beantwortet, Faith", sagte Noel leise.

Doch Faith schüttelte den Kopf. „Nein. Ich habe noch eine."

„Okay." Hope trat aus der Umarmung von Abby und Yvette. „Lass hören."

Faith schloss die Augen einen kurzen Augenblick lang. Als sie sie öffnete, lächelte sie Hope schwach an. „Möchtest du morgen Abend zum Abendessen bei meinem Dad kommen? Ich glaube, es ist an der Zeit, dass wir dich in der Familie willkommen heißen. Du darfst gerne Levi und Chad mitbringen, wenn du möchtest."

Etwas Warmes und wenig Vertrautes strömte durch Hopes Körper. Tränen brannten in ihren Augen, während sie nickte. „Das würde ich gern."

KAPITEL 28

Chad saß Hope gegenüber im *Woodlines*, schaute in ihr lächelndes Gesicht. Ihre Augen funkelten vor Glück, wie er es bei ihr als Teenager niemals wahrgenommen hatte, und er stellte fest, dass er den Rest seines Lebens damit verbringen wollte, dafür zu sorgen, dass dieser Ausdruck niemals verging.

„Was starrst du denn an?", fragte sie, während sie die Speisekarte auf den Tisch senkte.

„Die schönste Frau, die ich je gesehen habe."

Ihr Gesicht nahm einen lieblichen rosaroten Farbton an, noch während sie die Augen verdrehte. „Es ist nett, dass du das sagst, aber wohl kaum originell. Das kannst du doch besser."

Er lachte. „Nein. Ich bin zu verzaubert von diesem Funkeln in deinen Augen, um mir was anderes als Klischees einfallen zu lassen."

Sie schnaubte. „Okay, Mr. Süßholzraspler. Aber nächstes Mal erwarte ich, dass du dich etwas mehr bemühst."

Chad griff über den Tisch und nahm ihre Hand, strich

leicht mit der Daumenkuppe über ihre Handfläche. „Du wirkst wirklich glücklich. Das steht dir gut."

„Ich bin glücklich", bestätigte sie. Ein träges Lächeln trat auf ihre Lippen. „Sehr viel davon habe ich dir zu verdanken."

Es war auch der Tatsache zu verdanken, dass die Townsend-Familie sie als eine der ihren angenommen hatte, und dass ein Richter ihr das vorübergehende Sorgerecht für Levi offiziell gegeben hatte. Zum Glück war Leo nicht zurückgekommen, und der Schock seines Auftritts vor ein paar Wochen verblasste allmählich zu Hintergrundrauschen. Das Leben war für Hope endlich gut ausgegangen. Und Chad war froh, ein Teil davon zu sein. Tatsächlich hoffte er, eines Tages ein dauerhafter Teil davon zu werden. Aber es war viel zu früh, um so wichtige Fragen zu stellen, darum fragte er stattdessen: „Was hältst du denn davon, diese Beziehung exklusiv zu machen?"

Hope legte den Kopf schief und musterte ihn, ihre Lippen zuckten erheitert. „Hast du gedacht, ich treibe mich auf Dating-Seiten herum, weil ich etwas Abwechslung will?"

Chad lachte, weil er sich so etwas nicht einmal vorstellen konnte. Dating-Seiten waren nicht Hopes Stil. „Nein. Ich wollte es nur offiziell machen. Dich wissen lassen, dass ich voll und ganz dabei bin."

Ihre Miene wurde weicher, und ihre Hand nahm seine fester, während aus ihren leuchtenden grünen Augen Freude strahlte. „In diesem Fall finde ich, exklusiv klingt wunderbar. Heißt das, ich darf dich meinen Freund nennen?"

„Ich zähle darauf", sagte er, seine Stimme ganz rau vor Gefühlen. Dann beugte er sich über den Tisch und streifte mit seinen Lippen ihre. Sein Herz schlug schneller, und Wärme erfüllte ihn bis hinab in die Zehenspitzen. Und zum ersten Mal in seinem Leben war er geneigt, dem Gefühl, das durch ihn durchströmte, einen Namen zu geben … Liebe. Er war in die Frau verliebt, die ihm gegenüber saß. Er wusste nicht, wann es dazu gekommen war. Nicht damals in Berkeley. Da hatte er niemals so von ihr gedacht. Vielleicht hatte er sich an jenem ersten Tag verliebt, als er sie in der Townsend-Brauerei hatte sitzen sehen, als sie so reizend gewesen war, dass sich sein Inneres verflüssigt hatte. Oder vielleicht war es der Tag gewesen, an dem er ihr beim Umzug geholfen hatte, und sie bereit gewesen war, alles in ihrer Macht Stehende zu tun, um Levi zu helfen. Er wusste es nicht. Aber es war mehr als nur offensichtlich für ihn, dass ihr jetzt sein Herz gehörte, und er wollte ihr alles geben, was er hatte.

Ein langer Schatten fiel über den Tisch, und Chad blickte auf, um den Hilfssheriff zu sehen, der mit einem gequälten Ausdruck auf ihn herabschaute.

„Drew. Was ist los?", fragte Hope.

„Es tut mir wirklich leid, euer Abendessen zu unterbrechen, aber ich bin offiziell hier." Er hielt Chad ein Papier hin. „Es ist ein Vollstreckungsbefehl zu deiner Festnahme wegen Körperverletzung an Leonardo Mahoney."

Hope stieß ein Keuchen aus, während Chad stöhnte.

„Dieser Bast…", spukte Hope aus. „Das ist Schwachsinn. Chad hat ihn niemals angegriffen. Du kannst doch nicht …"

„Hope", sagte Chad, der ihr das Wort abschnitt, indem er seine verletzte Hand hob.

Sie schloss den Mund und starrte auf zwei Finger, die nun leicht gekrümmt waren, und er wusste, dass sie es verstand.

Chad reichte Hope die Schlüssel für seinen Truck und warf ein paar Scheine auf den Tisch, während er aufstand. „Drew macht nur seinen Job." Er wandte sich an den Hilfssheriff. „Musst du mir Handschellen anlegen? Ich gehe freiwillig mit zur Wache, damit wir das bereinigen können."

„Ich sehe keinen Grund, wenn du dich nicht widersetzt",
sagte Drew, der die Schultern senkte, während sich seine
Miene entspannte.

„Tue ich nicht", sagte Chad mit einem frustrierten Seufzen.
In jener Nacht der Auseinandersetzung mit Leo hatte es keine
Zeugen gegeben. Chad war willens gewesen, es auf sich
beruhen zu lassen, aber nun war ihm klar, dass er einfach nur
dumm gewesen war.

Hope erhob sich ebenfalls. „Ich rufe Lorna an."

„Danke", sagte Chad und folgte Drew aus dem Restaurant.

～

„Willst du mir erklären, was in jener Nacht passiert ist?",
fragte Drew Chad.

Sie saßen an einem Metalltisch in der kleinen Polizeiwache
der Stadt. Lorna war rechts von Chad und machte sich bereits
Notizen. Sie war gleich nach Hopes Anruf gekommen, und
Chad hatte etwa zehn Minuten mit ihr geredet, ehe sie sich mit
Drew zusammen hinsetzten.

Chad warf einen Blick zu Lorna.

Die Anwältin nickte. „Nur die Fakten, Chad. Kein Grund,
es auszuschmücken."

„In Ordnung." Chad schloss die Hand, die Muskeln und
Sehnen schmerzten allein durch die Erinnerung. „Ich war in
der Nacht des Vorfalls nach einem Auftritt in San Francisco
gerade aus meinem Uber gestiegen und unterwegs zu meinem
Airbnb, als Leo aus dem Nichts erschien und mir einen Hieb
verpasste. Er traf mich an der Schläfe, und ich fiel seitwärts
hin, habe mir das Knie verdreht. Dann war er auf mir, die
Fäuste erhoben. Aber ich schaffte es, mich herumzurollen und
die Oberhand zu gewinnen, und als ich sah, wer es war, ging es

einfach mit mir durch. Ehe ich es mich versah, verpasste ich ihm eine mit der rechten Faust. Leider wand er sich an meinem Griff, und der letzte Schlag traf auf den Asphalt, sodass ich mir mehrere Knochen brach, was meine Karriere als professioneller Klavierspieler beendete."

Drew notierte sich Chads Geschichte, die Lippen gespitzt vor Konzentration.

Chad lehnte sich in seinem Stuhl zurück, versuchte die Nervosität in seinem Bauch zu beruhigen. Er hatte gedacht, er hätte nichts, worüber er sich Sorgen machen müsste. Leo hatte den ersten Schlag geführt. Er war auch der Typ Kerl, der die Polizei nicht gern in sein Geschäft involvierte, darum hatte Chad sich niemals vorgestellt, dass er zur Polizei gehen würde. Hätte er das gewusst, hätte er selbst einen Polizeibericht gemacht. Stattdessen war er einfach nur ins Krankenhaus gegangen, hatte seine Hand versorgen lassen und sich dann mit den Folgen auseinandergesetzt, die daraus entstanden waren, dass er versucht hatte, dem Mann den Schädel einzuschlagen. Er war nicht stolz darauf, dass er so die Kontrolle verloren hatte, aber er schämte sich auch nicht wirklich dafür. Leo war ein einmaliges Arschloch.

„Also hat Leo dich als erster angegriffen?", fragte Drew.

„Ja", sagte Chad.

„Hast du das gemeldet?"

„Nein." Chad schaute auf seine Hand hinab. Teufel auch, er hätte es melden sollen. Zumindest gäbe es dann eine offizielle Aufzeichnung.

„Warum nicht?", fragte Drew.

Chad zuckte mit den Schultern. „Ich dachte nicht, dass es einen Unterschied machen würde, um ehrlich zu sein. Ich konnte den Bastard nicht verklagen, weil er meine Karriere zerstört hatte. Es gab bei ihm nichts zu holen. Und in San

Francisco muss sich die Polizei um sehr viel mehr kümmern als eine einmalige Auseinandersetzung. Ich wollte nur herausfinden, wie ich mein Leben wieder auf die Beine stelle. Mich mit einer polizeilichen Meldung zu beschäftigen, schien einfach mehr Mühe zu machen, als es wert war."

Drew machte ein missbilligendes Geräusch, kommentierte es aber nicht. Er stellte eine Reihe weiterer Fragen, erkundigte sich nach Leos Motiven und weshalb der Mann ihn aufs Korn genommen hatte. Chad antwortete, so gut er konnte, aber er kannte die Antworten selbst nicht. Leo hatte nur gesagt, dass er wusste, was Chad getan hatte, und dass er den Preis dafür bezahlen würde. Chad vermutete, dass er das Geld meinte, dass er Hope gegeben hatte, um von Leo und Pam wegzukommen, aber er wusste es nicht sicher.

„Okay, nun, ich muss dich verwarnen", sagte Drew. „Ich habe da keine Wahl. Aber wenn du das Geld hast, kannst du sofort auf Kaution raus." Er ratterte den Betrag herunter.

Chad nickte. „Das kann ich machen. Kein Problem."

„Gut. Ich würde es verabscheuen, dich hinter Gittern zu sehen, selbst wenn du den ersten Schlag ausgeführt hättest. Dieser Typ hat kilometerlange Vorstrafen." Er grinste Lorna an. „Vergessen Sie, dass ich das gesagt habe."

„Ich habe nichts gehört", erwiderte die Anwältin.

Zwanzig Minuten später ging Chad aus dem Büro des Sheriffs und begab sich direkt zu Hopes Haus.

ope war so wütend, dass sie bereit war, Leo mit bloßen Fingernägeln die Augen auszukratzen. Nachdem sie die Rechnung im *Woodlines* beglichen hatte, schnappte sie sich Chads Schlüssel und hatte vor, zur Polizei zu fahren, um auf ihn zu warten. Stattdessen kam, als sie die Fahrertür des Trucks öffnete, eine Hand aus dem Nichts und warf sie krachend wieder zu.

„Was zum Geier?", rief sie, während sie herumwirbelte, Adrenalin schoss durch ihre Adern. Ihr verblüffter Blick landete auf Leos kleinen Äuglein. „Du", fuhr sie ihn an. „Wie kannst du es wagen, hier aufzutauchen, nachdem du Chad Körperverletzung vorgeworfen hast?"

„Dieser Vollidiot. Ich hätte ihn töten sollen, als ich die Gelegenheit hatte", sagte Leo, dessen Worte vernuschelt waren. Er drängte sie dicht an den Truck, hielt sie zwischen sich und der Tür fest. „Ich dachte, dieser Hieb auf den Kopf hätte bestimmt genug Schaden angerichtet, um ihn eine Weile benommen zu machen, während ich ihm genau erklärte, weshalb er es verdiente, dass man ihm in den Arsch tritt. Der kleine Mistkerl hatte mehr Kampfgeist, als mir klar war."

Also *hatte* er den ersten Schlag geführt. Hope hatte so etwas schon vermutet. Chad war nicht der Typ, der einen Kampf anfing, wenn er es nicht musste. „Weg mit dir, Leo. Du bist hier nicht willkommen."

Er warf den Kopf in den Nacken und lachte. „Ich glaube kaum. Nicht, bis du mir den Jungen übergibst."

„Warum? Was brauchst du denn von ihm? Arbeitest du mit seinem Onkel oder was?", fragte sie, einfach, um ihn am Reden zu halten. Wenn sie ihn abgelenkt hielt, würde sie vielleicht die Gelegenheit bekommen, es sicher in den Truck zu schaffen.

„Ich schulde Frank etwas. Er erlässt mir die Schuld vielleicht, wenn ich ihm seinen Neffen zurückbringe. Also tu deine Pflicht für denjenigen, der dich aufgezogen hat, und bring mich zu ihm. Sonst findest du nämlich raus, was passiert, wenn du dich dem Mann im Haus widersetzt." Er bewegte suggestiv die Hüfte, sodass sich ihr der Magen umdrehte.

Sie beschloss, seine Sticheleien zu ignorieren, dass er sie aufgezogen hätte und der Mann im Haus gewesen wäre. Keine dieser Aussagen war in der Wahrheit verankert. Allerdings schien er ihr so high, dass vermutlich der Großteil dessen, was er sagte, nicht in der Wahrheit verankert war. „Levi hat eine einstweilige Verfügung gegen Frank erwirkt. Selbst wenn ich geneigt wäre, deiner irren Forderung zuzustimmen, ändert das gar nichts. Frank kann sich ihm ohnehin nicht auf mehr als dreißig Meter nähern."

„Pfft." Leo wedelte ungeduldig mit der Hand. „Niemanden interessiert eine verdammte einstweilige Verfügung. Wo Frank ihn hinbringt, spielt das keine Rolle."

Hope wollte ihn bei seinen Worten würgen. Er war ein so verabscheuenswürdiger Mensch, dass sie sich fragte, ob an ihm überhaupt etwas Gutes war. Falls ja, hatte sie davon nie etwas gesehen. Nicht, dass es sie gekümmert hätte. Sie wollte nur verdammt nochmal von ihm weg und sicherstellen, dass es Levi gut ging. Er war früher am Abend zu Candy gegangen und sollte jetzt jeden Augenblick zu Hause eintreffen. Der Gedanke, dass er allein zu Hause war, machte ihr Angst. Was, wenn Frank einfach auf ihn wartete und versuchte, sich ihn noch einmal zu schnappen? Sie drückte Leo beide Handflächen auf die Brust und schob, so fest sie konnte.

Der Mann stolperte zurück, und Hope zog rasch die Tür des Trucks wieder auf. Aber bevor sie einsteigen konnte, schnappte er sich ihren Arm und verdrehte ihn, sodass sie direkt auf die Knie ging. „Leg dich bloß nicht mit mir an, Mädchen", knurrte er. „Mach das noch mal, und ich breche dir alle Finger. Verstanden?"

„Lass sie los!", rief ein Junge in der dunklen Nacht.

Hopes Atem setzte aus, als sie Levis Stimme erkannte. *Nein. Nein! Geh nach Hause, Levi!* Die Worte hallten durch ihren Kopf, während Tränen über ihre Wangen liefen, weil Schmerz durch ihren Arm strömte.

„Ahh, wenn das nicht der Junge ist, nach dem ich schon die ganze Zeit suche", sagte Leo. „Frank hat für dich einen netten Mann gefunden, der sich um all deine Bedürfnisse kümmert, Levi. Klingt das nicht nett? Denn dass dein Daddy nicht zu begeistert davon ist, wie du drauf bist, heißt ja nicht, dass Frank ein Problem damit hat. Tatsächlich bin ich ziemlich sicher, dass der Sugar-Daddy, den er gefunden hat, dafür sorgt, dass du alles hast, was du brauchst, solange du dich benimmst und tust, was wir dir sagen."

Levis Gesicht wurde im blassen Mondlicht bleich.

Hope war sicher, dass sie sich gleich übergeben würde. „Du ekelhaftes Schwein", stieß sie hervor. „Levi geht niemals mit dir mit. Verstanden? Nicht, wenn ich dazu etwas zu sagen habe."

„Ach nein?" Leo riss so fest an ihrem Arm, dass ihr ein Schrei tief aus der Kehle entwich. Aber es war nichts verglichen mit dem Fuß, der ihre Rippen traf.

„Stopp! Stopp!", schrie Levi, inzwischen panisch. „Ich gehe mit dir. Hör einfach auf, ihr wehzutun."

„Immerhin einer von euch ist vernünftig", sagte Leo. Er nickte zu Levi hin, dann zu dem blauen Truck, der ein paar Schritte entfernt stand. „Rein in den Truck."

„Lass sie erst gehen", forderte Levi.

„Willst du, dass ich ihr noch eine Rippe breche?", erwiderte Leo.

Levis Mund öffnete sich, während er den Kopf schüttelte.

„Gut. Dann rein in den Truck."

„Nicht so schnell", rief eine weitere Stimme. Sie war hoch und zornerfüllt. „Ich habe dir doch gesagt, dass ich dir die Eier wegbrenne, wenn du jemals wieder in ihre Nähe kommst."

Yvette. Pure Erleichterung strömte durch Hope hindurch. Ihre Schwester würde Levi niemals mit Leo gehen lassen. Ganz gleich, was passierte, er wäre in Sicherheit.

Leo versteifte sich, dann riss er Hope auf die Beine, schlang einen Arm um ihren Hals und drückte zu, sodass ihr die Luft abgeschnitten wurde. „Zurück, Hexe. Mach es, oder ich bringe sie um."

„Das würde ich gern sehen", sagte Noel, die aus den Schatten kam, Wind wirbelte um sie herum und ließ ihr Haar durch seine Kraft nach oben fliegen. Faith, Abby und Hanna schlossen die Gruppe ab. Die fünf Frauen bildeten einen Halbkreis um Hope und Leo, und jede von ihnen nutzte ihre Magie auf furchterregende Art. Faith und Hanna, die beide Wasserhexen waren, hatten dicke, spitze Eiszapfen erzeugt, die sich direkt auf Leos Schädel richteten. Abby deutete mit einer Hand auf einen der Pflanzkästen auf dem Bürgersteig, wo eine Ranke rasch hochschoss und sich Leo näherte.

„Lass sie los, oder es wird für dich ganz schnell ganz ungemütlich", befahl Yvette.

Leo riss Hope nach rechts, versuchte sie in die Bahn der Eiszapfen zu bringen, aber im gleichen Augenblick verschoben sie sich, und diesmal zeigten sie auf seine Lende. Er riss Hope nach links, wollte sich decken, doch Abbys Ranke kam an seinem Fußknöchel an und schlang sich schnell um sein Bein. Sie schnippte mit den Fingern, und die Ranke zerrte ihn sogleich nach hinten, sodass Leo auf den Hintern fiel. Er ließ Hope nicht los, und sie ging mit ihm zu Boden. Aber die Hebelwirkung seines Griffs war weg, und sie konnte sich rasch herauswinden.

Dann brach die Hölle los. Alle fünf Hexen ließen ihre Magie los, deckten Leo damit ein. Noels Wind hielt ihn nach unten gedrückt, während Yvettes Feuer um ihn hochflammte, sodass er nirgendwohin wegkonnte, ohne durch die Flammen zu gehen. Abbys Ranken fesselten den Mann rasch an Ort und Stelle. Hannas und Faiths Eiszapfen schmolzen im Feuer, aber das spielte keine Rolle mehr. Leo saß in der Falle und würde sobald nirgendwo hingehen.

Levi lief in Hopes Arme, vergrub das Gesicht an ihrem Hals. „Es tut mir so leid", murmelte er immer wieder. „Es ist meine Schuld, dass das passiert ist. Es tut mir leid. Es tut mir so leid."

„Schhhh", flüsterte sie ihm ins Ohr. „Es ist nicht deine Schuld. Glaub das bloß nicht. Es ist die Schuld von Leo und Frank. Und die Schuld deines Dads, weil er so engstirnig ist. Aber niemals deine. Du hast nichts davon ausgelöst, klar?"

Levi schüttelte den Kopf, konnte nicht akzeptieren, dass er

das Opfer war.

„Bitte, Levi. Schau mich an." Sie zog sich gerade weit genug zurück, um ihm in die dunklen Augen schauen zu können. „Sag es. *Es ist nicht meine Schuld.*"

Er schüttelte den Kopf. „Wenn ich in dieser Nacht nicht Chad angerufen hätte. Wenn ich einfach nicht ..." Tränen liefen aus seinen Augen, und er stieß ein Schluchzen aus.

„Ich bin froh, dass du Chad angerufen hast. Du hast das Richtige getan. Wenn du das nicht getan hättest, hätten wir einander nicht gefunden. Und ich weiß nicht, wie es dir geht, Kleiner, aber ich bin jeden Tag dankbar, dass du in mein Leben gekommen bist. Ich würde es nicht anders wollen. Verstanden?"

Als er nicht antwortete, gab sie ihm einen Kuss auf die Stirn und flüsterte: „Du verdienst es, geliebt zu werden, Levi. Ich liebe dich. Chad liebt dich. Und es sieht schon so aus, als würden dich auch alle meine Schwestern lieben." Sie warf einen Blick über seine Schulter auf die fünf Frauen, die über ihr, Levi und dem gefesselten Mann auf dem Bürgersteig Wache standen.

„Ich wollte schon immer einen Bruder", sagte Faith leise.

„Ich auch", stimmten die anderen drei Townsend-Schwestern zu.

Hopes Augen füllten sich mit Tränen, während Gefühle durch sie hindurchwogten. Das hieß es also, eine Familie zu sein. Sie ließ die Tränen ungehindert über ihre Wangen fließen, während sie hervorzwang: „Sieht so aus, als würdest du uns nicht loswerden, Levi."

Seine Tränen kamen heftig und schnell, während er wieder das Gesicht an ihrem Hals vergrub. Als sie ihn diesmal hielt, legten die Townsend-Schwestern die Arme um die beiden, während Hanna Leo im Auge behielt.

rauchst du einen Snack?", fragte Hope Levi, „während sie eine Platte mit Käse, Salami und Crackern auf den Beistelltisch stellte. Er saß auf dem Sofa, arbeitete sich durch ein Kapitel seines Algebra-Buches. Es war zu spät gewesen, um ihn in der Sommerschule einzuschreiben, doch Hope hatte beschlossen, mit ihm einen Kurs für zu Hause anzufangen, und sie hatten sich voll hineingestürzt. Es gab sehr viel Material, das sie durchbekommen mussten, ehe er im Herbst mit dem regulären Unterricht anfing.

„Danke", sagte er, ohne aufzuschauen.

Chad stellte ein großes Glas Malzbier auf dem Beistelltisch dazu, und dann zog er Hope zurück in die Küche. Sobald sie außer Sicht waren, drückte er sie an die Wand und bedeckte mit seinen Lippen ihre. Sie schmiegte sich an ihn.

Es war eine Woche her, dass Leo ins Gefängnis verfrachtet worden war. Eine Woche, seit ihre Schwestern sowohl sie als auch Levi vor Leos Zorn gerettet hatten. Eine Woche, seit alle Vorwürfe gegen Chad fallen gelassen worden waren. Da Levi mitgehört hatte, wie Leo zugab, Chad als erster angegriffen zu haben, hatte seine Aussage ausgereicht, damit der Richter Leos Klage fallen ließ. Es war auch kein Schaden, dass Leos Vorstrafen kilometerlang waren, während Chad überhaupt keine hatte.

„Willst du es heute Abend nochmal mit einem Date versuchen?", fragte Chad zwischen den Küssen. „Das letzte ist nicht ganz so gelaufen, wie ich es vorgehabt hatte."

Hope kicherte. „Und wie hätte es denn enden sollen? Mit mir in deinem Bett?"

In seinen Augen flackerte Hitze. „Nein, aber nur, weil ich in einer Wohnung über der Garage meiner Stiefmutter wohne und mich gerade mit einem Ausziehbett begnügen muss, bis ich meine Wohnsituation verändere. Das wollte ich tun, nachdem ich damit fertig bin, Geld in meinen Musikladen zu schütten. Aber wenn du mich in dein Bett eingeladen hättest ", er grinste, „hätte ich nicht Nein gesagt."

Bei den Göttern. Sie war ein paar Mal so nahe daran gewesen, ihn in der letzten Woche einzuladen, über Nacht zu bleiben, aber dann hatte sie an Levi gedacht. Und obwohl sie wusste, dass es ihm egal sein würde, zögerte sie noch immer. Das Leben wurde allmählich, wie es sein sollte, und sie wollte nichts tun, um es zu vermasseln. Sie warf einen Blick auf das Wohnzimmer.

Chads Grinsen verflog, und er nickte ernst. „Ich verstehe das. Du musst nichts erklären."

„Es tut mir leid. Ich fühle mich damit noch ein bisschen merkwürdig."

Er strich ihr eine Locke ihrer blonden Haare aus den Augen. „Du musst dich nicht entschuldigen. Wirklich. Aber wenn du irgendwann in dieser Woche eine lange Mittagspause machen möchtest …"

Ein plötzliches Verlangen wogte durch sie hindurch. Levi

hatte vor, sich mit seinen Freunden Axel und Candy am Donnerstag zu treffen. Und sie hatte den Vormittag frei, bevor sie nach Eureka fahren musste, um mit Heilerin Snow zu arbeiten. „Wie wäre es Donnerstagvormittag? Zehn Uhr? Ich könnte dir Frühstück machen, und dann ..." Sie räusperte sich. „Ich habe bis etwa ein Uhr Zeit."

Da war die Hitze in seinem Blick wieder, und seine Stimme war ganz rau, während er sagte: „Es ist ein Date."

Schmetterlinge flatterten in ihrem Bauch, während sie sich vorstellte, ihn auszuziehen und die Hände überall auf seinen wunderbaren Körper zu legen. Seine Lippen berührten wieder ihre, und diesmal war der Kuss langsam und sinnlich, gab einen Vorgeschmack auf das, was in ein paar wenigen Tagen kommen würde. Gah, wie sollte sie darauf warten? Sie wollte ihn schon seit Jahren. Vielleicht war sein Ausziehbett gar nicht so schlecht. Sie dachte immer noch darüber nach, ihm an diesem Abend nach Hause zu folgen, als es an der Tür klingelte.

Sie hörte, wie Levi aufstand und öffnete, gefolgt davon, dass er jemanden hereinbat.

„Sie ist in der Küche mit Chad", sagte Levi.

„Danke", erwiderte der Mann mit der weichen Stimme.

Chad machte einen Schritt zurück, brachte etwas Abstand zwischen sich und Hope. Sie stellte sich neben den neuen Küchentisch, den sie vor ein paar Tagen gekauft hatte, als gerade Lincoln Townsend das Zimmer betrat.

„Lin, Hi", sagte sie und lächelte ihn an. „Was führt dich heute her?"

Er warf einen Blick auf Chad, dann zurück zu Hope. Nachdem er sich geräuspert hatte, hielt er einen Umschlag hoch. „Die Ergebnisse des Vaterschaftstests kamen heute."

Nach dem Ausdruck auf seinem Gesicht zu urteilen, sah es

nicht nach guten Nachrichten aus, und Hope ließ sich auf einen der Stühle fallen. „Du bist nicht mein Vater." Ihre Stimme war ausdruckslos, und nahe ihrem Herzen hatten sich bereits Schmerzen eingenistet.

„Es tut mir leid, meine Liebe, aber nein. Ich wünsche mir jedoch von ganzem Herzen, ich wäre es", sagte er, während er sich ihr gegenüber niederließ und ihre beiden Hände nahm.

Chad stellte sich hinter Hope und legte ihr die Hände auf die Schultern.

„Ich wünsche mir das auch", sagte sie und hielt die Tränen kaum zurück. „Ich kann mir niemanden Besseren vorstellen, um diese Rolle auszufüllen."

„Ich stehe immer noch für den Job bereit", sagte Lincoln, seine blaugrauen Augen waren ernst. „Wie ich schon sagte, für mich ändert nichts. Du gehörst zur Familie. Meine Mädchen sind deine Schwestern, und du bist immer noch Gabbys Tochter. Wenn sie bei mir geblieben wäre, hätte ich dich als die meine aufgezogen. Ich sehe keinen Grund, dich jetzt nicht genauso für mich zu beanspruchen."

Sie hatte ihn beim ersten Mal gehört, als sie draußen auf der Townsend-Farm gewesen waren. Sie wusste auch, dass er es ernst meinte. Es war nur so, dass sie das so sehr gewollt hatte. Die Nachricht war ein niederschmetternder Schlag.

„Es gibt da noch etwas", sagte Lin, der ein weiteres Blatt Papier herauszog. Er schob es über den Tisch. „Das ist deine echte Geburtsurkunde. Sie führt jemand anderen als deinen Dad."

Hope starrte das Papier an, als wäre es eine Schlange, die sie beißen könnte. „Wo ... äh, woher hast du die bekommen?"

„Von Gabby." Er lächelte sie mitfühlend an. „Nachdem ich die Ergebnisse bekommen habe, habe ich sie angerufen, um mehr   herauszufinden.   Sie   war   ...   nun,   sie   war niedergeschlagen und sagte, dass sie gehofft hatte, du wärst von mir, aber dass sie die ganze Zeit ziemlich sicher gewesen war, dass Michael Kelley dein leiblicher Vater ist."

Dieser Name klang für Hope viel zu vertraut, und sie runzelte die Stirn, versuchte, ihn einzuordnen.

„Was haben Sie gerade gesagt?", fragte Levi vom Eingang zwischen dem Wohnzimmer und der Küche.

Die Glühbirne über Hopes Kopf ging an, und sie stieß ein lautes Keuchen aus, als ihr klar wurde, wo sie diesen Namen gehört hatte.

„Michael Kelley. Warum? Kennst du ihn?", fragte Lin.

Levis Blick huschte zu Hope, und sein Adamsapfel hüfte auf und ab, während er schwer schluckte. „Ist das möglich?"

Der Schock hatte Hope sprachlos gemacht, aber als sie Levi anschaute, war das einzige Gefühl, dass sie spürte, reine Freude. Wenn sie den gleichen Vater hatten, dann war Levi ihr Halbbruder. Sie fürchtete sich beinahe davor, den Glauben zuzulassen, dass das möglich sein könnte. Wenn sie mit Levi verwandt war, würde es gleich um sehr vieles einfacher werden, das dauerhafte Sorgerecht zu erhalten. Ganz zu schweigen davon, dass sie gerade herausgefunden hatte, dass der Junge, den sie bereits liebte, ihr Bruder war. „Ich weiß nicht recht, Levi, wenn es stimmt, dann …" Ihr brach die Stimme, und Tränen traten in ihre Augen. „Dann könnte ich nicht glücklicher sein."

Levis Augen wurden rot, während er den Kopf schüttelte. „Es ist zu gut, um wahr zu sein." Er drückte sich eine Hand aufs Herz und schloss die Augen. „Ich fürchte mich beinahe davor, es zu glauben."

„Der Name von Levis Vater lautet Michael Kelley", flüsterte Chad Lin hinzu, um ihn auf den neuesten Stand zu bringen.

„O. Ich verstehe", sagte Lin leise. Er wühlte in der Tasche

und zog ein Blatt Papier heraus. „Hier sind alle Informationen, die Gabby mir über ihn gegeben hat. Vielleicht hilft das."

Hope zog den Stuhl neben ihrem heraus und bedeutete Levi, dass er sich setzen sollte. Sobald er neben ihr saß, nahm sie seine Hand in ihre und griff mit der anderen nach Lins Blatt. Es gab eine Adresse, Datumsangaben und ein paar Verwandte, an die sich Gabby aus einem Treffen in der kurzen Zeit erinnerte, in der sie und Michael zusammen gewesen waren.

„Mindy Kelley", würgte Levi hervor. „Sie war meine Großmutter."

Lin nickte. „Gaby sagte, dass Mindy ihrer Meinung nach entweder seine Mutter oder eine Tante war. Sie war sich nicht sicher."

Tränen liefen aus Levis Augen. „Sie war beides. Sie hat das Kind ihrer Schwester adoptiert, nachdem ihre Schwester in einem Autounfall ums Leben gekommen war."

Hope ließ das Blatt los, das Lincoln ihr gegeben hatte, während sie sich an Levi wandte und ihn musterte. War das der Grund, weshalb sie sofort eine Verbindung zu ihm verspürt hatte? Sie hatte immer gedacht, es läge an ihrer gemeinsamen ähnlichen Vergangenheit, aber hätte es auch die Blutsverwandtschaft sein können? Es war möglich. Auf jeden Fall war ihr Herz voller Freude. Nicht, weil sie wusste, wer ihr leiblicher Vater war. Nach allem, was sie wusste, klang er wie ein völliges Arschloch, und sie hatte überhaupt kein Verlangen danach, ihn zu treffen, nach dem, was er Levi angetan hatte. Nein, ihre ganze Freude war für den wunderbaren Jungen reserviert, der neben ihr saß.

Hope stand auf, zog Levi auf die Beine und schlang die Arme um ihn. „Willkommen zu Hause, kleiner Bruder."

~

HOPE SAß im Bezirksgericht neben Levi, während die Richterin ihre Brille richtete. Lorna hatte ihnen gesagt, es wäre alles nur eine Formalität, aber trotzdem blieb ihr die Luft weg, während sie darauf wartete, die Entscheidung der Richterin wegen Levis dauerhaftem Sorgerecht zu hören. Nur aus überbordender Vorsicht hatte Hope an dem Tag, an dem sie Levi zum Treffen mit Dr. Snow wegen seiner Fähigkeiten gebracht hatte, ihre Mentorin gebeten, ob sie einen Gentest machen könnte, um zu beweisen, dass sie Bruder und Schwester waren. Sie hatte die Ergebnisse schneller gewollt als bei dem Test, den sie und Lin gemacht hatten. Dr. Snow hatte nicht gezögert. Die Ergebnisse hatten eine neunundneunzigprozentige Sicherheit geliefert, dass die beiden Bruder und Schwester waren. Lorna verschwendete keine Zeit, diese zusätzliche Information an die Richterin zu schicken, und nun war der Moment der Wahrheit gekommen.

„Dieser Fall war von Anfang an interessant", sagte die Richterin, ihr Blick landete auf Hope und Levi. „Diese beiden Menschen haben in ihren relativ kurzen Leben schon vieles durchgestanden. Es ist inspirierend, dass sie einander finden und eine liebende Beziehung aufbauen konnten, die für jeden offensichtlich ist, der mit ihnen redet. Ich schätze, es ist keine Überraschung, jetzt, da wir wissen, dass sie Geschwister sind." Sie hielt inne, um sie anzulächeln. „Ich hatte schon die Tendenz, Ms. Hope Scott das dauerhafte Sorgerecht zu geben, noch bevor ich diese Information erhalten habe. Darum Glückwunsch, Levi. Hope Scott ist nun Ihr offizieller Vormund. Viel Glück Ihnen beiden."

Der Hammer fiel, und Jubel kam hinter ihnen auf. Hope

erhob sich rasch und zog Levi in ihre Arme. „Wir haben es geschafft, Kleiner. Bereit, nach Hause zu gehen?"

„Nach Hause", wiederholte er mit einem zufriedenen Seufzen. „Aber sowas von."

Sie verstand schon. Sie war nicht genau seinen Weg gegangen, als sie in seinem Alter gewesen war, aber es war schon nahe herangekommen. „Komm." Sie schob ihren Arm durch seinen und lotste ihn zu der Gruppe von Menschen, die auf sie warteten. „Das alte Leben ist vorbei. Nun sind es du und ich. Verstanden?"

Levi nickte, seine Hand griff fester um ihre.

„Und ich", fügte Chad an, der einen Arm um Hopes Schultern legte. „Und der ganze Townsend-Clan."

Levi lachte, während Abby die Arme um ihn legte. „Das ist die offizielle Einladung in die Familienumarmung", flüsterte sie ihm ins Ohr. „Ich hoffe, dir gefällt es, wenn sich alle bei dir einmischen, denn es ist kein Witz, fünf Schwestern zu haben."

„Das kannst du laut sagen", fügte Yvette an, sobald Abby ihn losließ. „Komm und häng mit mir rum, Levi. Ich lasse dich zumindest zwischen den Stapeln in meinem Buchladen verschwinden, während du dir, so leicht es nur irgend geht, Geld verdienst."

„Ja. Vielleicht, bis zu dem Zeitpunkt, an dem der halbe Staat bei dir aufläuft, weil du eine deiner legendären Signierstunden abhältst." Noel verdrehte die Augen. „Ich bin sicher, er würde während dieser geschäftigen Wochenenden lieber in der Pension aushelfen. Nachdem dieses Baby zur Welt gekommen ist, werde ich auf jeden Fall ein weiteres Paar Hände brauchen, um alles zu organisieren. Außerdem sind die Trinkgelder phänomenal."

„Oder", fügte Abby an. „Er kann mir einfach helfen, meine

Produkte im Studio zu verpacken, und sich überhaupt nicht mit irgendwelchen Kunden herumschlagen."

Alle wandten sich an Faith, weil sie darauf warteten, was für einen Job sie ihm anbieten würde. Sie lachte und hob die Hände. „Ich bin mir sicher, damit können wir nicht mithalten." Sie lächelte, zog ihn von Yvette weg und sagte: „Wie wäre es, wenn du mich einfach nur besuchst, sobald du es satthast, dass die drei deine billige Arbeitskraft ausnutzen wollen? Wir hängen an der Feuergrube herum, und ich bringe dir bei, wie man Billard und Darts spielt und alles andere, was coole Tanten eben tun."

Levi lehnte sich an sie. „Ich glaube, du bist mir bereits die Liebste." Doch noch während er die Worte sagte, landete sein Blick auf Hope, und die Liebe, die daraus leuchtete, führte dazu, dass sie beinahe an Ort und Stelle dahinschmolz. Ihr Herz war voll, während sie beobachtete, wie ihre Schwestern Levi aus dem Gerichtssaal schoben und Pläne für eine Feier machten.

„Sieht so aus, als hättest du offiziell einen Teenager", sagte Chad, seine Hand glitt nach unten, um auf ihrem Rücken zu liegen.

Sie warf einen Blick zu ihm hinauf, konnte nicht verhindern, dass sie töricht grinste. „So sieht es aus." Dann verging ihr Lächeln, während ihre Stimme die winzig kleine Angst aussprach, die sie in einem Winkel ihrer Gedanken heimgesucht hatte. „Was meinst du? Ist es zu viel Druck, mit einem Mädchen zusammen zu sein, das einen Teenager hat?"

Seine Augenbrauen gingen beide hoch. „Hast du dir darüber wirklich Sorgen gemacht?"

Sie zuckte mit den Schultern. Bis auf das Date, das sie an jenem Donnerstagvormittag letzte Woche gehabt hatten, hatten sie immer noch keine Zeit gefunden, nur unter sich zu sein, und sie fragte sich allmählich, ob er wohl frustriert war. „Mein Leben ist nicht gerade unkompliziert."

„Es ist nicht kompliziert, Hope. Es ist voller Liebe und Familie", sagte er und führte sie aus dem Gebäude und hinüber in eine Ecke, wo sie etwas Privatsphäre hatten. „Was soll man denn daran nicht mögen?"

Sie drückte ihm eine Hand auf die Wange. „Wie kommt es, dass du so wunderbar bist? Du weißt immer ganz genau, was du sagen musst."

„Nicht immer", erwiderte er und sein Gesicht spannte sich an, während er nach unten schaute.

Sie runzelte die Stirn. „Wann wäre denn das?"

Er lächelte sie schwach an, Verletzlichkeit zeigte sich in diesen wunderbaren blauen Augen. „Wie gerade jetzt, wenn ich dich einfach nur etwas fragen möchte, ich mir aber zu tausend Prozent sicher bin, dass es zu früh ist."

Hope hörte auf zu atmen, während sie zu ihm aufschaute. Er meinte doch nicht das, was sie dachte, oder? Sie zwang sich dazu, Luft zu holen, dann sagte sie: „Ich glaube, du solltest mich einfach fragen."

Seine blauen Augen musterten ihre grünen, und was immer er da sah, schien ihm Zuversicht zu geben, denn ein lockeres Lächeln trat auf seine Lippen, während er etwas aus seiner Tasche holte. Ihre linke Hand war in seiner, während er sagte: „Ich trage diesen Ring seit dem Tag mit mir herum, an dem wir beschlossen haben, es exklusiv zu machen."

Hopes Blick war auf den antiken Diamantring gerichtet, den er auf der Spitze ihres Ringfingers hielt. Geschah das wirklich? Sollte sie das geschehen lassen? Sie waren erst seit einem guten Monat zusammen, aber sie war seit über drei Jahren in ihn verliebt. Für sie gab es keine Frage, was sie wollte. Alles, was sie wollte, war Chad.

„Ich wusste sicher, dass es viel zu früh war, über eine Heirat zu reden. Nach den Standards der meisten Menschen ist es selbst jetzt zu früh. Aber das Ding ist, Hope, ich mag dich schon sehr lange. Ich habe dich seit dem letzten Mal, als ich dich in Berkeley gesehen habe, in meinem Herzen behalten, und seit dem Augenblick, in dem ich hier in Keating Holler über dich gestolpert bin, gehört mein Herz dir. Ich bin mir sicher, dass ich in dich verliebt bin, und wenn das möglich ist, bin ich mir sogar noch sicherer, dass ich will, dass wir eine Familie sind. Du, ich und Levi. Ich will nicht jeden Abend aus deinem Haus weggehen. Ich will am Morgen da sein, wenn du aufwachst. Ich will dich küssen, wann immer es mir einfällt, und dich lieben bis tief in die Nacht. Aber am allermeisten möchte ich ein Leben an deiner Seite leben, zusammen mit dir alt werden und niemals wieder getrennt sein."

Glückliche, freudige Tränen liefen ihr übers Gesicht. Seine Worte, *ich will, dass wir eine Familie sind,* hallten durch ihre Gedanken, immer wieder. Familie war das eine, was sie sich als Kind gewünscht hatte. Und jetzt hatte sie es im Überfluss. Aber der Gedanke, dass Chad Teil dieser Familie wurde ... das war nichts, über das sie sich bereits gestattet hatte, nachzudenken. Doch nun, da er es in den Raum gestellt hatte, waren ihre Gedanken darauf fixiert, und sie würde es nie wieder loslassen. „Ja", sagte sie begeistert. „Ganz und gar ja, ich will dich, mich und Levi als Familie. Je eher, desto besser."

Erleichterung trat in seine blauen Augen, und er stieß einen Atemzug aus, den er angehalten hatte, während er ihr den Ring auf den Finger schob. „Hope Scott, willst du mich heiraten?"

„Eine Million Mal Ja, Chad Garber. Ja."

Sein Grinsen erhellte sein Gesicht, während er die Arme um sie legte und sie zu einem Chor aus Jubelrufen von den

Townsends und Levi herumwirbelte, die laut klatschten und pfiffen, als Chad seine Lippen auf ihre drückte.

„Ich schätze, das Geheimnis ist bereits raus", flüsterte er, als sie sich voneinander lösten.

„Ich schätze, das heißt, dass du heute Nacht bleiben kannst", entgegnete sie und zog ihn zurück nach unten zu einem weiteren heißen Kuss.

KAPITEL 31

*S*hannon Ansell tüddelte an dem Schokoladen-Aufsteller in der hinteren Ecke des Musikladens herum und versuchte zu ignorieren, dass gerade Brian Knox hereingekommen war. Es war die große Eröffnung von *Magische Töne*, Chad Garbers neuem Laden auf der Hauptstraße, und man hatte sie gebeten, für die Desserts zu sorgen. Nur zu gern hatte sie die Schokolade von *Ein Löffelchen Magie* hergebracht ... bis genau zu dem Augenblick, in dem ihr klar wurde, dass Brian Knox als Unterhalter anwesend war.

Warum musste er da sein und heißer aussehen als je zuvor in seiner locker sitzenden Jeans und dem hautengen schwarzen T-Shirt? Wenn sie ihn anschaute, konnte sie nur daran denken, was für einen katastrophalen Abend sie gehabt hatten, als sie zugestimmt hatte, mit ihm auszugehen, und sie am Ende in seinem Bett gelandet war, aus dem er dann geflohen war. Ihr Gesicht wurde heiß, wenn sie nur daran dachte. Falls es möglich gewesen wäre, aus Scham zu sterben, wäre sie bereits umgefallen. Aber nein. Sie war äußerst lebendig, und er ebenso. Nun hatte sie keine Wahl, als die

Suppe auszulöffeln. Oder vielleicht könnte sie einfach durch den Hintereingang hinausschlüpfen, ohne dass es jemandem auffiel.

„Shannon!", rief Hope Scott, während sie zur Rückseite des Ladens ging. Ihre blonden Haare waren zusammengesteckt zu einer ausgefallenen Hochsteckfrisur, und sie trug einen eng sitzenden Jumpsuit, der ihre Kurven zur Schau stellte. Seit diese Frau sich mit Chad verlobt hatte, strahlte sie einfach nur Glück aus. Wenn Shannon nicht bereits gewusst hätte, dass die Frau jedes bisschen Freude verdient hatte, nach allem, was sie durchgemacht hatte, hätte sie sie dafür verabscheut. Stattdessen füllte es Shannon Herz mit einer Leichtigkeit, Hope so glücklich zu sehen, die ihr unvertraut und zur gleichen Zeit willkommen war. „Diese in Schokolade getauchten Karamellecken sind zum Sterben gut. Hast du ein neues Rezept?"

Shannon lächelte sie an. „Ja. Ich habe sie nur für dieses Event gemacht. Chad sagte, dass du ein großer Fan ungewöhnlicher Geschmacksrichtungen bist, darum wollte ich daran arbeiten, mir ein bisschen was Neues auszudenken."

Sie biss noch einmal ab. „Ingwer und ..."

„Kardamom. Der macht es ein wenig besonders, glaube ich", sagte Shannon.

„Auf jeden Fall." Hope schnappte sich noch ein paar Karamellecken und begab sich hinüber zu Chad, der gerade damit beschäftigt war, einem der Touristen in Keating Hollow einen Stutzflügel zu zeigen.

„Hallo auch, meine Hübsche", sagte eine ausdrucksvolle, verführerische Stimme hinter ihr.

Shannon erstarrte. Brian. *Verdammt.* Jetzt gab es keinen Fluchtweg mehr. Sie schluckte ihr Unbehagen hinunter und drehte sich um, lächelte ihn schief an. „Brian. Schön, dass du endlich dein Gesicht zeigst."

„Habe ich mich versteckt?", fragte er und hob die Augenbrauen.

„Ich weiß nicht. Hast du? Es scheint, als hätte ich dich wochenlang nicht gesehen. Mein Telefon hat auch nicht wegen dieses zweiten Dates gesummt, nach dem du gefragt hattest." Die Worte hatten ihren Mund verlassen, ehe sie sie aufhalten konnte. Weshalb hatte sie das gesagt? Hatte sie sich nicht gesagt, dass sie so tun würde, als sei nichts passiert? Dass er sie niemals ausgeführt hatte, ihr niemals den besten Kuss ihres Lebens gegeben hatte, niemals versprochen hatte, sie in der nächsten Woche erneut auszuführen, und sie dann völlig abgewiesen hatte, als sie sich zwei Stunden später mehr oder weniger auf ihn geworfen hatte. Ihre innere Stimme schnaubte abfällig. Daran gab es kein *mehr oder weniger*. Sie hatte sich ungebremst auf ihn geworfen und war mit einem dermaßen geprellten Ego weggegangen, dass sie beschlossen hatte, den Männern für immer abzuschwören.

Sein Mund bewegte sich, aber keine Worte kamen heraus.

Ha, dachte sie. Der feine Mann aus Los Angeles wusste nicht, wie er reagieren sollte, wenn man ihm vorhielt, was er für einen Schwachsinn erzählte. Na gut. Sie hatte sowieso keine Zeit für Spielchen. „Ach, egal." Sie wedelte unbeeindruckt mit der Hand. „Das ist inzwischen sowieso Schnee von gestern. Es war schön, dich wiederzusehen, Brian." Sie wollte weggehen, wurde aber aufgehalten, weil er leicht ihren Arm ergriff.

„Warte doch mal kurz", sagte er, während er so nahekam, dass seine Brust über ihren Rücken strich. „Wegen dieses Abends ..."

Sie riss sich los. „Das braucht nicht erklärt zu werden,

Brian. Ich habe die Nachricht erhalten, laut und deutlich. Vergiss, dass ich was gesagt habe." Sie zwang sich zum Lächeln und marschierte in das Hinterzimmer, tat so, als müsse sie Nachschub holen. Stattdessen lehnte sie sich einfach gegen die Lagerregale und holte tief Luft. Brian Knox war alles, was sie sich je gewünscht hatte. Hochgewachsen, dunkel und gut aussehend kam nicht mal annähernd hin. Er war auch noch klug, witzig, dreist und voller Selbstvertrauen. Er hatte alles, und er wusste es auch. Er war einfach der Typ, der ihr Herz und den ganzen Rest völlig dahinschmelzen ließ, nur um drei Monate später zu gehen, sobald jemand Lieberes und Unschuldigeres in sein Leben trat.

Shannon war die Art Mädchen, mit der Typen gern zusammen waren, die sie aber nicht heiraten wollten. Und Shannon suchte nach einem Partner, um eine Familie zu gründen. Ein Bettgefährte stand nicht auf der Agenda, obwohl da die Tatsache war, dass ihre früheren Handlungen dieser Tatsache widersprachen.

Schritte erklangen auf dem Betonboden.

Shannon schob sich von den Regalen weg und richtete die Schultern auf, eine Ausrede, weshalb sie im Hinterzimmer war, bildete sich bereits auf ihrer Zunge. Nur dass es nicht Chad oder Hope oder Levi waren, die kamen, um nach ihr zu sehen. Es war Brian. Sie verbiss sich eine Grimasse.

„Was machst du denn hier hinten?", fragte sie.

„Ich suche nach dir." Er trat vor sie, setzte sie zwischen seinem muskulösen Körper und den Regalen fest.

Sie schaute auf und bemerkte die Narbe, die durch eine seiner Augenbrauen lief, und beinahe leckte sie sich die Lippen. Verdammt. Weshalb musste er alle ihre Knöpfe drücken, indem es ihn einfach nur gab? „Na, du hast mich gefunden. Was wolltest du denn?"

„Dieses zweite Date", sagte er, ohne zu zögern.

„Weshalb?", fragte sie mit einem Seufzen, plötzlich sehr müde.

„Weshalb?", erwiderte er mit einem Kichern. „Du machst Witze, oder?" Er ließ den Blick über ihren Körper schweifen, blieb an ihrem Ausschnitt hängen, dann ging er zu ihren Beinen und schließlich landete er auf ihren Lippen. „Du bist das hübscheste Ding in der Stadt. Glaubst du nicht, dass ich mich jedes Mal trete, wenn ich an diesen Abend denke? Ich will noch eine Chance bei dir, Shannon. Lass es mich wieder gutmachen. Lass mich dich am Freitagabend ausführen."

Sie hätte geschmeichelt sein sollen, aber das war sie nicht. Shannon wusste, dass sie einen Körper hatte, der in einem Cocktailkleid atemberaubend aussah. Sie war nicht blind für die Aufmerksamkeit, die sie im Lauf der Jahre erhalten hatte. Ihre Doppel-D-Brüste zusammen mit der Wespentaille hatten ihr im Lauf der Jahre viele Avancen eingebracht. Die meisten davon, weil die fraglichen Männer nur ihren Körper sahen, und sonst nichts.

Leider vermutete sie, dass Brian unter denselben Bann gefallen war. Er bedauerte es, sie abgelehnt zu haben, und hatte nicht aufhören können, darüber nachzudenken, was gewesen sein könnte. Also war er hier, um die Erfahrung nachzuholen. Nur dass ihr Angebot schon lange ausgelaufen war. „Tut mir leid, Brian. Frag mich wieder, wenn du an mehr interessiert bist als nur an meinem Körper."

„Das war nicht der Grund, weshalb ich mit dir ausgehen möchte", sagte er fest.

Sie hob eine Augenbraue. „Wirklich? Du hast mich gerade angesehen, als würdest du mich gern vernaschen, bevor du mir auf den Mund gestarrt hast. Von hier aus sieht es schon so aus."

Seine Ohrspitzen wurden leuchtend rosa, und sie wusste,

dass sie den Nagel auf den Kopf getroffen hatte. Sehr sanft drückte sie ihm die Handflächen auf die Brust und schob ihn weg. Er widersetzte sich nicht, und sie entglitt ihm und ging zur Tür, ohne noch ein Wort zu sagen.

„Shannon?", fragte er.

Sie blieb im Eingang stehen, warf einen Blick zu ihm zurück. „Ja?"

„Ich werde beweisen, dass du falschliegst."

Sie kicherte. „Ach? Willst du darauf wetten?"

Sein Blick wurde entschlossen, während er ein paar Schritte auf sie zuging. „Nenne deine Bedingungen."

Meinte er das ernst? Sie glaubte immer noch nicht, dass er an etwas anderem interessiert war, als sich kurz mal im Stroh zu wälzen, aber einer guten Wette konnte sie nicht widerstehen. Sie legte den Kopf schief und sagte: „In Ordnung. Sechs Dates in sechs Wochen. Du musst sie alle rund um Dinge planen, die mir Spaß machen. Es ist deine Aufgabe, das herauszufinden. Wenn irgendwelche von diesen Dates schief laufen, ist es vorbei, und du musst mein Poolboy sein bis Ende Oktober, wenn wir ihn winterfest machen, und deine Uniform wird ein Tanga."

Brians Augen leuchteten bei diesem Vorschlag. „Ein Tanga ist schrecklich ungemütlich, Shannon. Und ist das nicht etwas spät, um hier einen Pool winterfest zu machen?"

„Der Pool ist verzaubert, um die kühleren Temperaturen auszuhalten. Darum musst du dir keine Sorgen machen. Obwohl dir vielleicht kalt wird, wenn du fast nackt herumspazierst", erwiderte sie mit einem Kichern. „Ich bin mir im Klaren darüber, dass Tangas unbequem sind. Aber nun frage ich mich schon, wann und weshalb du jemals einen getragen hast."

Er zwinkerte. „Ich erzähle es dir, wenn ich die Wette

gewinne. Nun, wenn ich gewinne, musst du zustimmen, mit mir als meine Verlobte zur Hochzeit meiner Schwester zu gehen, und mir eine zweistündige Ganzkörpermassage geben. Wir sind dabei beide völlig nackt."

Sie blinzelte ihn an. „Das kannst du doch nicht ernst meinen. Weshalb solltest du wollen, dass ich mich als deine Verlobte ausgebe?"

„Wer hat denn was von Ausgeben gesagt?", erwiderte er mit einem Grinsen. „Was sagst du?"

Ihr Kopf brüllte sie an, Nein zu sagen. Das war eine irrsinnige Wette, die dazu ausersehen war, auf die eine oder andere Weise auf ihrem Herz herumzutrampeln. Sie hatte Männer wie Brian aufgegeben, die Dinge sagten, die sie nicht ernst meinten, und sie manipulierten. Aber sie war noch niemals jemand gewesen, der den sicheren Weg einschlug. Und alles in ihr sehnte sich nach Brian Knox. Sie konnte nicht Nein sagen. Ihr Mund würde es nicht zulassen. Außerdem bestand keine Chance, dass er nach sechs Wochen noch immer interessiert sein würde. Das passierte nie. In dem Wissen, dass es ein Fehler war, und ohne dass es ihr nur das Mindeste ausmachte, streckte sie die Hand aus und sagte: „Die Wette gilt."

ÜBER DIE AUTORIN

Über die Autorin

Die *New York Times-* und *USA Today*-Bestseller-Autorin Deanna Chase aus den Vereinigten Staaten ist gebürtige Kalifornierin, abgewandert ins südöstliche Louisiana, wo die Uhren etwas langsamer ticken. Wenn sie nicht gerade schreibt, genießt sie mit ihrem Mann das Leben in New Orleans oder spielt mit ihren Hunden, zwei Shih Tzus. Weitere Informationen und Updates zu ihren neuesten Büchern findet man auf ihrer Website www.deannachase.com

www.ingramcontent.com/pod-product-compliance
Lightning Source LLC
Chambersburg PA
CBHW030156200626
46812CB00017B/2167